星新一 著
李朝熙 譯
中日對照
盜賊會社
鴻儒堂出版社

譯序

大家都清楚，要當一位好翻譯家，至少要熟練兩國語言，通達兩國間之文化背景與生活習慣，還要精通該門學問，並具備豐富的常識。例如翻譯文藝作品者，最低限度也要有文藝修養；翻譯醫學文章者，須具有醫學基礎知識，否則，所譯出的文章，往往詞不達意或文不雅馴。因此，懂外文的人雖不少，敢下筆譯述的人却不多，肯推出譯文原文對照本的人，更是罕見。譯者仗着七分家世淵源，三分個人力學，於民國六十年代先後經由大新書局推出「明天星期日」與「有人叩門」兩部中日對照本，意外地受到讀者的喜愛，而陸續再版。

受到這樣的鼓舞，當民國七十二年時，譯者正開始翻譯暢銷書「竊盜公司」與「東京物語」中日對照本兩部小說時，不料突受所服務之台寶興業股份有限公司派調駐日。

此際因業務繁忙，實無法兼顧譯作之事矣。但鴻儒堂出版社負責人黃成業先生却常趁赴日業務之暇造訪譯者，並表示極力支持完成該兩書譯作，免得使廣大讀者失望。譯者在如此盛情難却之下，不得不在百忙中抽空動筆，五年來所謂「集腋成裘」，終於完篇出版，得能與親愛讀者見面。

本書原作者是星新一，給人的印象是「江郎才不盡」。他的數百篇極短篇，不但篇篇有創意，而且篇篇有骨有肉，不像一般極短篇作家，一旦篇數增加到一定限度之後，往往只是創意而已，了無內容。

星氏作品的另一特色是，可讀性高。令人讀來如「呼吸一般，一點不費力氣」。

另外，不知是故意，還是無意，星氏喜用N或F這類字母充當主角的名字，而我們姓名的羅馬拼音，很可能會有N或F什麼的。因此，令人倍感親切，彷彿我們就是故事中的N君或F博士。

最後，我想用日本「半開玩笑」雜誌對星新一的描述，來呈現這位當代極短篇奇才的風貌：

「乍看—孩子氣；打架—以柔克剛；艷聞—目前沒有；本性—急性子；招牌—科幻；賭博—弱；聲音—誘人；健康—佳；公共場所—不露面；雜學—驚人；雜文—模糊；權力慾—弱。

民國七十七年六月於台北

目次

譯者簡歷

李朝熙

一九三四年生，台北市人。

國立台北商專銀行保險科畢業。

曾任：美軍第十三航空隊翻譯官，法國駐日本大使館秘書與台寶興業股份有限公司駐日代表。

現任：世大金屬股份有限公司董事暨國外部經理。

譯著：明天星期日、有人叩門、竊盜公司、東京物語、失去的週末、發明的啓示、圍城九百日、高爾夫球入門、圖解法文文法、法文作文的基礎、綜合日華大辭典以及群力英漢辭典等書。

盜賊會社

雄大な計画

ひとりの青年があった。名は三郎という。彼はR産業の入社試験を受けた。その結果を待っていると、ある日、そこの社長が訪れてきた。三郎は驚き、ふしぎがりながら言った。

「これはこれは、どういうことなのでしょう。合格なら一枚の通知状ですむはずでしょう。といって、わざわざ不合格を知らせにおいでになったとも……」

「いや、最高の成績で合格だ。そこをみこんで、社としてたのみがある」

なにやら重大な用件のようだった。三郎は胸をおどらせながら聞いた。

「なんでしょうか、私にできることなら」

「じつは、わが社が不合格だったことにして、K産業の入社試験を受けてもらいたいのだ。きみなら必ず入社できる」

「なんですって。K産業といえば、おたくの競争会社。しかも、むこうがつねに一歩リードしている会社ではありませんか。私はこの形勢を逆転させることができたら、さぞ働きがいがあるだろうと思えばこそ、あなたの会社を望んだのです。それをなんで……」

社長はにっこりし、身を乗り出した。

大計劃

有一位青年，名叫三郎。他去應徵R產業公司的職員。當他正在等候通知時，有一天該公司的董事長竟然光臨他家。三郎感到驚訝，以詫異的口氣說：

「這—這到底是怎麼回事？要是錄取的話，隨便寄封通知函不就行了？難道專程來告訴我說沒有被錄取……。」

「不，你以最高分被錄取。就是看上這點，公司才有事情拜託你。」

「什麼事？只要我做得到。」

「事情是這樣的。就是把你當做沒有被本公司錄取，而要你到K產業公司去應徵。憑你的才華一定會被錄取的。」

「什麼!?K產業乃是貴公司的競爭公司。而且，不就是經常領先一步的公司嗎？我曾想到要是能夠把這個形勢扭轉過來，一定很有意義。因爲這麼想才去應徵的。爲什麼反而要……。」

董事長露出微笑，並把身體向前傾。

4　雄大な計画

「いまのそのことばは、まことに心強い。だからこそ、ぜひたのみたいのだ。きみの言う通り、わが社はいかに努力しても、K産業を追い抜くことはもちろん、追いつくこともできない。その秘密をさぐり、報告してくれる人物が必要なのだ」

「ははあ、スパイとなって潜入してくれというわけですね」

「そうだ、きみならきっとうまくやりとげてくれるだろう。成功したら、どんな報酬も出すし、すぐ重役にしてもいい。催促はしないから、あわてずにやってくれ。期間はいくらかかってもかまわない。また小さな秘密など報告しなくてもいい。つまらんことで感づかれては、もともこもないからな」

「私をみこんで、そうまでおっしゃるのでしたら……」

三郎はくどき落とされ、雄大な計画は開始された。すなわち、K産業の入社試験を受けて合格し、そこの社員となったのだ。

もちろん、入社して一年やそこらで、社の重要事項にタッチできるわけがない。だが彼はあせることなく、ひたすら努力した。まじめに仕事にはげみ、上役や同僚の信用を得ることを第一の目標としたのだ。

また社外でも身をつつしみ、ばかげた行為はつとめてさけた。周囲から怪しまれてはならぬし、スパイとして働くのには、早く有利な地位につかなくてはならぬ。

普通の社員だと、三年目ぐらいに倦怠期が訪れてくる。職場がおもしろくないとか、自己の才能に疑問を持つとか、スランプでどうにも能率があがらないとかいう状態だ。

「你現在的話增加了我的信心。所以嘛，務必拜託你。正如你所說，本公司儘管賣命，也無法趕上K產業公司，遑論追過。因而需要有刺探其秘密並向本公司報告的人才。」

「哈哈，那就是說當間諜潛入該公司囉。」

「正是。要是你的話，一定會圓滿達成任務。只要成功，任何報酬都可以給你，立刻給你當董監事也沒有關係。我不催你，你儘可從容去幹。期間不管多長都無所謂。還有，小秘密之類的，犯不着報告。如果因小事而被發覺的話，那就連本帶利都沒有啦。」

「你既然看上我，又談到這種地步……。」

三郎就這樣被說服了，於是大計劃便開始着手實施了。那就是說，參加K產業公司的應徵考試被錄取，而成爲該公司的職員。

當然啦，他並不是進了公司後一年半載，就可接觸到公司裡面的重要事務。然而，他却用不着焦急，只顧賣命工作。以確實努力工作來博取上司和同事的信任，他把這件事當做他的第一目標。

再者，在公司以外，還得謹言愼行，盡量避免愚蠢的行爲。受到周圍的人的懷疑是不行的。要以間諜的身分去工作，非趕快處於有利的地位不可。

要是一個一般公司的普通職員，大約到了第三年，對於工作會有厭倦期的來臨，不是工作崗位令他感到乏味，就是對本身的才能會發生疑問。總之，就是意志消沉，工作沒有效率的狀態。

しかし、三郎の場合は、仕事に情熱をそそぎつづけることができた。なにしろ、彼には、はっきりした使命があった。まわりではだれも気がつかないが、おそるべき役割を持っているのだ。ほかの連中とはちがう。こんなおもしろいことはない。

そう考えると、不満がわかないどころか、むしろ働くのが楽しかった。顔にうかんでくる微笑を押えるのに苦心した。

こんな人材となると、K産業としても、ほってはおかない。彼はたちまち異例の昇進をし、課長になった。機密に一歩近づいたことになる。しかし、そんな気配は少しもあらわさぬよう努めた。こんなところで正体がばれたら、いままでの努力も水の泡だ。

三郎はますます職務にはげんだ。ある時は、金をもらって他社に秘密をもらしていた部下の社員の行為をあばき、すぐさま追い出したこともあった。こんな社員がいては、せっかく遠大な計画のもとにスパイとして潜入している、自分の価値がなくなってしまう。

そんな功績もみとめられ、三郎はいっそうの信用がついた。そのうち人物をみこまれ、重役から娘と結婚してくれないかと申し込まれるまでになった。

ことわると理由を問いただされ、怪しまれるだろう。三郎は承知した。進んで承知した。自分の正体をごまかすのに、こんないいかくれみのはない。スパイはドライでなければならぬ。利用できるものは、すべて利用せねばならぬ。もっとも重役の娘はちょっとした美人で、性格もよかった。

三郎は家庭でもいい夫となった。敵を完全にあざむくには、まず味方からだ。妻は実家に帰る

可是，三郎却能以熱誠的心情，把全副精神，不斷地貫注在工作上，因爲他負有明確的使命。周遭的人却沒有一個人發覺他負有這樣恐怖的任務，跟別的伙伴不同，他的工作的確是蠻有趣的。他這樣一想，對於工作不但不會產生任何不滿，相反地感到快樂。露在臉上的微笑，倒要下一番苦心去抑制。

像這樣的人才，K產業公司不會閒置的，他很快地受到破例的升遷，擔任起課長來。那就是說他進一步接近了公司的機密。但是他還是竭力不使自己露出任何聲色。到了這種地步才被看出盧山眞面目，那就前功盡棄了。

三郎對工作越做越努力。有時揭發受別家公司的錢而把秘密洩漏出去的部下的不法行爲，並且把他立刻開除。公司裡面要是有這類職員的話，那煞費苦心，抱著遠大的計劃而以間諜的身分，潛伏在公司裡的自己，便毫無價值可言了。

此一功績也受到上級的重視，使三郎更進一步獲得了公司的信任。這期間他的人格也被上級所信賴，甚至也有董監事竟要求三郎做他的乘龍快婿。

要是拒絕，那可能會被追問理由，而引起對方的懷疑。三郎答應了，一口氣答應了。要僞裝自己的眞面目的話，哪裡找這麼好的隱身衣？當間諜，非得不講情感不可。凡是可利用的東西，非得全加以利用不行。話雖如此，董監事的女兒，長得蠻不錯，性情也很好。

在家裡，三郎是個道地的好丈夫，要完全欺騙敵人，先從自己人下手，每當太太回娘家時，對三郎無不稱讚不已。這件事會帶來良好的結果，這是無庸置疑的。

たびに、三郎のことをほめたたえた。これがいい結果をもたらすことは、いうまでもない。

彼は疲れを知らぬごとく、ひたすら働き、昇進し、K産業の中枢部へと接近していった。そのかいあって、まだ若いのに、役員会議に出席できるようにもなった。

三郎はここで考えた。K産業の全貌をほぼ知ることができた。そろそろ報告をまとめてR産業に帰り、一段落にしてもいいころだ。

しかし、こうも考えるのだった。せっかく、ここまでたどりついたのだ。もう少し辛抱すれば、さらに大きな収穫をもたらすことができるかもしれないと。三郎は後者の道をえらんだ。

ついに、目標に到達する日となった。K産業の秘密のすべてを知りうる立場にたどりつけた。つまり、社長になれたのだ。

業界では、実力でかちとった若い社長ということで評判になった。もちろん、ただ全部を知りうるだけではない、意のままに経営できるのだ。

「さて、K産業を生かすも殺すも、すべて私の胸のうちにある。ここで巧妙に倒産させれば、私の使命は成功のうちに、めでたく終わりとなる……」

と彼はつぶやき、その先をつづけた。

「……しかし、なぜつぶさなければならないのだ。いままでの血のにじむ努力。なまじっかの報酬では、とても引きあわない。もどってR産業の役員になっても、どうということもない。社長の後継者にしてもらっても、いまより落ちることになる」

身についたドライな考え方だけは、あいかわらずだった。

他把疲勞置諸不理，只顧工作，步步高昇，終於打進了K產業的核心。他的心血並沒有白費，年紀輕輕的就夠資格參加高級幹部會議了。

三郎尋思至此。覺得對於K產業公司的全貌，大致已能把握。而認爲該是作成報告，回到R產業公司，而把自己的工作告一段落的時機了。

然而，也可做這樣的考慮，好不容易才有今天的成就。如果再稍加忍耐；說不定還會有更大的收獲。於是三郎選擇了第二步棋。

抵達目標的日子，終於來臨了。他掙扎地走到能夠知道K產業公司全部秘密的地步。就是說當起董事長來了。

在業界，他贏得以憑實力取勝的年輕「董事長」的美譽。當然囉，他豈止只知道公司的全貌而已，對於公司的經營，還可隨心所欲哩！

「K產業的活與死，可說全操在我的手上，就此讓公司巧妙地倒閉的話，我的任務便在成功中順利地結束了……。」

他嘟喃著，接著繼續嘟喃下去：

「……但是，爲什麼要讓公司倒閉呢？到目前爲止，我已付出血汗般的努力。普普通通的報酬的話，實在划不來。即使當了董事長的後補人，不是也比現在猶遜一籌嗎？」

無論如何，根深蒂固的唯利主義觀點，總是改不了。

いっぽう、R産業のほうはこの成り行きを喜びながら待っていたが、月日がたっても、なんの効果もあげてくれない。ひそかに連絡をつけようとしても、冷たい返事がかえってくるだけだ。

腹立ちまぎれに〈K産業の社長は、わが社のスパイ〉といううわさを流した。ただのうわさではなく真実だったのだが、これは逆効果だった。

それを聞いてK産業の社員たちは怒り、新社長のもとに奮起し、激しい販売競争をつづけたあげく、とうとうR産業を倒産させてしまった。

一方面，R產業公司對於三郎的成績，抱著欣喜的心情期待著。日子一天天飛逝，三郎却沒給他們任何消息。即使偷偷跟他連絡，所得到的也只是冷淡的答覆。

惱羞成怒的R產業公司，終於放出了「K產業公司的董事長，就是本公司的間諜」的謠言。這不是謠言，事實確是如此，然而，却引起了反效果。

聽了這謠言的K產業公司的職員們，大發雷霆，在新董事長的領導下，越加奮發，展開了激烈的銷售賽，結果終於迫使R產業公司關門大吉。

新しい社長

　エヌ氏は中年の男で、課長だった。その課は宇宙旅行者用のバッグの販売が仕事だった。彼は会社の自分の机にむかい、書類に目を通していた。

　すると、机の上のインタホンが鳴って彼に告げた。

「社長がお呼びです。進行状況についての報告をお聞きになりたいそうです」

「はい。ただいま……」

　エヌ氏は立ちあがりながら、やれやれと思った。社長に呼ばれるというのは、だれにとってもあまり楽しいものではない。新社長になってからは、エヌ氏にとって、それはさらにひどいものとなっていた。しかし、逃げかくれするわけにもいかない。

　彼はひとそろいの書類を手に、社長室へとむかった。途中で製造部長とすれちがった。浮かぬ顔をしているところから、製造部長も社長室からの帰りと思われた。

　エヌ氏はドアの前に立ち、深呼吸をしてから、ノックをした。

「はいりたまえ」と声がし、エヌ氏はいった。

「私をお呼びだそうで……」

新董事長

N氏是個中年人，在一家公司擔任課長。他所工作的部門，是販賣太空旅行用的手提包。他在辦公室裡，面對自己的桌子，閱覽著文件。

這時，辦公桌上的對講機響了起來，對他說：

「董事長有請，據說要聽取有關進展狀況的報告。」

「好的。剛剛……。」

N氏邊站起身來，邊感到哎呀眞倒楣。董事長有請對任何人來說，並不是可喜的事。自從新董事長就任以來，給N氏帶來的威脅，可說變本加厲。但是N氏又無法躲避他。

他把整套文件拿在手上，走向董事長室。途中他跟製造部長錯身而過。從製造部長所露出的憂悶臉色，不難想到他也是從董事長室走出來的。

N氏站在門前做了深呼吸後，才敲門。

「進來。」裡面傳出來聲音，於是N氏就進去了。

「聽說在叫我？……」

姿勢を正し、頭を下げてあいさつをした。前には頭を下げすぎると注意されたので、きょうは軽くおじぎをするにとどめた。しかし、大きな椅子に腰かけている社長は、それを見てやはり怒った。

「おい。もう少し頭を下げろ。上体を前に三十度だけ傾けるのだ。わしは正確に三十度が好きなのだ。やりなおせ」

「はい。申しわけありません」

エヌ氏はおじぎをやりなおした。社長はそれを無表情にながめている。もう少し人間あつかいをしてくれてもいいではないか。まったく、社員をなんだと思っているのだ。

不満ながらもくりかえすうちに、やっと社長の好きな三十度のおじぎができた。

「よし、それでいい、いまのこつを忘れるな。では、仕事の報告を聞こう」

「はい、今期の予定と実現とを、前期に比較してご説明しますと……」

エヌ氏は書類を見ながら、順を追って話した。社長はうなずきながら聞いていたが、途中で手をあげてさえぎった。

「おい、いま五十五パーセントとか言ったが、そこはおかしくないかね」

あわてて書類を調べなおすと、社長の指摘した通り、まちがっていた。

「おそれいりました。五十四パーセントでございました」

「そういうことではいかんのだ」

社長は容赦なく大声で注意し、エヌ氏はおどおどした口調であやまった。

N氏端正了姿勢，低下了頭，向董事長致敬。上次董事長曾經提醒過他，說他的頭放得太低，所以今天他只輕輕地鞠躬而已。但是，坐在大椅子上的董事長，看了他的動作，還是生氣。

「喂！頭再放低一點！上身向前只傾斜三十度就好！我喜歡正確的三十度，再來一次！」

「遵命。對不起。」

N氏重新鞠躬。董事長毫無表情地望著他的動作。難道不能稍微把我當人看待？簡直把職員看成什麼！

內心雖不滿，但在反覆鞠躬時，勉勉强强完成董事長所喜歡的三十度鞠躬。

「好。這樣可以了。不要忘記現在的要訣。那麼，來作工作報告吧。」

「是的，把本期的預定和實績，跟上期作比較的話……。」

N氏看著文件，邊依序說了下去。董事長邊點頭邊聽著報告。不過，沒讓他說完，便舉手打斷他的話。

「喂，你現在說五十五%，這點不感到奇怪嗎？」

他慌張地重新查看文件，誠如董事長所說，有了錯誤。

「很抱歉。應該五十四%才對。」

「這樣馬馬虎虎怎麼行！」

董事長毫不客氣大聲警告他。N氏以戰戰兢兢的口氣，連忙道歉。

「はい。私の計算ちがいでございました。しかし、そう大声でおっしゃらなくてもよろしゅうございましょう。わずか一パーセントのちがいぐらいで……」

「いや。やはり、まちがいはまちがいだ」

「はあ。しかし人間、まちがいはだれにでもあることで……」

「そういう精神がいかんのだ。きみは五週間前にも同じようなまちがいをした。なにか心理的な障害があるのかもしれないぞ。あとで医者にみてもらえ」

「はい。そういたします」

エヌ氏は神妙におじぎをした。上体は三十度かたむいたらしく、社長はそのことへの文句は言わなかった。だが、注意はべつな点へ移った。

「そうそう、きみはこのごろ、交際費の使い方が多いぞ。なぜだ……」

社長はこまかいことまで、なにもかも見とおしている。もっとも、だからこそ社長なのだ。企業において、上に立つ者はすぐれていなければならない。エヌ氏は弁解した。

「それは、その、売り上げをふやすためです。商談をまとめるには、販売店の担当者を招待し、酒でも飲ませて気分をなごやかにし、ムードが盛り上がったところで切り出したほうがいいのです。私は交際費を使っただけのことは……」

「いや、そんなことをする必要はない。費用は製品の質の向上にまわすべきだ」

「ごもっともなご意見ですが、社長にはおわかりにならないでしょうが……」

「文句を言うな。わしの意見が正しいのだ。今後は招待などやめろ。これは命令だ。わかった

「噢，我計算錯了。但是，犯不著這麼大聲說，可不是嗎？僅僅爲了一%的錯誤。」

「不。錯誤畢竟是錯誤。」

「嗯，只要是人，任何人都難免會有錯誤……。」

「這種想法眞是要不得，你在五星期以前，也犯了同樣的錯誤。說不定心理上有什麼障碍吧!?等一會去看看醫生！」

「好的。遵命就是了。」

N氏老老實實地鞠了躬。上身可能彎了三十度的樣子，所以董事長沒有說什麼，然而，他的注意力却轉移到別的地方。

「噢，對了，你最近花了不少交際費，什麼道理？……」

董事長連芝麻蒜皮的小事，全部看得很透徹。這是理所當然的，所以才當了董事長，在企業界，位居上層的人，非得擁有優越的才能不可！N氏加以辯解。

「那是爲了增加營業額。爲了談妥交易，需要招待經銷店的負責人。我是藉酒來製造和睦的氣氛。待對方三杯黃酒下肚，心花怒放時，乘機提出交易的事，我認爲這樣做比較容易談妥交易。我花了交際費，還不是爲了要給公司帶來更大的利益……。」

「不，不必那麼做，經費應該花在提高製品的品質上。」

「您的意見固然有道理，但是董事長恐怕您不明白……。」

「別囉嗦！我的意見才是正確的。今後不要再招待了。這是命令。知道嗎？知道就好。」

か。わかればいいのだ」

「はい。では、私は仕事に戻ります」

エヌ氏はまた三十度のおじぎをしドアにむかいかけた。すると、社長が呼びとめた。

「おい、ちょっと待ってくれ」

「はい。なにかまだご用でも……」

「すまんが、わしの耳そうじをしてくれないか。いやかね」

「いえ、喜んでいたします」

「では、たのむ。道具はここにある」

エヌ氏は椅子にかけた社長の横に立ち、身をかがめ、それにとりかかった。ことわったりすると、社長はおぼえていて、こっちが忘れたころに、なにかにひっかけて文句を言う。だが、はじめかけると社長が言った。

「おいそんなやりかたではいかん。頭のおおいをはずしてやってくれ」

「はあ……」

エヌ氏はネジマワシを持ち、やわらかなプラスチック製の部分を、ていねいにはずした。そして、音声受信装置のあたりのゴミを、小型掃除機で吸いとる。

それをやりながら、ぼんやりと考える。子供のころには、よく夢のような話を聞かされたものだったな。未来になれば、だれもがロボットを使って、のんきに楽に仕事をするようになるだろうと。かがやかしく楽しい未来図だったな。

「是的。那我就回去工作了。」

N氏又來個三十度的鞠躬，接著走向門。這時，董事長又叫住他。

「喂！稍等一下。」

「是。還有什麼事嗎……？」

「對不起，能不能幫我挖挖耳朵？或是不願意？」

「不，樂意效勞。」

「那就拜託囉。工具在這裡。」

N氏站在坐在椅子上的董事長邊，彎著身子，替董事長挖耳朵。要是拒絕的話，董事長會把這件事記在心裡，待他忘掉此事時，會藉故找他麻煩。但是，當他開始工作時，董事長說：

「喂！那樣做不行。要把頭部的遮蓋物先拿掉再挖。」

「喂……。」

N氏手上拿著起子，小心翼翼地拆開了塑膠製的柔軟部份。同時用袖珍吸塵機，吸取聲音收受裝置附近的灰塵。

他邊吸取灰塵，邊心不在焉地想著。孩提時代，不是有人對他講過夢幻般的故事嗎？那就是，將來任何人都可以用操縱機器人，使我們得以悠閒而舒服地工作。這是一幅多麼輝煌而快活的「未來圖」啊！

しかし、現実にはどうだ。まったく無責任な予言で、夢は夢でも逆夢になってしまった。こっちはロボットの命令とおり、ただただ、ひたすら働くだけなのだ。社長が言った。

「どうだね。そのへんのトランジスタがひとつ、ぐあいが悪くなっているのではないかな。とりかえてくれ。そっとやるんだぞ」

「はい……」

のぞきこむと、社長の内部は精巧だった。小型化された多くの装置がつまっている。それらの作用で、どんな小さなことがらも、いったん記憶されたら消えることがないのだ。

こんないやな社長はない。エヌ氏は、がみがみどなりはしたが、どこか抜けていた人間の前社長のことを、なつかしく思い出した。

いまの社長のこの頭を、なにかをぶつけてたたき割ってやりたかった。だが、そんなことをしたらたいへんな罰をくらう。この社長を作るには、巨額な金がかかっているのだ。

大株主たちが集まって、こんなものを社長にすえやがった。いつの世でも、高価な品は上から下へと普及してゆくものなのだ。

但是，現實又怎樣!?這是一句完全不負責任的預言，夢嘛，非但未成眞，而且出現與夢相反的現實，我只有唯命是從地完全聽命於機器人的指揮，只有賣命工作的份兒。這時董事長又開口說：

「怎樣？那邊的一個電晶體好像有毛病的樣子。給我換個新的。要悄悄地換好！」

「是，是……。」

N氏向裡面窺視，發現董事長的頭腦內部，甚爲精巧。裡面堆滿袖珍型的許多裝置。由於這些裝置所產生的作用，事無大小，一旦被記憶起來的話，就不可能會消逝。

這種令人討厭的董事長，過去從來沒有遇見過。N氏邊大聲斥責，邊懷念起在某方面有點傻氣的前任「人」董事長。

N氏恨不得馬上拿起一塊鐵器或石頭什麼的，把現任董事長的頭砸得粉碎。但是，眞的把頭砸破的話必定會受到很大的懲罰。要製造這位董事長，需要花費一筆龐大的金錢。

有大股東的聚首，才有這種機器人來當董事長。任何時代，高價品無不由上而下地普及開來的。

名案

ある日のこと、エヌ氏は霊媒のところへ出かけた。霊媒とは、死者の霊と交信できる能力を持った人物のことだ。

べつに心のなかの大問題を解決すべく出かけたわけではない。毎日があまり平凡なので、なにか変わった体験をしてみたかっただけのことなのだ。

霊媒は中年のふとった婦人で、エヌ氏を迎えて言った。

「さて、どなたの霊との会話をお望みなのですか」

「そうですな……」

エヌ氏は迷った。あらかじめ考えてこなかったのだ。しばらく頭をひねったあげく、二年前に死んだ自分の父の霊を呼んでほしいとたのんだ。

霊媒はいいかげんなのが多い。しかし父親の霊を呼んでもらえば、話しているうちに本物かにせものかの区別もつくだろう。父でなければ、あとで文句をつけ、料金を払わないですむと思ったからだ。

霊媒はおごそかに言った。

妙計

有一天，N氏去拜訪靈媒（靈婆）。所謂靈媒，乃指具有跟死者靈魂互通信息能力者。

N氏拜訪靈媒的目的，並不是心裡存有什麼非解決不可的大問題。而是由於每天的生活太過於平凡，想換換生活上的口味而已。

靈媒是一個中年的胖婦人，歡迎N氏的來臨，說：

「呃，你想和誰的靈魂交談呢？」

「噢，對了……。」

N氏茫然不知所措。因爲他沒有把此行的目的，在事前預先想好。他略加思索了一會兒，結果要求靈媒呼喚他三年前逝世的父親的靈魂。

大多數的靈媒都是靠不住的。但是，被呼喚的旣是自己父親的靈魂，因而在交談中，是眞，是假，總會區別出來的。如果不是自己的父親，事後大可提出異議，跟她爭論，甚至理直氣壯地不付給她分文費用。這點，N氏都考慮到了。

靈媒嚴肅地說：

「では、そういたしましょう。あなたのおとうさまの霊が、わたしに乗り移ります。なんでも好きなことをお話し下さい」

そして、彼女は熱心に祈りはじめた。目をつぶり手をあわせ、わけのわからない文句をとなえつづける。精神が集中され、やがて少し様子が変わったかと思うと、男の声となってしゃべりはじめた。

「だれだ、おれを呼び出したのは……」

それを聞いて、エヌ氏は驚いた。父の声にまちがいない。本物の霊媒だったようだ。なつかしく思いながら、彼は言った。

「ぼくですよ。あなたの息子です」

「おおそうか。よく忘れずに呼んでくれた。で、そのごどうしておる」

「はい。おとうさんもご存じの、三年前と同じです。あいかわらず会社の宣伝部につとめています」

「あれから昇進はしたか。結婚のほうはどうだ。死んでからも、お前のことが気になってならぬ」

「はあ、たいした働きもしないので、昇進はしません。したがって、給料もあがらず、結婚どころではないのです」

「まったく、お前はなさけないやつだな。むかしと少しも変わらず……」

と父親の霊はなげいた。エヌ氏はふと思いついて言った。

「那就照著你的意思辦吧。令尊的靈魂會附在我身上。想說的話盡管說好啦。」

於是，靈媒就熱心地開始祈禱起來。她閉起眼睛，雙手合掌，不停地唸起沒人聽懂的咒文來。她的精神愈來愈集中，不久稍有轉動的樣子，接著就開始以男人的聲音談起話來。

「誰呀！把我呼喚出來？」

聽了這句話，N氏驚訝了。這是父親的聲音沒錯。那麼這位靈媒就不是冒牌的囉。他懷念著父親，邊說：

「是我，您的兒子。」

「噢，原來是。你畢竟沒有忘掉我，把我呼喚出來。那麼，我死後，你的生活怎麼樣？」

「呃，跟三年前爸爸所知的沒有兩樣。仍然在公司的宣傳部工作。」

「後來有沒有升級？結了婚沒有？我死後，仍然躭心著你的事！」

「噢，我對於工作倒沒有什麼賣力，因而沒有升級。所以也結不了婚。」

「簡直太沒出息了。跟以前絲毫都沒有改變……。」

父親的靈魂嘆氣地說。N氏忽然想起，說：

「なんとか助けてくれませんか。おとうさんが生前に言い残し忘れた、へそくりのかくし場所とか、金を貸したままになっている人とか、教えていただけるといいのですが……」

「なにを勝手なことを言う。すぐ、ひとにたよろうとする。お前はその性格をなおさないと成功しないぞ。自分で考え、自分で努力することだ。わかったか」

「はあ……」

生前と同じに、がみがみと怒られてしまった。そのうち時間がきて、これで霊との会話は終わり、エヌ氏は料金を払って帰った。

しかし、父親のことばは身にしみた。おやじの言う通りだ。いままでの生活はいいかげんすぎた。自分で考え自分で努力してこそ成功がある。これからは心をいれかえねばならぬ。

エヌ氏は考えたあげく、ひとつの思いつきを得た。すばらしいアイデアだった。これがうまくいったら、昇進うたがいなしだ。

彼は会社で、それを上役の宣伝部長に申し出た。霊媒へ行ったことを話したのだ。

「じつは、先日こんなことを経験しました。本物の霊媒のようです。あれを宣伝に利用したらいいと思うのです。つまり、過去の有名な作曲家の霊を呼び出し、わが社のコマーシャル・ソングのメロディーを作らせたらどうでしょう」

「うむ。他社はまだやっていず、たしかに新企画にはちがいないが、私にはなんとも見当がつかぬ。社長の指示をあおいでからにしよう」

部長もめんくらい、ひとりではきめかねたらしい。しかし、社長室から戻ってきて、こう言っ

「無論如何，請爸爸助我一臂之力好不好？比方說您生前忘記提起的私房錢的存放地點或債務人什麼的，能告訴我就好……。」

「你打什麼如意算盤嘛！動輒想依靠別人。你這個性格要是不改，你決不會成功，自己想，自己努力。知道嗎!?」

「啊……。」

N氏宛如父親在世時一樣，挨了一頓痛罵。這當中，時間不知不覺地飛逝，於是跟靈魂的談話就這樣結束了，他付完錢後就回去了。

然而，父親的話卻深入了他的腦海裡。父親說得誠然不錯！從父親逝世後到目前為止的生活，N氏委實混得太不像話啦。一定要自己去動腦筋，自己去努力才會成功！今後非革面洗心去奮鬥不可！

N氏經過一番考慮後，終於得到一個妙策。是個非常優越的創見。如果進行順利的話，他的升遷是毫無疑問的。

N氏到公司上班時，把他的妙策向上司宣傳部長提出報告。就是把拜訪靈媒的情形全部告訴了宣傳部長。

「老實說我前幾天，遇到過這種事情。看起來並不是冒牌的靈媒。我認為我們應該好好加以利用。就是說把過去的名作曲家的靈魂呼喚出來，讓他們製作本公司的商業歌謠的曲子。」

「哦！這是一件別家公司都還沒有着手進行的事情，的確是一項嶄新的構想。至於如何加以實施，我心裡沒有概念。最好先請示董事長後再做決定吧。」

た。

「社長の許可を得てきた。とりかかってみてくれ。金はたくさん使っていいぞ」

「提案が採用され、感激です。で、だれの霊にやらせましょう」

「私が企画を説明すると、社長は、史上最大の作曲家はだれかと言った。私はまあベートーベンでしょうと答えた。すると、そいつにたのめだとさ」

「ものすごいことになりましたね。ベートーベン作曲のコマーシャル・ソングだなんて、世界的な話題になるでしょう。ではさっそく依頼してきます。しかし、だれかドイツ語のうまい社員といっしょでないと……」

エヌ氏はドイツ語のできる同僚とテープレコーダーを持ち、ふたたび霊媒を訪れた。前回と同じように祈りがつづき、やがて男の声のドイツ語が聞こえてきた。

「私はルードウィッヒ・ヴァン・ベートーベンだ」

「すごいぞ、本物が出てきたぞ。じつは先生、折り入ってお願いがございまして……」

同僚が切り出すと、ベートーベンの霊は言った。

「なになに、私の死後、私の偉大さがみとめられたというのか。そうだろう。そうでなければならぬ」

「いいえ、じつは私どもの社で、先生にひとつ作曲を……」

「ああ、私の弦楽四重奏曲が最も好きだというのか。いいことを言ってくれるな」

まるで話がとんちんかん。少しも用件がはかどらず、霊との会話は終わってしまった。

這件事連部長都感到張慌失措，而無法獨自做決定。可是，從董事長室回來後，却這樣說：

「我已獲得董事長的批准。可即時着手進行！經費可盡量支用！」

「我由衷的感激自己的提案被採用。那麼，要招喚誰的靈魂呢？」

「當我說明此一構想時，董事長問：歷史上最偉大的作曲家是誰？我回答他：大概是貝多芬吧。結果董事長說：那就託他吧。」

「事情不就變得很不得了了嗎？貝多芬作曲的廣告宣傳歌，一定會轟動全世界的。那我就趕快找靈媒去。不過，我需要一個德語流利的職員同行，否則……。」

N氏帶了一名會講德語的同事和錄音機，再度拜訪靈婆。跟上次一樣，靈婆祈禱了一陣子後，不久便聽到講德語的男人聲音。

「我是魯特維希・馮・貝多芬。」

「好棒！貝多芬本人出來啦！不瞞您說，先生，有件事情想拜託您……。」

N氏的同事一說出口，貝多芬的靈魂就接著說：

「什麼!?你們的意思是說，我死了之後，才發現我的偉大吧。可不是嗎？不這樣也不行！」

「不，不是的。說實在的，我們的公司想請求先生作一首曲子……。」

「啊，你是說最喜歡我的弦樂四重奏嗎？別光說好聽話好不好？」

牛頭不對馬嘴，答非所問。關鍵性的事情一點都沒有進展，跟靈魂的談話，終於結束了。

帰りの道で、エヌ氏は同僚と話しあった。

「どうしたというのだろう。わけがわからん。きみのドイツ語がいいかげんだったのではないのかな」

「いや、そんなことはない。そうだ、もしかしたら……」

「なにか思いついたようだな」

「ああ、ベートーベンは中年ごろから耳が遠くなり、ついにはぜんぜん聞こえなくなった。霊となったあとも、そうなのだろう」

そうとしか考えられなかった。エヌ氏は計画をたてなおし、次回にはほかの作曲家の霊を呼び出すことにした。

しかし、大物はベートーベンの代用品あつかいされるのはいやだと言い、小物はベートーベンに遠慮して引き受けない。

最初にベートーベンなど呼び出さなければよかったと後悔しても、あとのまつり。まったく、芸術家ほどあつかいにくいものはない。

歸途上，N氏跟他的同事交談著。

「到底是怎麼回事呢。簡直令人莫測高深。會不會是你的德語有問題？」

「不，沒有這回事。噢，對了，說不定……。」

「你好像想起了什麼似的。」

「嗯。貝多芬一到中年，耳朵就開始重聽，最後終於完全變聾了。變成靈魂之後，也保持著這個狀態吧。」

目前，所能考慮的，只有這點而已，N氏重新擬訂計畫，決定下次再招魂時，就招喚其他作曲家的靈魂。

但是，貝多芬以外的大作曲家，都不願意做貝多芬的代替品；而那些無名小卒的作曲家，聽了貝多芬的大名就客氣起來，不肯答應。

N氏感到很後悔，就是說第一次不應該招喚貝多芬什麼的。不過後悔莫及了。世界上最不好對付的，莫過於藝術家。

ぼろ家の住人

おれはテレビ局につとめている。ドキュメンタリー番組の製作が担当だ。他人の目にははなやかでおもしろい仕事のようにうつるらしいが、おれにはなにかむなしいような気がしてならない。

苦心して番組を作っても、それは電波となって散り、一瞬の映像を残すだけで、そのままどこへともなく消え去ってしまうのだ。たまには、あとへ形となって残るものを作ってみたい。むなしさをまぎらそうとして、おれは酒を飲んだりトランプをやったりする。それでまた金をむだ使いし、あとにはさらに大きなむなしさが残る。現実に形となって残るのは、ふえてゆく借金ばかり。世の中は太平ムードで好景気というのに、おれだけは例外。少しもぱっとしない。

ある日、おれは街を歩きまわった。番組にのせる、なにかいい題材はないものかと考えながら。

おれは足をとめた。ごみごみと、古くきたない家々が密集している地域だった。しかしこの付近もやがてとりこわされ、近代的な建物の並ぶ街にうまれかわる計画となっている。一般的な好況は、強い力で社会を美しく変えてゆく。

陋屋的居住者

我在電視台服務。我所擔任的工作是實況節目的錄製，從第三者的眼光來看，我的工作該是多彩多姿。不過，我本身却覺得總是有點空虛或什麼的。

辛辛苦苦錄製起來的節目，變成電波後發射出去，除了留下刹那間的映像外，原原本本消失得無影無蹤，不知跑到哪兒去了。有時我會想到要製作，播放後會留下形體的節目。

爲了排除這空虛的心情，我不是喝酒，就是打牌。這麼一來，既浪費金錢，事後所留下的又是更大的空虛。現實裡成爲形體遺留下來的，只有不斷增加的債務。世人正處於太平繁榮，好景氣的社會，只有我是例外。一點兒名堂都混不出來。

有一天，我到街上去閒逛。腦海裡想著不知能不能找到可以上節目的好題材。

我駐足不動了。停在一個雜亂、密集著既古老又骯髒的陋屋地區。不過，在都市計畫下，此一地區的房子，不久的將來，統統會被拆掉，接著而來的，就是櫛次鱗比的高樓大廈。普遍性的景氣強力地推動著社會。市面變得愈來愈美了。

35 陋屋的居住者

うむ、この経過はいいテーマかもしれぬ。都市が再開発されてゆくのを、具体的にとらえるのだ。しかし、建物だけではドキュメンタリー番組として弱い。効果をあげるためには人物を登場させねばならない。

適当な住民はいないだろうか。取材にとりかかると、こんなことを教えてくれる人があった。

「そういえば、この一画にずっとむかしから住んでいる、おじいさんがいるはずですよ。あわれな生活をしているとか……」

「それはありがたい。あわれであればあるほど、ぴったりです。で、どこにですか」

「さあ……」

たよりない答だった。しかしおれはあきらめず、その老人を熱心にさがし歩いた。さんざん聞きまわったあげく、やっとたどりつくことができた。

このへんの建物はどれもぼろだが、そのなかでも最もぼろで最も小さく、建物というより小屋に近い。

「ごめん下さい」

ドア越しに声をかけたが、老人の声はそっけなかった。

「はいらずにお帰り下さい。わしはどなたとも会いたくない」

なかなか入れてくれない。しかしそこはテレビ関係者の押しの強さ。おれはむりやりはいりこんだ。

ひとりの老人がいた。あわれきわまる生活であり、みるからに貧相な老人だ。これは使える。

嗯，此一過程說不定可製成好的主題。就是把都市重新發展的整個情況，具體的錄製起來。但是，單以建築物做爲節目內容，還不夠份量。要提高效果，非讓人物登台不可。

不知有沒有適合的居民？我正要取材時，有人這樣指點我：

「你這麼說，我想起來了。從很久以來一直住著一個老人。據說過著悲慘的生活……。」

「那眞感謝不盡。他的生活越悲慘，越能合乎節目的要求。那麼，他住哪裡？」

「呃……。」

靠不住的答覆。然而，我並不灰心，熱情地到處去尋找那個老人。到處打聽的結果，終於找到了他的下落。

這一帶的房子全都破爛不堪。而老人居住的房子，幾乎可說最破爛，最小，與其說是小房子，例不如說是小室來得恰當。

「有人在嗎!?」

我越過門叫出聲來，但，老人的回聲是冷淡的。

「不要進來。請回去。我不願意跟任何人見面！」

老人不輕易讓我進去。然而，我還是發揮了電視工作人員硬纏的勁兒，强行進入。

果然不錯。屋裡住著一個老人。他過著極爲窮苦的生活，一看就是個窮相的老人。這可派得上用場！我內心暗暗自喜地向他問話。同情是收視者的事；電視業者先要考慮的，就是節目。

おれは内心喜びながら聞いた。同情は視聴者のすることであり、テレビ関係者はまず番組のことを考える。

「身よりのかたはないのですか」

「ない」

「生活保護は受けていますか」

「そんなものは知らん」

「なぜです。なぜ、こんな最低以下の生活に甘んじているのです」

「わしのあわれな姿を、ひとさまに見せたくないからだ。それに、だれかに助けてもらうなど、わしの信条に反する」

老人はしきりにこのことばをくりかえし、強調した。妙な人生観を持っているやつだ。

会話をしているうちに、この老人だけで番組がひとつできると思った。好景気の世の視聴者というものは、あわれな実話を好む。そのため、おれはずいぶん悲惨な社会現象をさがしてきたのだが、最近はいささかたねぎれの傾向にある。

しかし、この老人なら好評まちがいなし、典型的な貧乏。貧乏を絵にかいたようだ。貧乏の妖気さえ立ちのぼっている。

「どうです。テレビに出てくれませんか」

「なんです、テレビというのは。わしはだれにも見られたくないのだ。そっとしておいてもらいたいのが願いだ」

「你沒有親戚嗎？」

「沒有。」

「有沒有接受生活上的救濟？」

「那種玩意兒我不懂！」

「爲什麼呢？爲什麼你能滿足於這種低於最低限度的生活？」

「因爲我不願意拿自己的可憐姿態，在大衆面前亮相。加上，向人求助，違反我的原則。」

老人再三地反覆這句話，再三地强調。好一個抱著奇妙人生觀的老頭！

跟他交談的當兒，我想起了單以這老頭爲題材，就足以錄製一個精彩的節目。所謂處於景氣時代下的電視收視者，一定喜愛有關窮人的實況報導；職是之故，我東奔西走，到處去採訪極其悲慘的社會景象。但是，最近資料的來源，却越來越少了。

然而，要是以這個老人爲題材，準會贏得觀衆的好評，因爲這是一個最典型的貧窮範例！好像把貧窮用圖繪畫出來似的。連貧窮的妖氣都裊裊上升似的呢！

「怎樣？願不願意上螢光幕？」

「什麼螢光幕？我不願意在任何人面前亮相。我所要求的，只是，不要理我。」

「わかってますよ。まあ、そんなことはご心配なく。謝礼はさしあげます。私におまかせ下さい」

老人はしりごみしたが、その腰をあげさせるのがおれの腕だ。それに、急がねばならぬ。他局がかぎつけたら、好条件で横取りされないとも限らない。

老人がテレビを知らないのはつごうがよかった。なんだかんだとごまかし、おどしたりすかしたりし、おれは老人をドキュメンタリー番組に出演させてしまった。もっとも、この家にカメラを持ち込み、フィルムにおさめたというわけだ。

それが電波にのると、たいへんな好評だった。老人が画面に出ただけで、悲しくもあわれなムードがたちこめる。貧しさがブラウン管から流れ出てくるようだ。見る人は忘れかけた貧乏そのものに触れた思いにひたり、現在のしあわせをあらためてかみしめる。なにもかも予想どおりだった。

あまりの好評で、すぐに再放送にさえなった。合計すると、すごい視聴率になる。つまり、ほとんどの家庭の茶の間に、この老人の姿があらわれたことになる。

おれは老人をふたたびおとずれ、謝礼を渡しながら言った。

「おかげさまで好評でした。少額ですがこれをどうぞ」

「いや、お金などいりません」

意外な答えだった。

「なぜです。これで、お好きなものでもお食べになったらいいじゃありませんか」

「我知道啦。咦，這種事情不必操心。你的報酬是免不了的。一切由我來。」

老人畏縮，不敢答應。但，讓他答應得靠我的手腕。而且，事情又不能操之過急。萬一給別家電視台打聽出來的話，不見得不會在重賞之下，被搶走。

老人不知電視是啥玩意，這對我方便多了。我連哄帶騙，連嚇帶哄，用盡心機，好不容易讓老人上了螢光幕。不過，我是把攝影機帶來這間爛屋，把他的起居，收入鏡頭。

當這些鏡頭隨著電波，傳播到觀衆的電視機上時，引起了大聳動。光是老人的畫面在螢光幕上出現，就瀰漫著悲慘而可憐的氣氛。宛如貧窮從顯像管流出來似的。觀衆好像親自接觸到已被遺忘了的貧窮，而重新深切體會到目前的幸福。所有一切都照著預料，進行得很順利。

由於贏得過度的好評，此一實況節目，立刻重播了。統計的結果，達到了驚人的收視率。換句話說，這個老人的生活狀況，幾乎在家家戶戶的飯後茶餘上出現。

我再度拜訪這個老人，一邊把報酬交給他，一邊說：

「託你的福，節目得到了好評。這是一點點謝禮，請收下來吧。」

「不，我不要錢。」

出人意料之外的答覆。

「爲什麼呢？你可用這筆錢去大飽口福。」

「いや、わしは食べる必要がないのじゃ。だから、生活保護などもいらないのだ」

「なんですって、それでは、まるで人間ではないみたいな……」

この老人、頭がおかしいのじゃないか。だが、返事ははっきりしていた。

「さよう。わしは貧乏神。わしの姿を見た者は、みな貧乏になってしまう。それが気の毒なので、人目をしのんでこんな場所にかくれていたのだが……」

「本当ですか……」

おれはどこまで信じていいのかわからなかった。おれはいつも借金で苦しみ、すでに貧乏だ。だから、老人が本物の貧乏神なのかどうか、おれにはたしかめようがなかった。

しかし、まもなく世の中に、原因不明の不景気がおとずれた。政府や財界や評論家がいかに首をひねっても理由はさっぱり判明しない。

わかっているのは、おれだけかもしれない。責任は感じているものの、内心うれしくないこともない。おれの作った番組が、これだけ現実的な形であとに影響を残したのだから。

「不，我沒有吃的需要，所以嘛，也用不着生活救濟金。」

「你說什麼!?那你就不是『人』囉……」

這個老人，腦筋是不是有問題？可是，他的回答却很清楚。

「不錯。我是窮神。凡是看到我的模樣的人，都會變成貧窮。這件事使我感到於心不安，所以避著人的耳目，偷偷躲在這裡……。」

「眞的嗎？……」

老人的話，我不知道要相信到什麼程度。我經常爲借錢而傷透腦筋，早就貧窮了。因而老人是否眞正的窮神，我無法加以確定。

但是，過了不久，來歷不明的不景氣，果然光臨到這個社會上。儘管政府、財經界或評論家絞盡腦汁去研究，還是研究不出其所以然來。

知道事情眞相的人，說不定只有我一個。雖然覺得有責任，但內心的喜悅，是不言可喻的。因爲我製作的節目，只有這部以眞實的形體，爲後日留下了影響。

滞貨一掃

若いころ、私は宇宙で活躍した。探検隊員として、たくさんの星々を調査してまわったのだ。たのしいこともあったし、また、ずいぶん危険な目にもであったものだ。

そして、第一線から引退したいま、宇宙商業相談所なるものを開設した。もちろんいいかげんな内容ではない。私には星々についての多くの経験があり、そのうえ完備した資料と、人材をそろえた研究室を持っている。ここのみごとな実績は、業界でもかなり信用がある。

多くの人がやってきて、あの星からこういうものを輸入したいがどうでしょうか、この星との契約書はどう書くべきかなど、私に質問する。いずれも適切な助言をし、いつも感謝されている。

ある日、スポーツ用品の会社を経営するエヌ氏が、青い顔をしながらやってきた。

「弱りました。なにかいい知恵を貸して下さい」

「ええ、ここは助言をするのが商売です。まあ、事情をひと通りお話し下さい。もっとも、大体の見当はついていますがね」

私がうながすと、エヌ氏は話しはじめた。

出清存貨

年輕時，我曾經在太空活躍過，以太空探險隊隊員的身分，調查過不少太空裡的星球。我碰到過快樂的事，同時，也遭遇到極危險的事。

而且，從探險隊的第一線退出之後，便開了一家「太空商業顧問公司」。當然啦，營業項目並不是亂七八糟的。

對於太空上的星球，我累積了不少經驗。除此之外，我還擁有關於這方面的完備資料，和人才齊全的研究室。本公司的驚人業績，在業界獲得了相當的信用。

許多人來找我商量：「我想從那個星球進口這種東西，你看怎樣？」「跟這個星球的合同要怎樣訂呢？」等。對於他們的咨詢，我總是替他們出適當的主意。經常受到對方由衷的感謝。

有一天，經營體育用品公司的N氏，帶著一副蒼白的臉孔，跑來找我。

「沒搞頭了！請替我想想辦法吧。」

「嗯！我們的業務是提供主意。哦，請將事情的來龍去脈說給我聽聽。不過，大致上，我已知道怎麼一回事就是了。」

經過我的催促，N氏開始說話了。

「ご存じのように、少し前わが社は新しいボールを開発しました。どんなに力をこめて投げ、ガラスに当たってもそれを割らないという合成物質のボールです。うまいぐあいにそれが大流行し、わが社は工場を拡張して大増産。しかし、いまや売れ行きがばったり。ストックの山です」

「流行とは、そういうものですよ」

「いかにしても売れず、といって捨てるのも惜しい。どこかの星へ売り込むわけにいかないでしょうか」

「右から左へと手軽に売れる品目ではありませんな」

「そこをなんとか助けて下さい。お願いです。手数料はいくらでも払います」

「わかりました。いや、こうなるだろうと思って、あなたのためにあらかじめ準備をしておいたわけですよ」

こう私が告げると、エヌ氏は急に元気になり、大喜びだった。

「本当ですか。夢のようだ。これでほっとしました。で、どうしたらいいのですか」

「いま、現物にもとづいて説明してあげます……」

私は研究室に連絡し、例のものを持ってこいと言った。それは一匹のヘビだ。毒々しい色をしている。エヌ氏は顔をしかめた。

「気持ちの悪いヘビですね。これがなにか役に立つのですか」

「そうです。当所の研究員が努力し、品種改良で作りあげたヘビです。繁殖力が強く、どんどんふえます。また、めったなことでは死にません」

「如你所知道的，本公司不久以前，開發出一種新球。不管你用多大的力氣去投，卽使投到玻璃上，也不會把玻璃打破。這是一種用合成物質製成的球。順利地大事流行，本公司只好擴廠，大量生產。可是，大量生產的結果，造成供過於求。目前銷路突然壞起來，所以庫存堆積如山。」

「所謂流行，就像這種情形。」

「我們用盡了辦法，還是賣不出去。不知能不能推銷到其他的星球去？」

「這並不是隨便一轉手，就可輕易脫手的東西。」

「這點請你盡量設法幫忙。再多的費用，我都願意付給你。」

「我知道啦。是的，我想到會有這種事情發生，所以事先已經替你準備好了。」

我這樣一告訴他，N氏突然精神百倍，高興得幾乎跳起來。

「眞的嗎？我好像在做夢似的。這麼一來，我就可放心了。那……那要怎樣做呢？」

「現在根據實物，讓我來說明……。」

我跟研究室聯絡，要他們把準備好的東西帶來。那是一條蛇。呈現著兇猛的樣子。N氏皺起眉來。

「令人看來毛骨悚然的蛇！這有什麼用呢？」

「不錯。這是本公司的研究員下了一番苦心，經過品種改良，交配後生下來的。繁殖力奇强，會不斷地繁殖。還有一點，不容易死。」

「どんでもないものをお作りになりましたね。こんなのがふえたら、たまったものではありません」

「しかし、このヘビも、おたくの社のボールを食べると消化器につかえて死ぬのです。それ以外の方法では退治できません」

「ははあ……」

「地球上にばらまきたいところですが、発覚したらたいへんなことになります。そこで私は、これをひそかにカポン星へ送りこんでおきました。いまごろは数がふえ、カポン星の住民は大さわぎしているでしょう」

「なるほど、うまい方法ですな」

エヌ氏にものみこめてきたらしい。

「運んでゆけば、ストックはみなさばけるはずです。なるべく高く売りつけなさい。しかし、その利益の半分は、指導料として私にお払い下さい」

「もちろん、さしあげます。ありがとうございました。なんとすばらしい計画でしょう。では、さっそく……」

エヌ氏は大型の貨物宇宙船に品物をつみこみ、飛び立っていった。

やがてエヌ氏は帰還し、私のところへ報告に来た。うれしそうな表情だ。

「なんとお礼を申しあげていいのか、申しぶんない成果でした。連中はヘビにさんざん悩まされていました。ですから、私の持っていったボールは高く売れ、たちまち在庫一掃です」

「你們竟造出了出乎意外的東西。這種東西繁殖起來還得了？」

「然而，這種蛇要是吃了貴公司的球，便會堵在消化器官裡而死去。除了這一方法外，別無方法消滅牠。」

「哈……。」

「我本來想把這種蛇帶到世界各地去放，如果被發覺，事態就嚴重了。因此我偷偷地把這種蛇送上卡朋星。現在數目正不斷地增加，卡朋星的居民也許正在大騷動哩。」

「果然是個妙方。」

N氏可能有所領會的樣子。

「把你的球運到卡朋星去的話，庫存一定會減少。盡量抬高價格出售。可是，利潤的一半，要當做指導費付給我。」

「當然付給你。謝謝你囉。這是一個多麼驚人的構想啊！那麼，馬上……。」

N氏用巨型的太空艙，裝滿了球，帶著貨物，朝卡朋星飛去。

不久，N氏飛回地球，來到我的公司向我報告。看來滿面春風。

「我不知要如何答謝你呢。輝煌的成果令人難以置信。星上的居民給蛇哭鬧得狼狽不堪。所以我運去的球，以高價出售，很快地出清了存貨。」

「うむ、私の予想どおりだ」

「追加注文ももらいましたし、そのうえ、私は救世主あつかいです。私も長いあいだ事業をやってきましたが、こんなにいい気持ちだったことは、いままでにありません」

エヌ氏は何度も頭を下げ、私に手数料をさし出した。こんなに喜んでもらえ、しかも金がはいるのだから、私も悪い気分ではない。

「いずれにせよ、けっこうでした」

「カポン星では、帰りがけにこんなものをくれました。地球での需要はないでしょうかと、輸出をしたがっているようでした」

エヌ氏の出したものは、ビンにはいった白い粉だった。しかし、ながめただけでは私にもわからない。

「なんだろう。植物から抽出した成分のようでもあるが、ちょっと見当がつかない。まあ、うちの研究室でゆっくり調べれば判明するだろう。このサンプルはあずかっておきます」

「ひとつ、よろしく……」

これでエヌ氏の件はかたがついた。

あいかわらずいそがしい日がつづいた。依頼を受け、調査し、作戦をねり、助言をし、謝礼をとるという仕事のくりかえしだ。

しばらくすると、地球にちょっとした災害がおこった。妙なノミがふえはじめたのだ。いかなる薬剤にも平気なノミなのだ。

「唔，完全按照我的預料。」

「新訂單也接到了。加上，他們又把我奉爲神明。我長期經營著事業，一生中從來沒有過像這樣得意的時刻！」

N氏不停地向我低頭，同時把費用交給我。讓客戶得到這麼大的喜悅，而且本身還可賺到錢，我的心情也蠻好的。

「無論如何，還不錯。」

「臨回地球時，卡朋星的商人，交給我這個東西。問我地球上需要不需要？他們很想輸出到地球來的樣子。」

N氏拿出來的東西，是裝在瓶內的白粉。但是，光看的話，我看不出是什麼東西。

「什麼東西？好像從植物提煉出來的成份，一點兒也看不出到底是什麼。嗯，待我送到本公司研究室慢慢化驗，也許可化驗出來吧。這瓶樣品就暫時放在我這裡好啦。」

「那就，請你費神囉……。」

跟N氏的這筆交易，就此結束了。

我仍然過著忙碌的日子，接受客戶的委託，著手調查，推敲作戰策略，出主意，收取對方的謝禮，反覆進行這些工作。這就是我的業務。

過了不久，地球上出現一場災害。一種奇妙的跳蚤開始繁殖。任何藥品都拿牠沒辦法的跳蚤。

そのうち、私もそのノミにとりつかれた。生命に別条はないのだが、ノミにかまれると、かゆくてかゆくてたまらない。仕事どころではないのだ。しかも、市販されている薬では死なないノミなのだから、しまつが悪い。

困ったあげく、私はなにげなく、エヌ氏がカポン星から持ち帰った白い粉をふりかけてみた。あまり期待はしなかった。研究室でさまざまな試験をしたが、これまでなんの利用法も発見できなかったからだ。

しかし、予期に反し、ノミはたちまちのうちに死んでしまうではないか。

偶然の一致と片づけることもできる。だが私には、カポン星の住民が帰りがけのエヌ氏にくっつけ、問題のノミを送りこんだのではないかと思えてならない。

それが検疫をくぐりぬけ、地球でかくのごとくふえたのだ。そして、私にはどうもカポン星にはあの白い粉のストックが、どうしようもないほど大量にあるように思えてならないのだ。宇宙は広いのだから、同じようなことを思いつくやつはどこかにいるにきまっている。

沒幾天，我也被這種跳蚤纏住了。對於生命雖然沒什麼關係，但被牠一咬，就發癢，癢得簡直無法忍受，遑論工作。加上，市面上的任何藥物，都對牠起不了任何作用，更加不好處理。

由於傷透了腦筋，我無意中拿出N氏從卡朋星帶回來白色粉末，撒在跳蚤身上。對於效果，我沒有抱著多大的期待。因爲在實驗室裡曾做了種種試驗，却發現不出它的任何用途。

然而，跟預料相反，跳蚤在轉瞬間，不就死了嗎？

這也可解釋爲一種巧合。但是，我不得不承認是卡朋星的居民，在N氏臨走時候挨近在他的身邊，把問題跳蚤偸偸地放到他的身上。

那隻跳蚤逃過了海關的檢疫，在地球上繁殖了。而且，我也不得不認爲，一定是卡朋星上的白粉庫存，堆積如山，爲了尋求銷路，才來了這一招。太空浩瀚無邊，會想到同樣絕招者，無疑總會存在於某些地方的。

あるロマンス

エヌ氏は会社員だった。才能がきらめいているといったタイプではなく、気の小さいまじめな男で、入社以来ずっとまともにつとめてきた。

そろそろ中年になる。すでに妻子があり、会社ではまあまあという地位にあった。

彼は通勤の途中で、ときどき考える。

「おれは今まで、これといってはでな経験をしたことがない。おそらく、これからもずっとそんな日常がつづくのだろう。ロマンスなどには縁のない男なのだ。なんだかつまらないような気もするが、あるいはこれでいいのかもしれない。おれのような性格の男が、へたにはでなことに巻きこまれると、ろくな結果にはならないだろう……」

しかし、ある日、その予想もしなかったことが、彼をおとずれた。

ことの起こりは、エヌ氏が喫茶店から出ようとした時、レジの前でひとりの女客が困っていたのだ。

「どうかなさったのですか」

と聞くと、女は泣きそうな表情で言った。

艷遇

N氏是一家公司的職員。他的才能並沒有什麼特殊，只是一個平凡、無大志、工作認眞的職員。自從進入公司以來，一直努力地工作著。

年紀將要邁入中年。業已成家，在公司的地位，還算過得去就是了。

N氏在上班的路上，常常這樣想：

「我的人生，已去了大半截，到現在還沒有交過桃花運呢。今後的日子，恐怕跟現在一樣，平平凡凡地過下去吧。豔遇跟我是無緣的。內心總覺得怪無聊的。說不定這樣比較好。像我這種性格的人，一不小心被捲入桃色事件，其後果是不堪設想的……。」

然而，有一天，出乎N氏意料之外的事情，却降臨到他的身上。

事情是這樣的：有一天，當N氏正要走出茶室時，在出納面前，看到一位女客發生了困難。

「有什麼事嗎？」

N氏一問，對方以欲哭的表情回答他：

「のどがかわいたので、お茶を飲みにはいったのですけど、お勘定をしようとして、財布を忘れてきたことに気がついたのですの」

「それはお困りでしょう。紅茶を一杯お飲みになったのですね。失礼ですが、私が払ってさしあげます」

「なんとお礼を申しあげたものか、おかげで助かりましたわ。いずれおかえしにうかがいますから、おつとめ先とお名前とを……」

「いいえ、いいんですよ……」

と言いながらも、エヌ氏はいちおう教えた。このまま二度と会えないのも、なんとなく残念なような気がしたのだ。

三日ほどたつと、その女が会社にたずねてきた。かくして交際が開始された。

女は二十五歳ぐらい。美人だった。ことばづかいも上品で、服装にも崩れたところがなかった。化粧もあっさりとしていて水商売の人ではないようだった。

彼女は、先日のお礼に夕食をおごりたいと言う。エヌ氏はどぎまぎした。感謝の気持ちはありがたいが、それでは大げさすぎる。といって、こんなすてきな女性をすげなく帰す気にもなれない。

こっちがおごるのも変なものだ。考えたあげく、わりかんにしましょうと提案し、女は承知した。少しやぼだったかなとエヌ氏は思ったが、女はそれを気にするそぶりを示さなかった。

夕食をともにしたが、味などわからなかった。バラ色の雲に乗っているような、夢を見ている

「因爲口渴，所以進來喝了杯茶。正要付帳時，才發覺忘了帶錢包。」

「這是令人傷腦筋的。妳只喝了一杯紅茶吧？恕我冒昧，就讓我來付算了。」

「幸虧你的幫忙，才解決了我的困難，我不知要如何感謝你才好呢。這筆錢改天我會還你，能不能告訴我你的大名，和服務公司的地址……。」

「不，不必了……。」

N氏嘴上雖這麼說，到頭來還是把自己的名字和公司的地址告訴了她。他覺得要是不這樣做，而白白讓她回去，無法再見面，那豈不太可惜了嗎？

約過了三天，那位女客，果眞來到N氏所服務的公司拜訪他。他（她）們之間的交際，就這樣開始了。

女郎的芳齡約二十五歲，是一個美人兒。她談吐高雅，衣着整潔，臉上化粧淡薄，不像個從風月場中打滾過來的風塵女人。

爲了答謝前幾天N氏代她付的茶帳，女郎邀請他一起吃晚飯。N氏慌張起來了。對方表示的感謝之情，他還可以接受；請他吃飯，未免小題大作，話雖這麼說，N氏又捨不得讓眼前的漂亮女郎，徒勞無功地回去。

自己反過來請她，未免怪怪的，N氏思索後，就建議各付各帳，女郎欣然答應了。他認爲這樣做難免有點俗氣；可是女郎却毫不在乎這點。

兩人一起用了晚餐。可是，N氏却感覺不出佳肴的味道來。他宛如乘坐在玫瑰色的雲朵，陶醉在甜蜜的夢鄉似的。兩人之間，到底談了些什麼，N氏幾乎記不起來。他的內心稍微鎭靜下來時，

ようなひとときだった。どんなことを話したのか、まるでおぼえていない。エヌ氏が少し落ち着いたのは、つぎの日に出社し、しばらくしてからだった。

二日ほどおいて、女はまた食事をさそいに来た。もちろん、ことわるどころではない。エヌ氏はついていった。女は酒を飲み魅力的な目でじっと見つめるのだった。

なぜ彼女が、自分にこんなに好意を示すのだろう。もっと若くて気がきいていて、スマートな男性だっていっぱいいるではないか。彼は少し疑念を持った。手ばなしで悦に入るほどの自信家ではなかったのだ。

もしかしたら、これは今はやりの産業スパイというものかもしれぬ。そのわなかもしれないのだ。喫茶店での出会いも、うまくできすぎているような気がしないでもない。

そうとしたら、大いに警戒しなければならない。エヌ氏は女の幻をふり払い、冷静になろうと努めた。だが冷静に考えると、彼の会社にはそう機密らしいものもなく、あったとしても、自分はそれを知るほどの地位にないことに気づいた。変に気をまわした自分が情けなくなってきた。

あいかわらず女はエヌ氏にさそいの電話をかけてきて、デイトがつづけられた。楽しいことは楽しいのだが、依然として彼は自信を持てなかった。

こんなに自分がもてるわけがない。信じられないことだ。他社のわなでなければ、当社の重役たちが考え出した一種の社員試験かもしれない。女に甘い人物かどうかを調べ、昇進の参考資料とするのだ。

しかし、それとなく同僚に聞いてみたがだれもそんな経験をしていない。また、そんな気のき

，已是第二天到公司上班後不久的事了。

大約又過了兩天，女郎又邀他去吃飯。當然啦，現在已到了無法輕易加以拒絕的地步了。N氏接受她的邀請。女郎喝著酒，並以一付帶有魅力的眼睛直瞪著他。

爲什麼她會對自己表示這樣的好感呢？年紀比他輕，長得既英俊又瀟灑的男性，多得如過江之鯽，這點未免使他起了疑心。他並非自負得可以毫無設防地接受人家的好意。

說不定她就是目前正在流行的產業間諜也未可知。或許是她的圈套吧。跟她在茶室邂逅，的確令人感到事情安排得太巧妙了。

要是這樣，那對她非大大地加以警戒不可，N氏竭力甩開女郎的影子，並使自己冷靜下來。然而，冷靜地思考了一下，却發覺自己的公司，並沒有什麼任何值得爲產業間諜所覬覦的機密。縱然有，他的職位也沒有高到可以接觸機密的地步。這反而使得N氏對生起太多疑心的自己，感到可憐兮兮的。

女郎仍然打電話邀請N氏，兩人之間的約會就這樣繼續下去。快樂雖然快樂，然而，對於自己的豔遇，依然沒有什麼把握。

像他這種中年人，不可能得到美人的青睞，這是令人難以置信的。假使不是其他公司的圈套，也可能是本公司的董監事，所想出來的一種考驗職員的把戲。調查一下是否好色，做爲職員的升遷資料。

可是，N氏暗地裡向同事打聽，結果沒有人碰過這種經驗。再者，也沒有任何一位董監事，機伶到會想出這類把戲來。

いたことを思いつきそうな重役もいなかった。

エヌ氏はさらに考えた。これは犯罪に関係があるのかもしれない。見たところは上品そうな女性だが、たちの悪い男がうしろについていないとも限らない。深入りしたころをみはからって男があらわれ、恐喝をするという筋書きだってありうる。金が払えなければ、盗みの手引きをしろと迫られるのだ。なにかの小説で読んだような気もする。

いや、あの女がそんなことをするわけがない、と、エヌ氏は彼女の愛を信じようとして、打ち消そうと努めたりもする。燃えあがる感情と疑惑との板ばさみになり、彼は苦しんだ。そのあげく、ある日、ひそかに女のあとをつけてみた。どこに住み、どんな生活をしているか調べたのだ。べつに問題はなかった。彼女はきちんとした生活をしており、近所の評判もよく、へんな男との交際もないらしい。

もはや疑惑はまったく消え、エヌ氏は喜んだ。彼女は自分を本当に好きなのだろう。そうとしか考えられない。信じていいのだ。

つぎに女と会った時、エヌ氏は思いきって切り出した。

「こんどの休日に、二人で旅行にでも行きませんか」

「だけど奥様に悪いわ……」

「そんなことどうでもいいことですよ。ぼくはあなたを好きになった。心から愛している。こんな気持ちになったのははじめてです……」

エヌ氏は必死にささやいた。しかし、彼女の答えは意外だった。

N氏做了進一步的思考。說不定這和犯罪案件有關。外表看起來是個高貴的女郎，不見得她的背後不會跟著品質惡劣的男人。待N氏的豔遇再進一步發展時，他就從半路殺出來，威脅他，恐嚇他，這種預謀，是有可能的。如果沒有金錢可給，那就會被迫去偷竊，N氏覺得好像在那一本小說裡看到過。

「不，那位女郎是不可能幹出這種事的……」，爲了相信女郎的愛，N氏也竭力地用這句話來打消剛才的懷疑。他被夾在正在熾燃的感情與疑惑的中間，受著痛苦的煎熬，受到煎熬的結果，有一天他偷偷地跟在女郎背後，調查她住在什麼地方，過著怎樣的生活。沒有發現任何問題。女郎過著規規矩矩的生活，頗得鄰居的好評，也沒有跟不三不四的男人有過來往。

N氏對她的疑惑，已全然消失，欣喜若狂。他認爲她是眞正喜歡他。他只能這樣想，盡可相信好了。

下一次跟女郎見面時，N氏斷然地說出口：

「下次的假日，我倆一道去旅行好不好？」

「可是，對你太太不好啊……。」

「那不必去管。我喜歡妳。衷心地愛著妳，這是我第一次眞正愛上了妳……。」

N氏拼命地用細語說著。然而，女郎的回答，却出乎他的意料之外。

「でも、あたしはべつに、あなたを好きでもないの」

へんな情勢になった。エヌ氏はしどろもどろの口調で言った。

「そ、それなら、なぜきょうまで交際を……」

「これがあたしのお仕事。依頼主のためにしたことですわ」

「それはだれなのです。こんなへんなことをあなたにたのんだのは」

「あなたの奥様ですわ。あたしの職業は、亭主の愛情および浮気する可能性の調査業。ほうぼうの奥様にたのまれ、けっこうはんじょうしておりますの。時代の最先端のビジネスじゃないかしら……」

呆然としているエヌ氏の前から女はすばやく立ち去っていた。やはりわなだったが、いちばんひどいわなだ。どうせいい報告はしてくれないだろう。やれやれ、こんな商売まで出現するとは……。

「可是，我並不喜歡你啊。」

情勢變得很怪。N氏以狼狽不堪的語氣說：

「那，那麼，為什麼到今天的交往……。」

「這是我的工作。受了客戶的委託跟你交往的。」

「你的客戶是誰？委託妳這樣奇怪的事？」

「你的太太。我的職業是『調查丈夫的愛情與尋花問柳的可能性。』我受到各地太太們的委託，生意還算不錯。可說是一種站在時代尖端的行業吧……。」

女郎極速地從呆然不知所措的N氏面前走開了。果然是個陷阱，最毒辣的圈套，反正她提出的報告，對我不會有利的，哎呀呀！想不到會有這種行業出現……。

あすは休日

二〇二七年のある朝。エヌ氏は自分の室のベッドの上で、気持ちよさそうに眠っていた。

壁の時計が七時をさすと、それと連動している目ざまし装置が動き、テープの女の声が再生された。

〈もしもし、もうおめざめの時刻でございます。きょうはおつとめの日でございますわ。さあ……〉

エヌ氏がとくに選んで買ってきたテープだ。やさしく魅力的で、なんともいえないいい声だ。買ってからしばらくは、彼も朝おきるのが楽しみだった。だが、もはやなれて、なんとも感じない。こんなことでは目がさめないのだ。

エヌ氏が起きないのでテープの音はやみ、こんどはベルの音がはじまった。最初は弱く、しだいに強くなる。しかし、エヌ氏は毛布をかぶり、音をさえぎった。それからねぼけ声でつぶやいた。

「ほっといてくれ。おれはねむいんだ……」

めざまし装置はつぎの動きに移った。ベッドをゆらせたのだ。ゆれが激しくなるとエヌ氏は自

明天休假

公元二○二七年某天早晨，N氏躺在自己臥室的床上，舒舒服服地酣睡著。

當牆壁上掛鐘的長針指著七點時，跟它串聯的鬧醒裝置也隨著發作，錄音帶上的女人聲音出現了。

「喂喂，起床的時候了。今天是上班的日子。啞……。」

這是N氏特別選購的錄音帶。溫柔而富於魅力，聲音柔美，難以形容。購買後的初期，他把早晨的起床當做一件樂事。可是，現在已經聽慣，不會有什麼感覺了。這種聲音已不足以鬧醒他。

由於N氏不起床，於是錄音帶的聲音就停了下來，接著鈴聲也開始響了起來。剛響時聲音微弱，然後逐漸增强。但是，N氏把毯子蒙在頭上，以遮擋鈴聲用朦朧迷糊的聲音說：

「別理我。我還要睡……。」

鬧醒裝置採取下一步的動作。就是搖動床鋪。搖動一激烈，N氏就自己跌落到地板上。一到地板，便可免於被搖動。

分からころがり落ちた。床の上ならゆり動かされなくてすむ。

しかし、装置はあくまで任務をつくす。レーダーでねらいをつけ、エヌ氏の鼻めがけて、刺激臭を吹きつける。たまらない匂いだが、ねむいエヌ氏はまだがまんしている。

つぎには、つめたいものがからだにかけられた。揮発性の強い液体で、熱をうばい、ぞくっとさせる。

エヌ氏はあきらめ、いやいや起きあがった。これで起きないと電気的ショックがおそってくる。このへんであきらめたほうがいいのだ。

エヌ氏は立ってベッドに戻り、朝食のボタンを押した。壁の一部が開き、簡単な朝食ののった皿と、コーヒーとジュースとが出てくる。彼はベッドの上でそれを食べた。食べ終わると、皿のはしにのっている錠剤を口に入れ、ジュースとともに飲む。

それから歯をみがき、ひげをそり、髪をととのえ、服を着て出勤。ベルト道路を乗りかえながら、会社にむかう。途中で知人といっしょになる。

「お互いに、いつまでも昇進しませんな。あくせく働くばかりで」

「まったく……」

ありふれた会話をしているうちに会社につく。入り口の壁の大きなボタンを指で押す。カチリと小さな音がする。エヌ氏の指紋が識別され、タイムレコーダーによって出勤が記録されたのだ。

席についたとたん、課長がやってきて、書類をどさりと机の上にのせる。

「これを整理して、なんとか片づけてしまってくれ」

但是，裝置稱職到底。用雷達描準N氏的鼻孔，然後吹出刺激性臭味。味道雖令人難受，睡意濃厚的N氏還是忍了下來。

下一步就是冰冷的東西撒在N氏的身上。一種揮發性極强的液體，會奪取身上的體溫，令人發冷。

N氏斷了繼續入睡的念頭，勉勉强强起身了。如果再不起來的話，就會受到電擊。睡的念頭，到此該適可而止了吧。

N氏站了起來，回到床上，按下早餐電鈕。牆壁的一部份自動打開，盛有簡單早餐的盤子，咖啡和果汁出現在他面前。他在床上吃著早餐。用完早餐，他把放在盤邊的藥片放在嘴裡，連同果汁一起喝了下去。

接著他就刷牙、刮鬍子、梳梳頭髮，並換了衣服後就上班去了。他邊換乘以輸送帶鋪成的道路，邊朝著公司前進路上他會碰到熟人。

「大家總是高升不了，只有忙忙碌碌地工作。」

「簡直是……。」

在閒話家常中，N氏就抵達了公司。他按下裝在公司大門牆壁上的大電鈕。電鈕發生「咔察」的小聲音。N氏的指紋被識別出來，同時藉著計時錶，他的上班便被記錄下來了。

當他剛在自己的辦公椅上坐下時，課長就來到他的前面，把一大堆文件放在他的桌上，說：

「把這些文件處理完後，加以分類歸檔吧。」

書類の厚さを見て、がっかりする。処理するのは容易ではない。だが仕方ない。つとめているからには働かなくてはならないのだ。

書類のなかにわからない部分があり、べつの課に聞きにゆく。電話でもすむのだが机からはなれて自分で出かけてゆくのは、気分転換にもなるのだ。

廊下で部長にあう。部長に注意される。

「おい、その服装はなんだ」

「はあ……」

「服のボタンをよくみがいておけ。胸のバッジが少しゆがんでいる」

「申しわけありません」

「社員はつねに、きちんとした身なりをしていなければならぬ……」

がみがみ言われてから、やっと許される。

自分の机に戻る。外部から電話で問い合わせがある。やっかいな事項で、調べるのにけっこう時間がかかる。

重役から呼び出される。いいことかと期待しながら室に行くと、以前に提出した書類の数字についてさんざん怒られる。なんとか説明し、それが誤解であることをやっとわかってもらう。重役もそれをみとめる。

「なるほど、こっちの勘ちがいだった。もういい」

「はあ……」

「唔……。」

N氏看到那麼大堆文件，感到頹喪。處理這麼多文件，不是一件容易的事。不過，也沒有辦法，既然受雇於人，不替人效勞怎行?!

有部份文件N氏看不懂，只好拿到別的課去請教。這本來用電話也可以，不過離開自己的崗位，親自去求教於人，倒可以變換一下自己的情緒。

N氏在走廊碰到部長，受到部長的警告。

「喂，你的衣着好邋遢，像什麼話嗎。」

「咦……。」

「衣服上的扣子擦亮一點。還有胸前的徽章也沒有別正。」

「對不起。」

「職員非得經常注意自己的衣着整齊不可！」

挨了一頓斥責後，好不容易才求得部長的原諒。

N氏回到自己的座位上。外面打來接洽公務的電話，是件令人討厭的事情，查起來相當費時。董監事有事找，N氏抱著期待佳音的心情到董監事室時，對方拿以前所提出的文件上的數字，對他大發雷霆，N氏設法加以說明，好不容易使對方瞭解那是誤會，董監事承認確是誤會。

「果然是我的錯，算了吧。」

眞倒楣，N氏邊嘮叨邊回到自己的辦公桌，不久下班的時間到了，N氏又踏上輸送帶舖成的道路回家。

ひどい目にあった。ぶつぶつ言いながら、エヌ氏は机に戻る。そのうち退社時間となる。また
ベルト道路で帰宅する。
「やれやれ、疲れた」
つぶやきながら外出着をかえて、ベッドの上に横たわる……。
エヌ氏はここでわれに帰った。朝ベッドの上で食事後に飲んだ薬の作用が終わったのだ。
出勤から帰宅までのことは、その薬品がもたらした幻覚だったのだ。すなわち、エヌ氏はずっ
とベッドの上で、それを見つづけていたというわけだ。
この薬は開発されて以来、改良に改良が重ねられてきた。幻覚といってもぼんやりしたもので
はない。細部までリアルで、現実そのものといっていいほどだ。しかも、あとまでその記憶が残
るのだ。
この時代、エヌ氏ばかりでなく、たれもがこの薬を飲んでいる。錠剤は一種類でなく、出勤の
業種の幻覚にはいろいろなのがあるが、まあ似たりよったりの内容だ。
なぜ本人がつとめに出ず、このようなものを飲むようになったのか。理由は簡単、すべての仕
事がオートメーション化し、人間の働く部分がまるでなくなってしまったからだ。
しかし、人間とはなにかをせずにはいられないものだ。遊べばいいといっても、長い長い時間
を、たえまなく遊びつづけられるものではない。
そこで、この薬が作られたのだ。勤労感を味わうのはいいことだ。生きている責務を果たした

「哎呀，累死了。」

N氏嘟喃著，換上了睡衣，躺在床上……。

到此爲止，N氏才返回到自我，早晨在床上用早餐後所服用的藥片，其作用結束了。從上班開始到下班回家爲止的整個過程，全是該藥片所引起的幻覺。換言之，N氏一直躺在床上，繼續不斷地看著事情的進展。

此種藥品自從發明以來，已經過了再三的改良。所謂幻覺，並非模糊不清。連每個細節都是眞實存在的，所以可說是千眞萬確地存在於現實中。而且，事後其記憶還會保留下來。

這個時代，不但是N氏，任何人都服用這種藥。藥片不只一種，隨著上班的種類而有各種各樣的幻覺；不過其內容可說大同小異。

爲什麼本人不去上班而要服用這種藥物？理由簡單，所有的工作都自動化，要人類動手的部份，幾乎沒有了。

然而，人類總不能閒著沒事做。雖然可以去遊玩，但也不能長時間玩個不停。

ような気分になり　生きているとの実感や自信を持てる。遊びつづけると人間ばかになるがそれを防ぐこともできるのだ。

まあそんなむずかしい理屈はどうでもいい。最大の効果は、休日が楽しくなる点だ。休日、なんと楽しい響きではないか。人生にちらばる美しい星々か珠玉のようだ。輝きにみち、充実し、のんびりと自由で、どこか物たりなく、ほろにがさもあり、夕刻になるとちょっぴり悲哀もある。

こんな人間的な感覚がほかにあろうか。人生とは休日で織りなされるべきものなのだ。人間から休日を取ったら、なにが残る。あくまでまもらなければならない。そのためには、他の日々に薬を飲んで、勤労感を味わわなければならないのだ。

あしたは、そのすばらしい休日なのだ。どう過ごそうかなとあれこれ考え、エヌ氏はうれしそうな表情になった。

於是，這種藥就被製造出來。體會一下勤勞感是一件好事。可令人感覺盡到做人的義務，而且還可令人保有生存在世上的實感或自信，要是繼續遊玩下去，人類會變傻，而這種藥正好可防止它。

哇，那麼深奧的道理隨它去吧。最大的效果倒是使休假變得快樂。

休假，多令人欣喜的響聲，彷彿散播在人生道上的美麗星星或珠玉似的，充滿著光輝、充實、悠然自得，而沒有任何欠缺，苦中有甜，而一到黃昏有時會令人感到淡淡的哀愁。

這種人類的感覺，在那裡可以找得到？所謂人生必須是由休假編織起來的呀！

要是剝奪人類休假，剩下的是什麼？非得徹底維護休假不可。為此，在其他的日子裡，非服用藥片去領悟勤勞感不可。

明天就是極好的休假。N氏正絞盡腦汁思考如何渡過此一盛大的日子，臉上不禁露出快樂的表情。

盗賊会社

私は盗賊株式会社の社員。名称から察して、泥棒ごっこのオモチャかなにかの製造販売でもする会社かと、むりに好意的に考えてくれる人があるかもしれない。だが、遠慮はいらない。泥棒そのものが営業なのだ。

そんな仕事があったのかと、表面は顔をしかめ、内心ではうらやましがる人が多いのではないかな。ぬるま湯にひたったような、平凡な日常にあきあきしている人ならば……。

朝、私は時間どおりに家を出る。不規則な出勤をすると、近所の人に怪しまれる原因となる。この点はきびしく言い渡されているのだ。

また、服装は地味で、ちゃんとしたものであることも要求されている。いかに暑い日でも、アロハを着るなどもってのほかだ。サングラスをかけたら、さんざん怒られてしまう。ことばづかいも同様、少しどもるぐらいのまじめさがないといけないのだ。これまた、しょっちゅう注意される。

要するに、だれに見られても善良な市民でなくてはならない。警官に目をつけられる姿ではいけないのだ。

竊盜公司

我是竊盜股份有限公司的職員。從名稱看來，是不是製造或販賣模倣小偸玩兒的玩具什麼的。也許有人勉强往好的方面去做這種解釋。不過，犯不著客氣。竊盜這件事本身，乃是本公司的營業項目。

世界上眞的有那種工作嗎？表面上皺起眉頭，內心却感到羨慕的人說不定爲數不少，如果你是一個像泡在溫水裡過著令人厭煩的平凡生活的人的話，那更……。

早晨，我準時出門，如果不按時上班，會容易引起鄰居的懷疑。這點，上級嚴格的交待過。

再者，衣服須樸實整潔。不管天氣有多熱，港衫也穿不得，要是帶上太陽眼鏡，那我敢保險，你一定會挨上一頓痛罵。說話的措辭也是一樣，非老實到語氣上帶點兒結巴的程度不可。這點，也經常受到上級的提醒。

總而言之，要僞裝到在任何人看來，都像一個道地的善良市民不可，千萬不能引起警察人員的注意。

会社へつく。社員はほぼ百人。多すぎると感じる人もあるだろうが、多いほうがいいのだ。

企画部の者は、さまざまな立案を前にし会議をやっている。社長も列席している。若い連中の発言はみな元気がいい。

「どうでしょう。宝石商を襲撃するのは」

「倉庫の資材をごそっと運び出すのも、利益が大きいと考えますが」

「ロールスロイスの乗り逃げなども、よろしいかと存じます」

いろいろと活発な意見が出るが、そのたぐいを社長はめったに採用しない。

「そんなはでなことはいかん。たとえ成功しても大さわぎとなり、今後の活動に支障をきたす。少量ずつでも数をこなし、安全確実を第一とするのがわが社の方針だ……」

そのあげく、案がねりなおされる。そして、たいていの場合、二号の宅に出かける金持ちの財布を奪うといったことに落ち着くのだ。今回もそうきまった。

社長の決定にもとづき、くわしい実行計画がたてられる。社には、どこのだれはどこそこに二号をかこっており、何時にどの道を通って出かける、といった資料がそろっている。そのなかから適当なのを選び出すのだ。

そんな資料があるのなら、恐喝のほうがいいと考える人もあるだろう。たしかに手っとりばやいが、つかまる危険もまた多い。わが社は、そんなばかなことはしないのだ。

計画が立つと、技術陣が動員される。まず、メーキャップ係、その手にかかると、顔など別人のごとく変えられてしまう。

公司到了，公司的全部職員約一百名左右，或許有人會覺得，人數未免過多，但我認爲人多總是好的。

企劃部的人員在開會時，會提出五花八門的計劃，董事長也列席，年輕人的發言，總是踴躍。

「偸竊銀樓怎樣？」

「把倉庫內的材料來個大搬家，獲利可不少呢。」

「把洛個史・魯易斯開走，這主意也不壞。」

與會的人員雖提出各色各樣活潑的意見，不過倒很少受到董事長的採用。

「容易張揚出去的事做不得，卽使成功了，也會引起大騷動，而妨碍到以後的活動，數量少倒無所謂，要穩紮穩打，安全第一，這是本公司的原則……。」

結果，提案終於重新擬訂。並且，大致上目標是，針對著那些有錢的金屋藏嬌者身上，這次也這樣決定了。

詳細的實施計劃，就按照董事長的決定擬訂出來，對於那些有錢的金屋藏嬌者，公司裡擁有齊全的資料，比方：住在某某地方的張三，暗地裡在某處金屋藏嬌，而在某某時刻，會路過某一條街道，從這種資料中，挑選出適當的出來。

既然有這種資料，那爲什麼不用恐嚇的手段？或許有人會這樣想，敲竹槓的確比較直截了當，但敗露的機會也多，本公司才不幹那種傻事。

一旦計劃擬妥，接著就是動員技術陣容，首先就是化粧師，凡是經過他化過粧的，容貌就會改變，改變得判若兩人似的。

79 竊盜公司

また、スリのベテランが二名。彼らの腕はなかなかみごとで、重役でもある。

あとはわれわれ一般社員。それぞれの役割と配置とを告げられ、練習をさせられる。私はたいていの場合「わあ、たいへんだ」と叫んで、かけ出す役。単純な仕事だ。

いよいよ実行。偵察係が小型無線機を持って目標の人物を追い、その動きをみなに知らせる。犯行は原則として大通りでおこなわれる。そのほうがいいのだ。

よしとなると、わが社員の運転する自動車が、目標の人物のそばで小さな事故をおこす。大きなパンクの音をさせる程度でいい。

だれでも驚く。その瞬間をねらって、スリ係が財布を盗むのだ。スリ係が二名いるのは、正副二名といったところで、一人は補欠である。不測の事態の時、すぐ代わって行動する。

たいていうまくゆくし、いままでほとんど成功している。しかし、気づかれる可能性だってある。そのそなえがあるからこそ盗賊会社なのだ。

なにしろ、目標の人物のそばをなにげなく歩いている三十人ほどは、みなわれわれの会社の者なのだ。被害者が叫び声をあげると

「どうなさったのです」

「なんですか、だいじょうぶですか」

などと口々に言って寄ってゆく。追いかけにくくするためだ。

一方、近所の赤電話にとりついているのも、わが社の社員だ。警察へ電話するのをさまたげるためだ。そばの店で買い物をしているのも同様、店員が外に出ないよう引きとめる。

再者，有二名老練扒手，他們的手腕相當高明，同時還是公司的董監事呢。

剩下的就是像我這種普通職員，各人有各人的任務與角色，還要經過練習，大致上我的任務是喊叫：「哇，不得了！」後，開始跑，好單純的工作。

終於要付諸實施了，偵察人員帶著袖珍型無線電對講機，追踪目標人物，將他的舉止報告給大家。原則上，罪行都在大馬路上進行，這樣比較好。

俟時機一成熟，由本公司職員所駕駛的轎車，開到目標人物的旁邊，故意發生小事故，只要產生一聲輪胎爆炸的巨響就可。

這麼一來任何人都會驚嚇。這時，扒手就要乘機扒取對方的錢包，所佈置的兩名扒手，為正扒手和副扒手，後者是備用。萬一事情發生變化，副扒手立即取代正扒手繼續行動。

大致上都進行得蠻順利，到目前為止還沒有人失過手。但是，被發覺的可能性還是有的，就因為具有這種周密的防患，才夠資格稱得上「竊盜公司」。跟外行人不同。

總之，若無其事地在目標人物身邊走著的三十多個人，全是本公司的職員，被害者要是喊叫出來，則：

「怎麼啦？」

「什麼事？要不要緊？」

衆口紛紜地邊說著邊靠上去，目的在妨碍被害者去追加害者。

另一方面，佔據現場附近的公共電話亭，裝模作樣打電話的，都是本公司的職員，為的是阻碍被害者打電話報警，在附近的商店買東西的顧客也是一樣，都是本公司的職員，為的是纏住店員，

耳の遠い男となって、交番で大声で道を聞いているのもそうだ。道ばたで乞食をやっているのがそうである場合もある。また適当な時機をみて私が、少しはなれた場所で

「わあ、たいへんだ」

と叫んでかけ出す。おせっかいな人が追ってきて聞くかもしれない。その時は

「デイトの約束を忘れたのです」

と答えるのだ。さらに万一の場合にそなえて、急に卒倒する役の女子社員もいる。

こんな万全の準備のなかでやるのだから失敗することはない。これだけの人数で証言すれば、どうにでもなる。

かくして、成功率は百パーセント。絶対に安全なのだ。被害者だって警察だって、ひとつの財布を百人がかりでねらうとは考えもしない。それに、あらかじめ調査し、生活にかかわるような金は奪わないから、新聞に出て社会の怒りを買うこともないのだ。

だから私たちは、逮捕されて有罪になる心配など、一度もしたことがない。

まあ、こういった平穏な毎日なのだ。月末になると給料日。わけ前がもらえる。税金はないが、社員積立金だの、保険料だの、なんだのが引かれ、手取りの金額となるとたいしたことはない。

いつだったか社員が組合を作り、昇給の要求をしたことがある。だが、経営者側の返事はこうだった。

「世の中が不景気で、入金が伸びないのだ。大物をねらえばいいのかもしれないが、それには危

免得他（她）們跑出商店。

假裝重聽，在交通台故意大聲問路的人也是一樣，打扮爲乞丐在路邊行乞的，有時也是本公司的職員，至於我，我會見機行事，我會等到適當的時機，在稍微離開現場的地方大聲喊叫後，跑出去。

「哇！大事不好了！」

喜歡管閒事的人可能會追來問，這時我就這樣回答：

「忘掉跟女朋友的約會。」

尤有進者，爲了預防萬一起見，有些女職員竟然假裝突然昏倒。

在這種計劃周到，萬事具備的準備之下，所做的案件，失敗的可能性幾乎等於零。憑本公司的人數來作見證的話，總是有辦法的。

就這樣，成功率可說是百分之百，絕對的安全，被害者也好，警察也好，他們絕不會想到爲了區區一個錢包，竟會動員一百人之衆。加上，要事前調查才能搶奪生活所需的金錢之類的事，即使見報也引起社會的公憤。

因而，我們從來沒有躭心過被捕而判刑的事。

嗯，過著如上所述的太平日子，到月底就領薪。可得到分贓，雖然不用繳稅，不過扣除諸如職員公積金、保險費等，淨賺仍然沒有受到多大的影響。

不知何時，職員竟然組織起公會，要求加薪，不過，公司方面的答覆是這樣：

険がともなう。万全の上にも万全を期すのが、社の方針だ。発覚して社がつぶれ、きみたちが路頭に迷ってもいいのなら、やらないこともないがね」

われわれだって失業はごめんだ。公開された経理を調べたが、たしかに入金は伸びていず、重役に不正もない。これではどうしようもない。

帰りがけに、私はバーで酒を飲んだ。だが上司の命令で、むちゃな遊びは許されていない。へべれけに酔って、つまらんことを口走るといけないからだ。私はビール一本でやめ、家に帰ってテレビを見て寝る。

私は最近、会社の仕事がいやになった。あまり平凡で退屈でおもしろくない。転職を考えている。どこかいいつとめ先はないだろうか。あなたの会社などは、私のいまの会社より、まだおもしろいのではないかと思うのだが……。

「由於世界性的不景氣，利潤不多，如果下著大的賭注，說不定情況較好，不過風險也大，不打沒把握的仗，乃是本公司的原則。如果被治安機關發覺，以致本公司倒閉，你們願意流浪街頭的話，還是可冒險幹一票的。」

我們還是不願意失業，我們調查過公司所公開的經營管理，的確沒什麼獲利，董監事也沒什麼舞弊。這麼一來，我們也沒話可說。

下班後，我到酒吧去買醉。不過，由於上級的命令，不許我們過分的放蕩，如果喝得酩酊大醉，一不小心把事情說溜嘴就糟了。我只喝了一瓶啤酒，然後回家看電視。

最近，我對公司的工作竟然感到厭惡。因爲過於平凡、無聊、平淡無味，我想改行，不知有沒有好差事讓我幹，我認爲你們服務的公司，也許比我現在服務的公司來得有趣……。

殺され屋

「やい、このまぬけやろう。お前のようなやつは、歯がぜんぶ抜けたおいぼれ犬だ。いや、その犬にも劣る。のろまでのろまで、カメよりもおそいネズミだ。本当のところは発育不良のミミズとでもいったところだな……」

おれはエヌ氏にむかって、さんざん悪口を言った。ここはある会合の席であり、そばに何人もいる。エヌ氏は満座のなかであざけられ、こわばった表情でうなった。

「うむ……」

「いやいや、ミミズなんて上等なものじゃない。毛のぬけた毛虫、塩でとけかけたナメクジ……」

おれはなおもつづけた。ぽんぽん悪口を言うのは、なかなかおもしろいものだ。

同席の人たちは、なんとか仲裁にはいらなければと思っているらしいが、みな、そんなことにはなれていない様子だった。また、おれも他人に口をはさむきっかけを与えないよう、あいだをおかずに言いつづけた。

やっとのことでエヌ氏は言った。

「うぬ。おとなしくしているのをいいことに、勝手なことばかり言う。ただではおかないぞ」

職業替死鬼

「喂，你這個糊塗蟲，像你這種東西，就像沒有毛的癩皮狗。不，還不如癩皮狗。笨得比烏龜王八還不如的小老鼠！說實在的，簡直是一條發育不良的蚯蚓……。」

我面向N氏，兇狠地痛罵個不停。此地是某種聚會的席位上，旁邊還有其他人。N氏當着衆人受到謾罵，以僵硬的表情呻吟出來。

「哦……。」

「不久，遠不如蚯蚓！是條脫了毛的毛蟲，溶解在塩巴裡的蛞蝓……。」

我繼續罵了下去。放肆罵人，可說是一件有趣的事情。

同席的人們似乎想到應該設法加以勸解，不過，對於這種事好像看不慣的樣子。再者，我也不讓第三者有插嘴的機會，不停地罵了下去。

N氏好不容易開了口。

「嗯。我不頂嘴，你倒罵得得意忘形起來。我決不放過你！」

「これはお笑いだ。お前なんか、ただの価値さえない人間だ。ただ以下だ。捨て賃でもつけなければならぬ、くずのようなもんだ。いったい、おれをどうしようってんだ」

おれは舌を出し、大笑いをし、さんざん言ってやった。エヌ氏は赤くなり、どもりながら叫んだ。

「こ、殺してやるぞ」

「これまたお笑いだ。殺すなんて、お前にそんな気のきいたことができるもんか」

「き、きっと殺してやるぞ。かならず殺してやるからな」

「あはは、うまくいったらおなぐさみだ」

「おぼえていろ……」

エヌ氏は吐き出すように言い、どこかに行ってしまった。残った人たちはおれに言った。

「どんないきさつで口論になったのかは知りませんが、ちょっとお口が過ぎたようですよ。なんだか心配です」

「なにが心配なのです」

「あなた、本当に殺されるかもしれませんよ。いまの帰りがけの彼の顔を見ましたか。ただならぬ、思いつめた表情がありましたよ。お気をつけたほうがいい。夜のひとり歩きなど、しばらくおやめになるんですね」

「なに、だいじょうぶですよ。殺せるものなら、やってごらんなさいです。あはは……」

おれの口調がにくにくしいので、その人はちょっといやな顔をした。

「講鬼話！你這小子簡直不是人！連畜牲都不如！免費奉送都沒有人要！到頭來還不是個廢物！你到底要把我怎樣!?你說！」

我伸出舌頭，大笑不已，滔滔不絕地謾罵下去。N氏面紅耳赤，結結巴巴地叫了起來。

「幹，把你幹掉！」

「這又是個笑話。把我幹掉？憑你這副德性連隻螞蟻都殺不了！」

「一，一定要幹掉你！非把你幹掉不可！」

「哈哈哈，如果幹得掉，那太陽就要從西邊出來了！」

「給我好好記住…。」

N氏像吐痰一般地說畢，不知跑到那兒去了。留下來的人對我說：

「不知你們爲什麼爭吵起來的，不過我認爲你罵得有點過份。我總爲你耽心…。」

「耽心什麼？」

「說不定你眞的會被幹掉。你有沒有注意到他臨走時的表情？太不尋常，滿臉思慮的樣子。我勸你，最好小心一點比較好。晚上暫時不要單獨外出爲妙。」

「什麼？我不在乎。要是幹得掉，就讓他來幹吧。哈哈哈…。」

我的語氣刺人耳朵，那個人露出一副厭惡的表情。

　しかし、世の中はおせっかいな人が多い。二日ほどして、おれに知らせに来た人もあった。エヌ氏が興奮しているというのだ。

「なんとかなさったほうがいいでしょう。あなたにとどめをさすとか言って、刃物を買ったようですよ」

「で、どうしろとおっしゃるのです」

「なんとか今のうちにあやまるか、それがいやなら、相手の気の静まるまで身をかくすとか、警察に保護をたのむとかすべきでしょう。そなえあれば憂いなしとか申しますよ」

「平気、平気。あんなくだらぬやつから逃げかくれしては、自分が恥ずかしくなってしまいますよ。あいつが刃物を振りまわしたって、大根も切れない……」

「じゃあ、お好きなように」

　親切に忠告してくれる人も、おれの平然さに腹を立てていいかげんでやめてしまう。内心では、おれの殺されるのを期待する気持ちになったかもしれない。

　そして、やがて問題の日となった。ついにがまんしきれなくなったのだろう。エヌ氏が夕ぐれ時、おれの自宅にのりこんできた。うす暗いなかの人影にむかって、彼はどなる。

「やい、覚悟しろ」

　しかし、その人影はおれではない。おれはケイ氏に留守番をたのみ、外出中だったのだ。そんなことを知らないエヌ氏は、刃物を振りまわし、ケイ氏に切りかかった。ケイ氏は身をかわし、組み打ちとなり、なんとか刃物を奪いとり、エヌ氏の胸を突きさした。

然而，世界上好管閒事的人的確不少。約過了兩天，竟有人跑來告訴我說N氏很激動。

「你該想想辦法吧。說要殺你，好像去買刀的樣子。」

「那，那你要我怎麼做呢？」

「我認爲乘機向他道歉，如果不願意，那最好躲起來，直到對方心平氣和爲止，或者請求警方保護。總之，有備無患。可不是嗎？」

「不在乎，不在乎。躲避那種事，簡直太丟臉，太對不起自己。那種蠢貨卽使揮刀，連蘿蔔都切不了…。」

「那就隨你去吧。」

好心來相告的人，也對我的蠻不在乎的態度感到憤怒，說了一半就住口。說不定內心抱着期待我被殺的心情也未可知。

N氏挑釁的日子終於到了。或許無法再忍耐下去了吧。N氏在黃昏時刻闖進了我的家。微暗中，他對着人影大聲叫嚷。

「喂，好好覺悟！」

但是，那個人影並不是我。我委託K氏替我看家，我本人外出。不知眞相的N氏，舞起刀，對着K氏砍了下去。K氏躲開對方的刀，兩人扭成一團，K氏奪取N氏手上的刀，順勢刺向他的胸膛。

思わぬ事態。ケイ氏はすぐに救急車を呼び、さらに警察へも電話した。だが、救急車がかけつけてきた時には、もはや手おくれ。さされたのが急所で、エヌ氏は出血多量で死んでしまった。

やってきた刑事たちに、ケイ氏は言った。

「わけがわかりません。気ちがいに刃物とは、あんなことをいうんですかね。不意に刃物がきらめいた。私は身を守るために、もう、むがむちゅうで……」

目撃した近所の人も、そう証言した。もちろん、外出から帰ったおれも取り調べられた。この惨事の原因がおれにあることは、しだいにあきらかになってきた。おれがエヌ氏にあんなひどいことを言いさえしなければ、なにも起こらなかったはずなのだ。

しかし、悪口を言ってはいけない法もなく、おれはべつに処罰されなかった。ケイ氏もまた同様だった。対抗しなかったら、自分が殺される。正当防衛の行為なのだ。

おれもケイ氏も、エヌ氏の墓前にいくらかの香典をそなえた。哀悼の意は表すべきだ。これで事件は一段落といえた。

ひとわたり終わってから、ある夜ケイ氏がひそかにおれをたずねてきた。そして言った。

「なにもかもうまくいった。もっとも私も、身をかわし刃物をもぎとる修業をやりはしたがね。すべてきみの計画どおりだ」

彼はうれしそうな顔であり、おれはいささかとくいだった。

「それはそうですよ。私が頭をひねって考え出した新商売。殺され屋というわけですから。こんなしかけになっていたとは、だれも気がつかないでしょう」

令人意想不到的事態。K氏馬上叫了救護車，進一步打電話給警方報了案。然而，救護車抵達時，已來不及了！被刺到的地方正是要害，由於出血過多，N氏就這樣一命嗚呼歸天了。

K氏對趕到現場的刑警們說：

「簡直莫名其妙。所謂神經病帶刀，大概指這種人吧。我無意中發現一把刀閃了起來。爲了保護自己的安全，我奮不顧身……。」

目睹的鄰居，也這樣作證。當然啦，外出回來的我也接受調查。此一慘劇因我而起，也逐漸明朗了。無火不冒煙。如果我沒有那樣過份痛罵N氏，什麼事都不會發生。

然而，法律並沒有禁止罵人這一條文，我也沒有受到任何處罰。K氏還不是一樣。不反抗的話，自己只有挨刀。正當防衞嘛。

我和K氏一起到N氏的墓前，供上了奠儀。哀悼的心意，應該表示一下。這麼一來，事件就告一段落了。

事情大略結束之後，某夜，K氏悄悄地來拜訪我，說：

「一切都進行得好順利啊。不過，我畢竟練過一番閃避、搶奪兇器等功夫。全部按照你的計劃。」

他的臉上露出喜悅的笑容，我也感到有點得意洋洋。

「可不是嗎？這是我動腦筋想出來的新行業，『職業替死鬼』，沒有人會發覺是這麼一個圈套吧。」

「これですがすがしい気分になれた。まったくあのエヌ氏のやつは、とんでもない悪党だったからな。私の過去のスキャンダルをたねに、なんだかんだと金をゆすりつづけてきた。もうずいぶん払ったのに……」

思い出すとくやしくてならないという口調だった。おれは言った。

「まあ、もういいじゃありませんか。二度とやってこないんですから」

「ああ、ほっとしたよ。あいつにこれ以上つきまとわれたら、私の一生はめちゃめちゃになるところだった。しかし、これで完全な終止符。ありがとう。これは約束のお礼だ」

厚い札束がおれの手に渡された。

「なにも、そう感謝なさることはありませんよ。こっちは、これが営業なんですから。それより、だれかを殺したがっている、あなたのようなお客さまはいませんかね。実績はおわかりでしょう。いたら紹介をお願いしますよ」

「我的精神感到開朗多了，N氏那傢伙簡直是個大壞蛋，以我過去的醜事做爲把柄，不斷威脅我，敲詐我，我已破了不少財…。」

K氏以一想起就感到氣憤的語氣敍述着。我說：

「嗯，不是好了嗎？不會再敲你第二次了。」

「啊啊，我終於放心了。要是給那傢伙繼續糾纏下去，我這一生就完了？但是，這樣我就完全解脫了。謝謝。這是答應過你的謝禮。」

一大疊鈔票交到我的手上。

「用不着那樣感謝。這是我的職業。我想倒不如拜託你多替我介紹幾個像你這樣蓄意想殺人的客戶，績效你已了解了吧。」

あわれな星

どこからともなくやってきた円盤状の物体が、地球の上空に静止した。まっ黒な色をしており、夜になるとむらさき色の光を発し、ぶきみな印象を与える。

それを見あげた人びとは、いやな予感に襲われた。そして数日たつと、その予感は現実のものとなった。円盤からメッセージがおくられてきたのだ。

〈地球という星の住民よ。われわれはお前たちの電波を分析し、ことばを知った。そのため、かくのごとく話しかけることができるのだ……〉

みなが耳を傾けるなかで、それはつづいた。

〈……われわれはこの星を植民地とし、お前らを徹底的にこき使うことにきめた。いやだと言ったら、武力で従わせる。こっちの実力を見せてやろう〉

円盤からミサイルが発射された。それは海上の小さな島に命中し、島は一瞬のうちに消滅した。見ている者は身ぶるいした。あんなのが都会に落ちたら、どうしようもない。

〈もう一発おみまいする。お前らの手で防げるものかどうか、なんならためしてみたらいい〉

それはいかなる方法をもってしても防げず、さらに島がもうひとつ消滅した。

可憐的星球

不知從那兒飛來的圓盤狀物體，靜止在地球上空。顏色黑黝黝的，一到夜晚便發出紫色的亮光，給人以毛骨悚然的感覺。

看到該物體的人們，產生討厭的預感。幾天後預感竟然變成事實。因爲圓盤傳來了信息。

「地球上的人民啊，我們分析過你們的電波，獲悉你們的語言。因而，得以跟你們通話……。」

每一個人都在洗耳恭聽之際，發自圓盤的話，繼續說了下去。

「…我們決定把這一星球據爲殖民地，還要徹底地役使你們。如果不願意，那只有訴諸武力。讓你們瞧瞧我們的厲害！」

飛彈從圓盤發射出來。它擊中了海上的小島，剎那間島給消滅了。目擊者渾身發起抖來。那種東西要是擊中都市，後果委實不堪設想。

「還要再發一顆。看看你們能不能防禦，盡管試試好啦。」

對於這種飛彈，卽使用盡所有的方法，還是防禦不了。於是島嶼又被消滅了一個。

〈どうだ、われわれの力が、これでわかったことと思う。しかし、即答を求めてもすぐにはきめかねることだろうから、われわれは一応ひきあげ、半年後にまた来る。それまでに態度をきめておいてもらいたい〉

円盤は空のかなたへと去っていった。それを呆然と見送りながら、みなはため息をついて話しあった。

「ああ、なんということだ。やっと世界が平和になりかかったと思ったら、こんどはこれだ。不運としか言いようがない」

「天災なら、あとで立ちなおることもできよう。だが、これはそうではない。戦えばみな殺しにされる。といって降伏すれば、永久にやつらに支配され、こき使われる。苦しみは限りなくつづくのだ。どっちにしろ、人類の運命もこれで終わりのようだな」

なげいたり、ぐちをこぼしたり、くやしがったりしても、名案は出てこなかった。元気のいい議論は、ほとんどなかった。武器の強力さを見せつけられては、しりごみもしたくなる。

猶予は半年間しかないのだ。そのあいだになにができよう。全地球の科学技術を総動員してみても、やつらを撃退する兵器は開発できそうにない。まして、量産して防御態勢を作りあげることは、とても不可能だ。だからといって、相手のむちゃくちゃな要求に従うのもいやだ。どれい状態でなんの希望もなく生きつづけなくてはならないのだ。

人類は万策つき、わらにもすがる気持ちで、星々にむけて電波を出した。

〈どなたでもいい。助けてください。あわれな地球という星は、いま暴力でおどされ、ひどい目

「怎麼樣？從這點該看出我們的厲害了吧。不過，要你們馬上答覆可能辦不到，所以我們姑且先回去，豐年後再來。到那個時候，我們希望你們把你們的態度表明出來。」

圓盤向空中遠去了。人們目瞪口呆地目送它的遠去，嘆着息互相談論着。

「啊，像什麼話嘛！好不容易和平才降臨到這個世界，現在又來了這一套。只好歸諸於運氣不佳了。」

「要是天災，事後還可重建。可是，這又不是天災。打起戰來，地球必遭毀滅。如果投降則永遠受他們的支配和驅使，我們永遠沉淪在苦海中。不管走那一條路，人類的命運，好像就這樣卽將結束了。」

盡管嘆息，發牢騷，悔恨，還是想不出妙計來。值得鼓舞人的議論，幾乎沒有。看到對方所顯耀出來的武器的威力，令人躊躇不前。

猶豫的時間只有半年而已。這期間會有什麼辦法出現呢？卽使動員全地球的科學技術，還是開發不出能夠擊退他們的武器出來。何況要大量生產以完成防禦佈署，更加不可能。話雖這麼說，去順從對方的無理要求也是難辦到的事。非得在奴隸狀態下，毫無希望的繼續生存下去不可。

人類在無計可施，攀附求援的心情下，向着天上的星星，發出了電波。

「任何人都好，請救救我們吧。可憐的地球這個星球，目前正受到暴力的威脅，卽將吃到苦頭。此可忍，孰不可忍？難道宇宙間，連一點兒正義都沒有嗎？」

にあわされかけております。こんなことが許されていいのでしょうか。宇宙に正義はないのでしょうか……〉

はたしてききめがあるものかどうか、それはわからなかった。また、あの黒い円盤の連中が傍受し、怒って戻ってこないともいえなかった。しかし、ほかに手段はなかったのだ。

不安のなかで、月日は流れていった。いてもたってもいられない気分で、五ヵ月がむなしく過ぎた。みなはあきらめ、覚悟をきめかけた。

しかし、祈りはかなえられた。銀色をした宇宙船が地球を訪れてきて、なかからおりたった宇宙人が言った。

「私はシラ星の者です。上品で、知的で、同情にあふれる口調だった。

「それはご親切に。じつは……」

事情を話すと、シラ星人はうなずいて言った。

「やはりそうでしたか。さぞお困りでしょう。あの連中はじつに凶悪です。他の星を支配するか、破壊するか、それしか知らないやつらのようです。以前、私たちの星にも攻めてきました。しかし、さいわい私たちの星の科学力のほうがまさり、なんとか撃退することができました」

「それはそれは、ぜひ、お力を貸してください。ご指導をお願いします。どんな礼でもいたしますから」

「もちろん、お手伝いしましょう。そのためにやってきたのです。困った時はお互いさま。だまっているわけにはいきません」

這樣做，到底有沒有效果，是無法預料的。再者，那顆黑色圓盤上的傢伙，要是監聽到發自地球的電波，不見得不會氣憤憤地折回來。然而，除此之外，還有什麽妙計可施呢？

日子在不安的氣氛中一天天飛逝。在坐也不行站也不好的心情下，五個月的時間，虛度過去了。大家心灰意冷，抱着絕望之心。

但是，人們的禱告，應驗了。一艘銀色的太空船，降落地球，從裡面下來的太空人說話了。口氣上流，理智、充滿着同情。

「我是西拉星人，知道你們有困難，專程來看看你們。」

「感謝你的好意。事情是……。」

將事情的經過告訴他之後，西拉星人便點頭說：

「果然如此。那你們一定傷透腦筋了吧。那些傢伙的確兇惡極了。他們只知道要支配，破壞其他星球。以前，他們也進攻了我們的西拉星。然而，幸好我們的科學勝過他們，結果把他們擊退了。」

「那麽請您務必助我們一臂之力吧。敬請您的指導。任何代價都可付給您。」

「當然樂意幫忙你們。我還不是爲了這件事專程來的。有困難應該互相幫忙。我總不能見死不救。」

地球の者は涙を流して感謝した。

「ああ、なんとありがたいことでしょう。あなたは救いの神です。で、どうすればいいのですか」

シラ星人は、宇宙船のなかから、複雑そうな装置を運び出した。

「この特殊電波発生装置を使えばいいのです。これを使えば、やつらのミサイルは爆発しません。ミサイルばかりか、連中の武器はすべて不発。あきらめて逃げ帰るはずです。やつらから捕獲したミサイルがありますから、それを使って使用法をお教えしましょう」

すぐに実験がなされた。説明の通り、先日はあんなにすごかったミサイルも爆発しなかった。みなは感心した。

「なんとすばらしい防御兵器でしょう。これがあれば、地球での戦争も永遠になくなる。ぜひ、ゆずってください」

「そのつもりで、五十台ほど持ってきました。これだけあれば、絶対にだいじょうぶです」

取り引きは成立した。五十台の装置は地球の各地に配置された。その代価として、地球の美術品が大量に渡された。惜しいとか言っている場合ではない。ほっといたら、人類がほろびてしまうのだ。破滅に至らないですむと思えば、安いものだ。

「では、私はこれで。装置は精巧で微妙ですから、あまりいじったりなさらないように。いざという時に故障では、たいへんなことになりますから……」

シラ星人は帰っていった。

そして、問題の期限が来た。全地球は緊張して待ちかまえていた。しかし、いつまで待って

地球的人感激得流出淚來。

「啊啊，我們不知要如何感謝您呢。您是我們的救世主。那，那該怎麼辦呢？」

西拉星人從太空船裡，搬出了複雜的裝置。

「使用這部特殊電波發生裝置就可以了。利用這個裝置的話，他們的飛彈就不會爆炸。不但飛彈，連全部武器都發生不了威力，因此，只好死心，而逃回去。這裡也有從他們俘獲的飛彈。我就利用它把使用方法教給你們吧。」

實驗立刻進行了。誠如他所說明的，上回威力那麼驚人的飛彈，也不爆炸了。每一個人無不佩服得五體投地。

「多麼優越的防禦武器呀！只要有這種東西，那地球上就永遠不會有戰爭了。務請轉讓給我們吧。」

「就是有這個打算，我才帶來了五十部。只要有這個數量，你們絕對安全無恙。」

交易成立了。五十部裝置配置到地球各地。其代價是地球的美術品，大量交給對方。目前並沒有讓人感到惋惜的餘地。置諸不理，人類只有滅之一途。比起遭受毀滅，還是划得來的。

「那，我就到此爲止。這一裝置精巧而微妙。最好不要亂摸亂碰。萬一要用時發生故障，事情就嚴重……。」

說畢，西拉星人就回去了。

問題的期限終於來臨。全地球的人嚴陣以待。但是，盡管等待，黑色圓盤還是不來。

も、黒い円盤はやってこない。

緊張がゆるむと、だれかが疑念を抱きはじめた。そして、装置をそっと分解してみると、なかはからっぽ。

どうやら、やつらはぐるだったようだ。文明が進めば、武力による征服や支配など、手数のかかることをやるはずはない。どうせやるなら、もっと楽で知能的なことを……。

やつらは、いまごろこう笑いあっているにちがいない。

「こんな初歩的な手にひっかかるとは、地球とかいう星もあわれなものだな」

緊張一鬆懈，有人開始起了疑心。而且，把裝置暗中加以拆開，裡面竟然空無一物。

那些傢伙多半是同謀的樣子。文明一進步，沒有人願意用費時費力的武力去征服人家或支配人家。一定要幹的話，就要以更輕鬆的方式去從事鬥智之類的事。

那些傢伙現在一定在相對而笑。

「上了這樣幼稚的圈套，地球這顆星，多麼可憐……」

やっかいな装置

ある日のこと、ひとつの物体が宇宙から飛来し、地球の上へと着陸した。

人びとはほどよい距離でとりまき、観察した。あんまり近よっては危険かもしれないし、あんまり遠くではよく見きわめられない。

「いまに、なかから宇宙人が出てくるんでしょうね」

とだれかが言った。多くの人がそう考えていた。しかし、いくら待っても、なにも出てこない。

望遠鏡でよく眺めると、その物体はほぼ球形をしていて、直径は約十メートル。窓やドアらしいものはついていない。特徴といえば一ヵ所から短いえんとつといった感じのパイプがつき出ている点だ。

「いったい、あの筒状のものはなんなのでしょうか」

「さあ、わかりませんな……」

しかし、やがてそのパイプが作用を示しはじめた。そこから一種の音が響きはじめたのだ。それがじつにいやな音で、不協和音とでもいうのか、ガラスをナイフでひっかくような音だ。聞いていると、いらいらしてくる。

吃金子老虎

某日，從太空飛來一個物體，降落在地球上。

人們隔著適當距離，將該物體團團圍住，並加以觀察。距離太近，可能危險，太遠，又看不大清楚。

有人這麼說。許多人這樣想。但是，盡管等待，還是沒有任何東西從裡面出來。

「宇宙人快要出來了吧？」

用望遠鏡仔細加以觀察，該物體略呈球形，直徑約十公尺。上面沒有窗或門戶什麼的。提起它的特徵，那就是從某處凸出一支類似煙囪的管子而已。

「那個筒狀物到底是什麼？」

「咦，不知道啊……。」

然而，不久那支管子開始發揮作用了。從管裡發出了一種聲響。那是一種逆耳的聲音，姑且稱爲不諧和音吧，類似刀子撓割玻璃的聲音。聽到這聲音，就令人焦躁。

そのうち、パイプから出てくるのは、音だけでないことがわかった。においもそこから流れ出てくる。これまたいやなにおいで、内臓がむずかゆくなり、吐き気をもよおしてくる。

輪になってとりまいていた人びとは、少し遠くにしりぞいた。両耳と鼻とをふさぎつづけているわけにもいかない。

「とんでもないしろものだ。なぜ、こんなものが地球に送られてきたのだろう」

「わからん、そんなせんさくをするより音とにおいを防ぐほうが先決だ」

いわれるまでもなく、各分野の専門家たちが協力し、物体ととりくみはじめていた。防臭防音服に身をかため、警戒しながら近づいたのだ。

まず、内部に乗りこんでいるかもしれない相手に対し、連絡をとろうとした。しかし、なんの反応もなかった。生物はなかに乗っていないらしい。

交渉相手がないとなると、音とにおいをまきちらしているパイプを、こっちの手でふさがなければならぬ。コルクやゴムやプラスチックで、その穴をふさごうとした。

しかし、それは不可能だった。なにかをつめこんでも、すぐはじきとばされる。穴をふさぐのは無理なようだった。

それならばと、思いきって物体を破壊する方針がとられた。だが、どんな硬いドリルもうけつけなかった。また、いかなる爆薬を用いてもだめだった。よほど丈夫な金属でできているらしい。パイプの穴から爆薬をほうりこもうとしてみたが、はじき出されてだめだった。

地面に穴を掘って埋めようという試みもなされた。だが、つぎの日になると地上へ出てきてし

不久，從管子出來的，已不僅是聲音，連味道也流了出來。這又是令人厭惡的味道，會刺癢人的內臟，而且還會使人覺得噁心。

「毫無道理的東西！爲什麼要送這種東西到地球上來呢？」

「不知道。與其說去調查它的來歷，倒不如趕快設法阻止聲音和味道。」

用不到人家說，各部門的專家們聯合起來，開始對付該物體。他們穿上了防臭防音衣，小心翼翼地接近該物體。

首先，打算跟可能乘坐在裡面的人連絡。但是，沒有任何反應。裡面大概沒有任何生物。

既然沒有可交涉的對手，那非把播散聲音和味道的管子堵塞起來不可。專家們想用軟木塞，橡膠或塑膠堵住管口。

然而，那是不可能的事情。不管塞進什麼東西，馬上被彈開。堵塞管口幾乎不可能。

既然堵塞不了，那乾脆把它破壞掉不就好了？可是，任何硬的鑽子都拿它沒辦法。還有，威力再強的炸葯，對它都發揮不了作用。可能用相當堅硬的金屬製造成的。炸葯從管口扔了進去，結果還是給彈回了。

まう。海に沈めることもなされた。だが、ころがりながらもとの場所へ戻ってきてしまうのだ。人類の文化ではたちうちできない、一段うえの高度の性能をそなえている。

そして、依然としていやな音とにおいをまきちらす。また被害もひろがっていった。

「音がだんだん大きくなってくる」

「それに、においも強くなる。逃げましょう」

すなわち、人びとは物体からさらに遠くへ避難しなければならなくなった。周辺の居住不能の地帯が、しだいに広くなってゆくのだ。この調子だと、人びとは限りなく追いたてられてしまうだろう。一刻も早く物体の穴をふさがなければならない。

関係者は、あせりながら各種の実験をつづけていた。ガラス製のふたをはめようとしてもだめ、鋼鉄製でもだめ、ついにやけになり、黄金製のもので穴をふさいでみた。

そのとたん、今までの例だとはじき出されるはずだったが、今回はパイプのなかへとはいっていった。そして、みなを悩ませていた音とにおいはとまった。

「なんとかおさまったようですな」

「いずれにせよ、これでほっとしました」

しかし、安心できたのはわずかの期間だけだった。一週間ほどすると、また音とにおいが出はじめる。試みに黄金をほうりこんでみると、しばらくとまる。だが、一週間後には再開されるのだ。

「これはひどい。黄金を食べつづける装置とは……」

在地上挖個洞，把它埋了下去，但到了第二天又露出地面。把它推進海底，却邊滾邊回到原來的位置。它具備着高超性能，憑人類的文化，是對付不了的。

而且，仍然播散着討厭的聲音和味道。同時，受害的範圍逐漸擴大。

「聲音愈來愈大了！」

「加上，味道也增強了。逃開吧。」

換句話說，人們被迫非遠避該物體不可。周圍的無法居住地區越來越擴大。照目前這種情形下去，勢必無限制的把人們驅逐出去。非盡早把該物體的管口塞住不可。

專家們焦急地不斷進行各種實驗。套上玻璃製的蓋子也沒有用，鋼鐵製的也沒有用，最後，自暴自棄地用黃金製的堵塞物塞了進去。

剛一塞進去，應該會給彈回的金製堵塞物，這次竟然溜進管內。於是，傷腦筋的聲音和味道就停了下來。

「好像停止了的樣子。」

「總之，可放心了。」

然而，令人放心的，只是短期間而已。約一星期後，聲音和味道又開始發出來了。試探性地把黃金投了進去，聲音和味道就暫時停止。但，一星期後，又重新開始發散。

「這太過份了。繼續吃黃金的裝置……。」

「むちゃくちゃだ。なんでこんな目にあわなければならないのだ。われわれ地球が宇宙に対してどんな悪いことをしたというのだ。理不尽きわまる」

「これだけの装置を作ったやつだ。まちがえて送りつけたのではあるまい。地球の財産をねらってのしわざにちがいない」

「ついに、たちの悪いギャングにとりつかれてしまったわけか。この強奪はいつまでつづくのだろう」

だれもが腹を立て、文句を言った。しかし、どうしようもない。物体はいすわり、いやな音とにおいをとめるには、金を定期的にほうりこまなければならない。

やがては怒る気力もなくなった。みなは泣き泣き、金をパイプに入れつづけるのだった。

かくして、一年がすぎた。ある日物体がかすかにふるえはじめた。飛び立とうとするかのように。そばにいた関係者のひとりは、それに気がついて、ペンキの筆をつかみ、急いで物体の外側に書きしるした。

〈どこの星からだか知らないが、なんでこんなひどい装置を送りこんだのです。おかげで、地球は大変な迷惑を受けました〉

相手に通じるかどうかはべつとして、これぐらいは伝えなければ気がすまない。これが高度の文明を持った星のすることか。

物体は離陸し、どこへともなく飛び去っていった。だれもがやれやれと思った。これで、まあ当分はやってこないだろう。

「太胡鬧了。我們憑什麼要吃這種苦頭!?我們地球到底對宇宙犯了什麼過錯!?豈有此理！」

「做出這樣精巧裝置的傢伙。不可能把它送錯地方的。一定是覬覦着地球的財產而要的把戲無誤。」

「我們畢竟給惡棍纏住囉。這種強奪到底要繼續到什麼時候。」

每一個人都氣憤地發牢騷。有什麼辦法呢？物體久坐不動，爲了要制止討厭的聲音和味道，就得按時把黃金扔進去。

不久連生氣的力氣都沒有了。大家只有哭泣，不斷地把黃金塞到管子裡面去。

就這樣過了一年。有一天，物體開始輕微地震動起來了。彷彿要起飛似的。旁邊的一位專家發覺此事，抓起漆匠用的刷子，匆匆地在物體的外面，寫了下面幾個字：

「不知來自那一個星球，怎麼送來這樣難纏的裝置啊。托了它福，我們地球遭受到極大的麻煩。」

對方能不能看懂，另當別論，不這樣聲明，難消心頭之恨。這是具有高度文明的星球所幹的好事嗎？

物體起飛了，不知飛到那裡去了。每個人都可放心了。這樣暫時不會再來了吧。

しかし、それもつかのま、物体はまたもやってきた。なかの黄金をどこかに運び、ふたたび戻ってきたという感じだった。いやな音とにおいとがパイプから流れはじめた。

絶望的な表情で、人びとは着陸した物体を眺めた。注意してみると、外側になにか書いてある。回答の文だった。

〈ひどい物体などと文句をつけるとは、なにごとであるか。お前たち地球も、宇宙へ進出しはじめたではないか。一人前の文明に成長したとみとめられる。ということは、宇宙への義務もはたさねばならぬのだ。すなわち税金の負担を意味する。これは徴税装置だ。今後はそれを理解し、喜んで進んで支払ってもらいたい。宇宙連合税金徴集本部・第一五四地区空間分署〉

然而，這不過是瞬間而已。不久物體又來了。不知把裡面的黃金運到那裡，卸下黃金，又折回地球來。討厭的聲音和味道開始從管裡發了出來。

面露絕望的表情，人們望着降落的物體。留心一看，外面寫了些答覆人類的文字：

「寫上難纏的裝置等牢騷語句，是怎麼回事!?你們地球不是向宇宙發展了嗎？你們的文明，被認定為成熟了。就是說必須對宇宙盡義務。換句話說，要負擔稅金。這就是徵稅裝置。今後，希望你們去了解它，高高興興地自動去繳稅。宇宙聯合徵稅總部第三五四地區空間分置。」

程度の問題

任務の重大さを感じながら、エヌ氏はある国の首都に到着した。スパイとしてだ。子供のころからあこがれていたこの職業に、やっとつくことができたのだ。そして、これが初仕事。決意は炎のごとく燃え、勇気はからだにみちあふれ、緊張した神経はびりびりしている。しかし、彼は肩をいからせ、武者ぶるいしながら乗り込んだのではない。そんな態度をとったら、すぐに怪しまれてしまう。

地味な服装と、ひかえ目な動作。なるべく平凡な外見をよそおわねばならぬ。表むきは古代美術研究家ということになっている。他人には温和な印象を与える肩書のはずだ。

その国についたエヌ氏は、家具つきアパートの一室をかり、そこに落ち着くことにした。だが、部屋にはいったからといって安心はできない。どこかに盗聴マイクがしかけてあるかもしれない。また、超小型テレビカメラの監視装置が、かくされてないとも限らない。

エヌ氏は室のなかを、徹底的に調べはじめた。テーブルやベッドやいすなどの脚をとりはずし、ラジオを分解し、電話機の裏をあけ、花びんの花を抜いてなかをあらためた。

さらに、通風装置や洗面所の設備をこわし、ジュウタンをめくり、クッションや枕のなかを調

程度問題

感到身負重任務，N氏抵達某國首都。他的任務是間諜。打從孩提時代就開始嚮往的此一職業，蒼天不負苦心人，他終於如願以償了。而且，這是他初出茅蘆的第一件工作。

他的決心正如燃燒中的火燄，全身充溢着勇氣，所有神經都繃得緊緊的。然而，他並不是端起肩膀，抖擻精神去赴任的。要是抱着這種態度，那立刻會引人懷疑。

樸素的衣着和保守的動作。外表盡量僞裝成平平凡凡表面上是一個古代美術研究家。因此，必須要給人以溫和的印象才對。

到達該國的N氏，租了一間附有傢俱的公寓，於是就這樣定居下來。不過，千萬不要以爲已經在屋子裡就可放心。說不定房子裡裝有竊聽裝置。再者，也不能保證房子裡沒有按裝超小型閉路電視之類的監視裝置。

N氏開始徹底檢查屋內的每一個角落。拆開了桌子，床鋪或椅子等的脚，打開電話機的背面，拿起花瓶裡的花，看看花瓶裡有沒有藏着東西。

尤有進者，他打壞了通風裝置和洗手間的設備，翻開地毯，把枕頭和坐墊裡面都加以查看，並且弄清是不是有人從鏡子對面窺視他。總之，做了徹底的檢查。

べ、鏡のむこう側からのぞかれていないかたしかめ、くまなく検査した。

だが、まだ完全とはいえない。壁や天井や床をこつこつとたたいて反響に耳を傾けなにか装置が埋めこまれていないかと、しらみつぶしにさぐっていった。

そのうち、ドアにノックの音がし、来客のけはい、エヌ氏は身がまえて言った。

「どなたですか」

「このアパートの管理人です」

中年の婦人の声で、聞きおぼえはある。

「どんなご用でしょう」

「壁や床をたたかれてうるさいと、ほかの部屋の人から文句が出ました。いったい、なにをなさっているのです。開けて下さい。管理人として、なかをたしかめ、みなさんに説明する責任がありますから」

入室を断わると、かえって怪しまれ、さわぎが大きくなるばかりだろう。やむをえず、エヌ氏はかぎをはずした。管理人の女は室内を見て、目を丸くした。あばれん坊の子供だってこんな無茶なちらかし方はしない。

「なんです、これは、泥棒にでもはいられたのですか」

「いえ、その……」

エヌ氏は説明に困って、どぎまぎした。

「冗談半分でしたら、許せません。二度とこんなことをなさったら出ていってもらいます。こわ

不過，他還是不滿意。把牆壁、天花板、地板都加以輕輕地敲打，聽聽回聲，以便查看裡面有沒有埋藏裝置什麼的。總之，做了地毯式的搜查就是了。

不久，有人叩了門，好像客人的樣子。N氏採取對付的姿勢，說：

「哪一位？」

「本公寓的管理員！」

「有什麼事？」

「你敲打牆壁和地板的聲音，吵到了其他房客。他們提出抗議。到底你在幹什麼！做爲管理員，我需要把事情查明，以便向大家有個交待。」

如果不讓她進來，反而引人懷疑，只有增加麻煩。N氏不得已開了鎖。女管理一看室內，不禁睜大了眼睛。再淘氣的小孩，也不致於把房間弄成這個樣子。

「到底怎麼一回事？是不是小偷進來？」

「不，這……。」

N氏不知如何回答而慌張起來。

「玩笑開不得。以後再這樣的話就叫你搬出去。損壞的東西要你負責修好。」

した品は、あなたの負担でもと通りにしてもらいますよ」

さんざん油をしぼられてしまった。

つぎの日の夕方、エヌ氏は公園へ散歩に出かけた。あたりの様子をよく知っておかなければならない。

その時、ボールがころがってきた。むこうで、少年が「とってよ」と声をあげている。

エヌ氏は手をのばしかけたが、一瞬、身をひるがえして、そばのベンチのかげに伏せた。爆弾かもしれないではないか。おれはスパイなんだ。消そうとしている相手はどこにいるかわからぬ。そして、どんな方法でむかってくるか、予想もつかないのだ。おそらく、さりげない形で油断をついてくるにちがいない。

しかし、爆発はしなかった。ボールを追ってきた少年は、ふしぎそうな表情でエヌ氏を眺めた。大の男がボールをこわがったのだから。

公園を出たエヌ氏は、レストランで夕食をとった。だが、料理を口にしかけて、ちょっと考えた。ここのボーイが敵側のスパイかもしれないではないか。そういえば、態度に変な点がないとはいえない。

犬を連れた貴婦人が店にはいってきた。エヌ氏は肉を少し切って、犬にやった。犬は喜んで食べ無事だったが、婦人はその失礼をとがめた。

「なにをなさるんです」

「あまりかわいい犬ですので」

N氏被女管理員狠狠地申斥了一頓。

次日傍晚時分，N氏到公園去散步。非得把附近的環境了解清楚不可。

這時有一個球滾了過來。對面的少年喊叫着說：「請撿起來吧。」

N氏伸出手，刹那間，又翻過身伏倒在身邊的長凳的側面。說不定是炸彈呢。我是間諜，要幹掉我的人隨時隨地都有。而且，對我不知會採取什麼手段，這是令人預想不到的。假裝若無其事的，抓住我的大意而來一招，也說不定。

然而，球並沒有爆炸。追着球的少年，露出詫異的表情，望着N氏。堂堂大男人竟然怕球！

N氏走出公園，到餐廳去吃晚餐。可是，當他把飯菜放到口邊時，他略加思索了一下。這裡的服務生說不定是敵方的間諜。這麼一來，態度不見得不會有怪異的地方。

牽着狗的貴婦人走進了同一家餐廳。N氏切了一小塊肉給狗。狗高高興興吃着肉，沒有發生什麼意外。婦人却責備他的無禮。

「做什麼嚒!?」

「狗好可愛。」

「ほめていただくのはけっこうですけど勝手に食べ物をやられては迷惑ですわ」

エヌ氏はすっかり恐縮した。彼は食堂を出て注意ぶかく歩き、あるバーにはいった。酒を飲んでいると、となりの男が話しかけてきた。

「お仕事はなんですか」

「古代美術の研究ですよ……」

エヌ氏は表むきの職業を答えながら、タバコを口にした。相手はライターをつけ、さし出した。そのとたん、エヌ氏はライターをたたき落とした。毒ガスが出てくるかもしれないではないか。

「なんです失礼な」

怒るのは当たり前だ。あわや乱闘がはじまりそうになった。

しかし、ちょうどその時、若い女がバーにはいってきた。彼女はエヌ氏と同じ組織に属するスパイ、すなわち同僚。ここで待ちあわせることになっていたのだ。彼女があやまってくれたおかげで、さわぎはそれ以上ひろがらず、なんとかおさまった。

エヌ氏は彼女と夜の道を歩きながら、仕事の打ち合わせをし、彼女のアパートまで送っていった。彼女はすすめた。

「ちょっとはいって、紅茶でもお飲みにならない」

「ありがとう」

彼女は紅茶を入れてくれた。エヌ氏は考えた。彼女はたしかに同僚だ。しかし敵に買収された

「讚揚倒可以，任意給牠東西吃就令人爲難了。」

N氏感到十分慚愧。他走出餐廳，小心翼翼地走着，走進了一家酒吧。正在喝酒時，身邊的客人開口了。

「在那裡高就？」

「研究古代美術……。」

N氏答以公開的職業，取出一根煙銜在口裡。對方點燃打火機，伸出來想替他點上火。N氏把打火機打落在地上。說不定會冒出毒氣哩！」

「怎麼這樣沒有禮貌！」

生氣是理所當然的。險些兒就要打起架來。

然而，就在這時，進來了一個妙齡女郎。她和N氏都屬於同一組織的間諜，亦即同事。他們約定在這家酒吧見面。幸虧她向對方道歉，事情才沒有擴大而平息了。

N氏和女郎邊步行在夜晚的街道上，邊洽商工作方針，並把她送到她的公寓。女郎勸他：

「要不要進來喝杯紅茶？」

「謝謝。」

女郎給他泡了杯紅茶。N氏想：她的確是同事。但還是無法令人斷定她不是被敵方收買的反間諜。最好提防一下爲妙。間諜乃是非尋常的職業。

二重スパイでないと断言できるだろうか。警戒するに越したことはない。スパイは非情な職業なのだ。

そこで、すきをみて紅茶のカップをすりかえた。飲むとすぐに眠くなってきた。

朝になって起きると、彼女が言った。

「どうして、あたしの紅茶を飲んじゃったの。あたし不眠症なので、寝る前に紅茶に薬を入れて飲むことにしてるのよ。おかげで……」

やがてエヌ氏は、上司から帰国を命じられた。アパートの管理人の女は、変な古美術研究家だと言いふらすし、公園の少年たちはボールをぶつけて面白がる。レストランやバーでは敬遠される。室を訪れたセールスマンを、敵のスパイと勘ちがいしてなぐったこともばれた。これでは目立ってしようがないのだ。

帰国したエヌ氏は、今後ずっと事務的な仕事だけをやらされることになった。

エヌ氏の後任のスパイとしては、のんきな性格の男が選ばれた。しかし、その男は大きな盗聴機がしかけられているのに気がつかず、すぐ身分がばれた。そして、見知らぬ人からもらったお菓子をいい気になって食べ、たちまち毒殺されてしまった。

於是，他就乘機偷換了茶杯。

翌晨醒來時，女郎說：

「爲什麼喝了我的紅茶呢？我患有失眠症，睡覺前，要喝放了葯的紅茶。託了它的福……。」

不久，N氏被上級調回國。公寓的女管理員到處宣揚着說，碰到古怪的古代美術研究家；公園裡的少年們，向他投球取樂；在餐廳和酒吧，被人敬而遠之；到他房間拜訪的推銷員，被他誤認爲敵方的間諜，而加以毆打。這樣太引人注目，只好把他調回。

歸國的N氏，後來只擔任事務性的工作。

N氏的後任間諜，是一個粗心大意的人。但是這位仁兄，沒有發覺被暗中裝置大型竊聽機，立刻暴露了身份。而且揚揚得意地吃了陌生人給他的糕餅，立刻被毒殺了。

趣味決定業

エフ博士は科学者だったが、社会のことに無関心というわけではなかった。やがて一台の電子計算機を作り、それを使って趣味決定業という商売をはじめた。

現代は、趣味を持っていないと、なんとなく気がひける時代だ。なぜそうなのかはわからないが、現実にそうなっているのだから仕方ない。

そのため、だれもかれも、趣味を持たなければとあせる。なかには、べつに好きでもないことを、性格にあわなくてもおかまいなしに身につけようとする人もでてくる。

本質的に音痴のくせに、ギターをひこうと苦心さんたんする者がある。運動神経に欠陥があるのに、スポーツカーを乗り回そうとする者がある。したがって、当人にも他人にも有害無益な現象がやたらとふえることになる。

エフ博士は、それをなんとかしようと思ったのだ。電子計算機を使って、その人にぴったりの趣味をきめてあげようという仕事だ。

その計算機はかなり大きく、メーターやランプがたくさんついている。マイクロフォンやスピーカーもついている。金属製の外側は銀色をしていた。愛称はエルマという。エレクトロ・メ

嗜好決定業

F博士是一位科學家，對於社會上的事，並不是不關心。不久，他設計了一部電腦，做起所謂「嗜好決定業」的生意來。

目前的時代，無論誰要是沒有任何嗜好，好像是見不得人似的。其原因我們倒不清楚，然而，現實却是如此所以沒有辦法。

職是之故，沒有任何嗜好的人，都會爲此事而焦急。有些人甚至對於本身沒有特別喜愛，又不合於自己性格的嗜好不在乎，而勉強去培養。

本質上原是音痴的人，不自量力拚命地去學彈吉他。運動神經有缺陷的人，竟然想要去開賽車用的跑車。因而對本身或者別人有損無益的現象，大爲增加。

F博士認爲應該設法去解決上述問題。他使用自己設計的電腦，來選取完全符合人性向的嗜好。

他設計的電腦，體積相當龐大，裡面裝有許多儀錶和灯。還有麥克風和擴音機等。金屬製的外表，呈現銀色。暱稱爲「愛爾瑪」。好像是電子，機構等英文字的縮寫。

カニカルなんとかという長い語の略なのだそうだ。

お客は毎日、ひっきりなしにやってくる。みな不安そうな表情だ。

「あの、ぼく、趣味がなんにもないので困っているんです。来年卒業なんですが、入社試験の時に趣味を質問されたらと、心配でなりません。無趣味のために不合格となり、みじめな一生をすごすことになるのかもしれないと思うと……」

「まあまあ、そう深刻に悩むことはありませんよ。たとえ深刻な問題だったとしても、エルマに指示してもらえば、すぐにさっぱりし元気になれます」

まずエフ博士は、お客にカードを渡しそれに記入させる。性別、年齢、学歴。つとめている人なら、勤務先の職種、収入、家庭状況、健康などについてだ。これらは趣味決定の要素となる。

それから、博士はお客をエルマの前に案内し、椅子にかけさせる。

「これからなにがはじまるのです。どうやればいいのですか」

「そのスピーカーからエルマが各種のことを話しかけてきます。あなたは、マイクロフォンを使ってそれに答えればいいのです。簡単なことですから、気軽にどうぞ」

電子計算機のエルマは、いろいろなことを質問してくる。椅子は一種のうそ発見機にもなっているので、さきにカードに記入したことがいいかげんだと、訂正されてしまう。

また、連想テストなどもおこなわれる。「木ということばからなにを連想しますか」とか「青という色からは」とか「会社ということばからは」というたぐいだ。

お客は頭に浮かんだものを答える。答えるまでの時間も測定される。このようにして、本人の

每天顧客絡繹不絕。每個人都露出不安的表情。

「咦，我因沒有任何嗜好而傷透腦筋。明年卽將大學畢業，想到參加公司的招考時，要是被問到你的嗜好是什麼，就耽心得不得了。想到因沒有嗜好而落取，以致要過着悲慘的一生時⋯⋯。」

「好了好了，用不着那麼耽心。縱然再嚴重的問題，只要請示愛爾瑪，保險你立刻精神百倍就是啦。」

F博士首先交給客人一張卡片，吩咐他們把卡片一一塡好。性別、年齡、學歷。對於做事的人，則他們塡上有關工作性質，收入、家庭狀況和健康情形等。這些可充當決定嗜好的要素。

接着F博士就把客人帶到愛爾瑪前面，並讓他們坐在椅子上。

「現在起要從什麼開始呢？要怎麼做才好呢？」

「愛爾瑪會從那個擴音機，問你各種各樣的事情。你只要對着麥克風回答就可以。很簡單，你盡可輕鬆地去回答。」

電腦愛爾瑪會問起各種各樣的事情。客人所坐的椅子兼有測謊器的功能；剛塡好的卡片要是不正確，也會受到訂正。

再者，還要擧行聯想測驗。例如：「從木這個字你會聯想到什麼東西？」「從藍色你會聯想到什麼？」「從公司你會聯想到什麼？」等。

接受測驗的人，會把浮在腦海裡的事情回答出來。回答所花的時間，也會被測出。測驗完後，受測驗者的任務，就明朗起來。

性格が明らかになってゆくのだ。

同時に、カードのデータとも総合され、範囲がしぼられてゆく。エルマはカチカチと音をたてて計算し、質問をし、また計算し、質問をする。

たとえば、水に関係のあることが適当となると、さらに、では釣りと熱帯魚飼育とどちらがいいかとの問題になる。水の関係から、水泳かボートかとわけられることもある。

かくして、最後に指示が一枚のカードとなって出てくる。それには、その本人に最もふさわしい趣味が記されているのだ。また、入門書の書名とか、教習所の所在地とかいったものも付記されている。

お客は喜び、エフ博士に料金を払って帰ってゆく。性格にぴったりの趣味なのだから、上達も早い。これが最適との保証つきだから、途中であきて投げ出すこともない。

また、当人の健康ぐあいを考慮した上での決定だから、熱中しすぎても心臓まひをおこしたりはしない。家財を売りとばして悲劇的な結果をひきおこすこともない。

時には、頭のいいメーカー関係者がエフ博士を訪れ、そっとたのみこむ。

「いかがでしょう、先生。わが社はこんど、パズルゲームのセットを新発売することになりました。このことをエルマにも教えておいて下さいませんか」

「いいでしょう。それにふさわしい性格の人がいたら、パズルを趣味とするよう指示が出るでしょう」

「いいえ、じつは、エルマにちょっと手を加え、この趣味をひろめていただきたいのですよ。もち

同時，卡片的資料也被綜合起來，把範圍加以縮小。愛爾瑪發生咔喳咔喳的聲音，計算、詢問、再計算、詢問。

比方，如果適合跟水有關的某種事物的話，便進一步變成釣魚和飼養熱帶魚那一種好的問題。與水有關的，也會被分爲游泳或者划船。

這麼一來，最後的指示，便以一張卡片的形式輸出。卡片上記載着最適合各人的嗜好。再除此之外，還附記着入門書名或補習班的所在地。

客人高興地把費用付給F博士後，就回去了。因爲跟性格完全符合的嗜好，容易培養，進步又快。同時由於有這是最適當的嗜好之保證，所以不致有人會半途而廢。

再者，其決定也斟酌了各人的健康情況，所以，即使過於熱中，也不會引起心臟痲痺。同時也不會演成傾家蕩產的悲劇。

有時，腦筋靈活的製造業者，會來拜訪F博士，暗中拜託他。

「你看怎樣？博士先生。本公司打算銷售益智遊戲之類的玩具。這件事是否能請示一下愛爾瑪？」

「好吧。如果有適合玩那種遊戲的人，我的電腦就會指示他去玩益智遊戲。」

「不，我的意思是希望你能在愛爾瑪身上稍微做個手脚，把這種嗜好擴大。當然啦，你的報酬⋯⋯」

ろん、お礼のほうは……」

と札束をちらつかせるが、エフ博士は受け取らない。そんなことをし、うわさが外部にもれたら、信用にかかわる。また、こんな金をもらわなくても、けっこう繁盛しているのだ。

ある日、エフ博士は考えた。

「私はいままで商売ばかりにはげみ、自分の時間を持てなかった。だが、これからは生活を楽しむことにしよう。なにを趣味としたものか、エルマに教えてもらうとするか」

博士はお客のあいまを利用し、エルマに調べてもらった。データがそろい、最後にカードが流れ出てきた。

見ると〈金属みがき〉と書いてある。

「妙な趣味だな。しかしエルマのきめたことだ。まちがいはないはずだ」

そして、みがくものなら、すぐそばにある。エルマの外側の金属をみがけばいい。ふしぎな気がしないでもなかったが博士はエルマの外側をみがきはじめた。

しばらくつづけているうちに、はたしてその行為が面白くなってきた。みがくのに熱中しているあいだは、頭のなかの雑念が消える。終わってふたたび仕事にもどる時は、思考が新鮮になっているのだ。

趣味として、あまり金がかからない点はよかった。みがき方はしだいに上達し、短時間のうちにくもりひとつなく仕上げることができるようになった。エルマはいつもピカピカであり、それはお客にいい印象をも与えた。

說畢，把一大疊鈔票擺在博士的面前，但是他不接受。要是收了錢，不幸把消息給洩漏出去的話，就會影響到信用。再者，不收這筆錢，F博士的生意還是興隆的。

有一天，F博士這麼想。

「到目前爲止，我一直忙於做生意，忙到連自己的時間都沒有。但是，從今以後，我該過着快樂的生活了吧。我應該拿什麼來做我的嗜好呢？不妨請示於愛爾瑪吧。」

博士利用沒有客人的空檔，接受愛爾瑪的調查。他備妥一切資料，最後輸出一張卡片。

卡片上寫着「擦金屬」。

「好妙的嗜好啊！但是愛爾瑪決定的，不會有錯！」

而且，要擦的東西，自己的身邊就有。那擦亮愛爾瑪外部的金屬不就行了嗎？對於此事，博士不無感到奇怪，不過他還是擦起愛爾瑪的外部來。

他繼續擦着的當兒，果眞擦出興趣來。專心擦着的當兒，腦海裡的雜念，自然而然消失了。擦完後重新開始工作時，思考力變得蠻新鮮的。

做爲嗜好而又不大花錢，這點還算不錯。擦的技術越來越巧妙，終於達到在極短時間內，能夠擦到一塵不染的地步。愛爾瑪經常閃閃發亮，給予顧客良好印象。

このようにして、エフ博士の趣味決定業はさらに忙しくなっていった。営業を拡張しなければならなくなった。

博士は電子計算機を、もう一台作った。その時、ある実験を思いついた。いったい、エルマそのものはどんな趣味がふさわしいのだろう。新しい一台を使って、それを調べてみようと考えたのだ。

やってみると、やがてカードが出てきた。それには〈おめかし〉と記されてあった。博士はうなずいたが、ちょっと妙な気分にもなった。

這麼一來，F博士的嗜好決定業更加忙碌了。勢非擴大營業不可。

博士又造了另一部電腦。這時，他想起了某一實驗。到底愛爾瑪本身適合那一種嗜好呢？他想利用這一部新製的電腦去調查。

實驗一做，很快地卡片就出來。上面記着「打扮」幾個字。博士點了點頭，同時也感到有點稀奇。

装置の時代

朝ベッドのなかで目をさましたエヌ氏が、枕から頭をあげると、耳についているイヤリング状の小さなスピーカーがささやいた。

〈おはようございます。あなたの睡眠は十分でございます。きょう一日を元気でおすごし下さい〉

スピーカーが枕のなかの装置からの連絡を受け、睡眠の度合いを知らせてくれるのだ。睡眠不足の時はそれを注意してくれるし、眠りの浅い時には、どんな薬を飲んだらいいか教えてくれる。

たしかに便利だ。こんなものができるとは、むかしの人は考えもしなかったろう。

エヌ氏は夫人とともに朝食をとる。食事をしている時、また耳もとでスピーカーがささやく。

〈コーヒーはそれぐらいになさって、もっとミルクをお飲み下さい。チーズもうひと切れ……〉

天井のテレビカメラが食卓の上をみつめており、へりぐあいによって食べた量が計算され、その結果が指示の声となって伝えられるのだ。

エヌ氏はそれに従う。ずっと従っているからこそ、このようにからだの調子がいいのだ。やせ

裝置時代

早晨在床上醒來的N氏，從枕頭抬起頭時，戴在耳朵上的耳環狀小擴音器，發出喃喃細語：

「早安。你的睡眠足夠了。請精神飽滿好好地過今天這一天吧。」

擴音器收取來自枕頭內的裝置所發的信息，告知睡眠的程度。睡眠不定時就提醒你；沒法熟睡時就教你該服什麼葯。

的確方便！會有這種玩意兒出現，古人連做夢都沒有想到吧？

N氏跟太太一起用早餐。吃早餐的當兒，耳邊的擴音器又發出喃喃細語：

「咖啡夠了，請多喝點牛奶，乳酪多吃一片……。」

天花板上的電視照相機注視着食桌上的食物，依照減少的程度，把吃掉的數量計算出來，其結果成爲指示的聲音傳出來。

N氏順從指示。一直順從着，所以才有這麼健康的身體。既不太瘦，也不太胖。經常保持着均衡的營養，內臟的情況也正常，方便極了。古人連做夢都沒有想到吧？

すぎることもなく、ふとりすぎもしない。つねに栄養のバランスがたもたれ、内臓のぐあいもいい。たしかに便利だ。むかしの人は考えもしなかったろう。

　食事がすむと、エヌ氏は洗面所で歯をみがく。そのあと、小さな装置を五秒ほど口にくわえる。これは口中状態検査器。細菌の有無、虫歯のぐあい、酸性度などを調べてくれるのだ。

〈お口のなかに異状はございません〉

　スピーカーが報告してくれた。

　ひげをそり、洗顔したあと、エヌ氏はべつの小さな装置を手にし、自分の頭をなでる。これは毛髪状態検査器で、異状があればすぐに知らせてくれる。頭を洗うべき時を教えてくれるし、適当なヘアトニックの指示もしてくれる。これによって、毛髪はいつも最良の状態にたもたれているのだ。

　エヌ氏は便所にはいる。ここにも装置があるのだ。排泄物を分析し、なにかの変化があれば知らせてくれる。消化のぐあいを調べ、食事の注意をしてくれることもあれば、薬を飲むように告げてくれることもある。病院へ行って、念のために精密検査を受けるようにと指示されることもある。

　最初のうちは変な気分だったが、なれた今では、かえって気が休まる思いだ。病気は初期に発見され、手おくれになることもない。異状がないのに病気かもしれぬと悩むこともない。また、必要もないのにむやみと薬を飲まないですむ。長生きを与えてくれる装置のなかでも、これは重要なもののひとつだ。

吃完早餐，N氏就到洗手間去刷牙。接着，把小裝置銜在口裡五秒鐘之久。這是口中狀態檢查口裡有沒有細菌，蛀牙的情形和酸度等。

「口裡沒有任何異狀。」

擴音器報告出來。

刮完鬍子，洗過臉後，N氏拿起別的小裝置，撫摸着自己的頭。這是毛髮狀態檢查器，若發現任何異狀，立即報告。教你什麼時候該洗頭，指示你用適當的潤髮劑。按照指示做，所以頭髮經常保持着最好的狀態。

N氏進厠所。厠所內也有裝置。裝置分析排泄物，如果有任何變化，就會通知。檢查消化情形，有時提醒要適度用餐或者服葯。有時也指示爲了小心起見，該到醫院去接受精密檢查。

開始時令人感到怪怪的，不過現在已經習慣了，反而令人感到適服。生病在初期就可發現出來，因此可趁早醫治。身體沒有異狀，還是會懷疑已經患病而傷腦筋的現象，不會再發生。再者，明明沒有服葯的必要却還是勉強去吃葯的現象，也不會再有。在使人長壽的各種裝置裡，這是重要的一種。

どれもこれも、たしかに便利だ。こんなものができるとは、むかしの人は考えもしなかったろう。

便所から出ると、電話がかかってきた。

「もしもし……」

おたがいに声をかけあう。電話機に接続したそばの小さな装置は、電話の相手の名前と顔写真とを、スクリーンの上にうつし出している。

その装置は相手がひとこと言えば、その声の特色を分析し、記録ファイルのなかから選び出し、だれからかかってきたのかを示してくれるのだ。はじめて電話する時だけ名前を言えば、二回目からは「もしもし」だけですむ。簡単で正確で、時間の節約になり、声色を使った詐欺にかからなくてもすむ。

話の用件は、旧友からで、会社の仕事で上京するから、夕方にでもちょっと会おうとのことだった。

そろそろ出勤の時刻だ。自動ブラシかけ器で服はきれいになっている。ネクタイ選び器がその日の天候、服、気分にあったのをさし出している。忘れ物検査器が働く。

家を出ようとするエヌ氏に、夫人が言った。

「あなた、領収書保存器が故障しちゃったの、持っていって、会社の途中で修理に出してきてね」

それは領収書をマイクロフィルムにうつしとっておく装置だ。ごく小型であり、分類もしてく

任何一種裝置都很方便。古人也許連做夢都沒有想到他們的後代會製造這些裝置出來吧。

N氏走出厠所，就接到電話。

「喂喂……。」

雙方互相喊叫。連接在電話機旁邊的小裝置，會把對方的姓名和面貌放映在銀幕上。這種裝置只要對方一開口，就可分析其聲音的特色，從記錄檔案裡挑選出來，而指出是誰打來的電話。只要第一次通話時報了姓名，以後只憑一聲「喂喂」就可以分辨。簡單而正確，可節省時間，還可免去利用假冒聲音的欺詐。

剛才的電話是一位老朋友打來的，說是爲了公司的公事上京，希望在傍晚時能夠見見面。上班的時間快到了。自動刷衣器把衣服刷得乾乾淨淨。領帶選擇器根據當天的天氣，該穿的衣服和心情，選出適合的領帶。忘物檢查器發生了作用。

N太太對剛要踏出家門的N氏說：

「你，收據保存器發生毛病了。上班途中，順便帶去修理吧。」

那是把收據拍攝成顯微膠片的裝置。體積極小，能夠加以分類，映象甚爲精巧。此一顯微膠片，在法庭上也被採用證據。

れるし、うつりはきわめて精巧だ。このマイクロフィルムは、法廷でも証拠に採用されることになっている。

代金は払った、いや受け取っていない、領収書をなくしてしまった。といったたぐいの争いは、この装置の出現以来、一切なくなった。たしかに便利だ。むかしの人は考えもしなかったことだろう。

それを渡しながら、夫人が言いたした。

「それから、きのう修理に出した戸締まり確認装置、午後にはなおっているはずだから、帰りがけにとってきてね」

外出や就寝前、それを見れば、戸締まりをしたかどうか、一瞬で確かめることができる装置のことだ。しめ忘れて泥棒にはいられることもなく、しめてあるのに気になって、ベッドから起きて調べに立つ必要もない。

たしかに便利だ。こんなものができるとは、むかしの人は考えもしなかっただろう。だからこそ、故障したらすぐに修理しておかねばならないのだ。

エヌ氏を送りだしたあと、夫人は万能故障発見器で、家じゅうの装置をくまなく調べる。装置が狂いはじめていると、発見器はベルの音をたて注意してくれるのだ。

そして、修理を要する装置があると、つぎの日の出勤の時、夫人はエヌ氏にたのむのだ。これが日課だった。

エヌ氏は装置をかかえ、出勤の途中、修理デパートに寄って依頼する。どの装置も精巧で複雑

「貨款已經付了！」，「不，我沒有收到！」，「收據遺失了！」，諸如此類的糾紛，自從這種裝置問世以來，都沒有了。的確方便。這是古人連做夢都沒有夢到的吧？

N太太邊交給N氏收據保存器，邊說：

「還有昨天拿去修理的關門確認裝置，下午應該修好了，回家時順便帶回來吧。」

外出或就寢前，只要看一下此一裝置，瞬間便可確定門戶到底有沒有關好。不會爲了沒有把門關好而遭遇樑上君子的光顧；也不會發生門明明已關好，却還操心不知有沒有關好，而特地起床去查看之類的多此一舉的事。

確實方便。古人連做夢也不會想到竟然會有這種玩意兒問世吧？所以說一旦發生毛病，那並立刻拿去修理不可。

N太太送走N氏後，就拿起萬能故障發現器，把家裡的所有裝置，到處加以檢查。裝置如果發生毛病，發現器的鈴聲就響起來提醒主人。

而且，若有任何需要修理的裝置，第二天N氏上班時，N夫人就吩咐他。這是N太太每日要做的事。

N氏帶着裝置，在上班途中，順便拿到修理店去修理。任何一個裝置都是精巧而複雜的物品，並不是外行人利用假日可以修理得了的。要是亂加修理，那反而引起不良效果。總之，要修理就得拿給專家去修。

で、しろうとが休日を利用してなおす、というわけにはいかないしろものばかりだ。へたにいじったりすると、かえってよくない。どうしても修理は、専門家の手をわずらわさなければならない。

たいていの品は、買ってから三年間は絶対に故障しないとの保証つきだ。事実、その通りである。しかし買ってから五年以上になるものもたくさんある。それに、あれこれ合計すると、家にある装置は千種以上にもなるのだ。そして、故障していると不便なものばかりだ。

というわけで、一日に一つや二つは、たいてい故障をおこしている。だから毎日、なにかしら持って出て修理に出し、帰りにはなおっているものを受け取り、費用を支払うということになってしまう。

この時だけは、エヌ氏も心のなかで叫ぶ。なにが便利だ、こんなことになろうとは、むかしの人は考えもしなかったろう、と。

大多數的裝置，都附帶自購買日起三年內，絕不發生毛病的保證。實際上，也都在三年內沒發生過任何毛病。然而，自購買日算起，已超過五年以上的，多的是。於是，把家裡面的所有裝置全部加起來，高達千餘種。而且一發生毛病，都會令人感到不便。

如上所述，一天總會有一、二種裝置會生毛病。因此，每天N氏上班時，總會帶着發生故障的裝置去修理；下班回家時，就帶着已經修好的回家，並付修理費用。

只有在此一時刻，N氏才會在心裡叫出：「方便什麼！古人連做夢都不會想到事情會變成這樣吧？」

気前のいい家

　ある夜ふけ。エヌ氏が自宅の室で本を読んでいると、ドアがそっと開いて、だれかがはいってきた。

「どなたです」

とふりむくと、そこには顔を黒い布でおおい、ナイフを手にした男が立っていた。

　男はぶっそうなことを言った。

「おとなしくしていろ。さわぐと痛い目にあうぞ」

　しかし、エヌ氏は落ち着いた口調で答えた。

「なんです、そんなかっこうをして。捕物帖ごっこのつもりか。遊ぶのならよそでやりなさい。ここは私の家だ」

「なにをとぼけている。おれは金が目あてでやってきたのだ。さあ、金を出せ」

「ははあ、さては強盗だな」

「当たり前だ。まったく、せわのやけるやつだな。この家は景気がいいらしいと、近所でうわさしている。それに、手伝いの人は夜になると帰り、ひとり暮らしということも調べた。そこでお

慷慨之家

某日深夜。N氏在自己的房間裡看書，門悄悄地被打開，有人進來。

「什麼人？」

說完，回頭一看，看到站着一個人，臉上蒙着黑布，手上持刀。

那人威脅着他說：

「乖乖的，對你才有好處！要是大聲叫嚷，那有你苦頭吃！」

「怎麼回事？你那身打扮!?你打算玩抓人遊戲是不是？要玩到外頭去玩！這裡是我的家！」

「你還想裝傻？我是爲錢而來的。呃，把錢拿出來！」

「哈哈，那你就是強盜囉？」

「當然！你這傢伙還眞煩人。我聽到附近的傳言說：這家情況蠻不錯的樣子。除此之外，幫傭的人一到晚上就回家，屋主過着獨身生活。這點我也調查過了。因此，我就乘機而來。」

れが乗り込んだのだ」

「実行前の調査もゆきとどいているというわけだな」

「金がないとは言わせないぞ。さあ、その金庫をあけろ」

「いやだな」

「いやだというのなら、まずお前を殺し、そのあとでドリルと爆薬で金庫をこじあけることになる。しかし、それでは、お前は命を失い、おれはよけいな手間を費やさなければならない。おたがいの損だ。なるべくなら、そうしたくない。さあ、どうする」

強盗はナイフを振りまわした。やがてエヌ氏はうなずいて言った。

「うむ、なかなか論理的に話を進めるやつだな。殺されても金庫はあけないつもりだったが、その論理的なところが気にいった。あけてやろう」

エヌ氏はダイヤルを回して金庫をあけると、なかには金貨がたくさんあった。強盗は目を細めた。

「すごいものだな」

「古今東西の金貨で、私のコレクションだ。これを持ってかれると思うと、残念でならない」

強盗はそれをポケットに移してしまってから言った。

「この調子なら、もっとなにかあるだろう。さあ金目のものをもっと出せ」

「そりゃ無茶だ。約束がちがう」

「約束なんかなんだ。あらためて出なおしたりしたら、次にはこううまくいかない。ぐずぐずい

「那你是說，做過一番做案前的事先調查囉。」

「我不准你說沒錢！呃，把那個金庫打開！」

「別想。」

「再說別想，就先把你幹掉，然後用鑽子和炸葯弄開金庫。但是，這樣做的話，你就沒命了，而且也替我添多餘的麻煩。對你我都有害。我要盡量避免。呃，你看該怎麼辦？」

強盜揮舞着手上的刀。不久N氏就點點頭說：

「嗯，你說得蠻合邏輯嚒。本來打算即使被殺，也不開金庫，但你的邏輯頗令我激賞。好吧。替你打開就是啦。」

N氏扭轉標度盤，打開金庫，裡面放滿了金幣。強盜瞇起眼睛來。

「了不起！」

「這些是古今中外的金幣，全是我蒐集來的。想到這些東西將被你帶走，就心痛得不得了。」

強盜把金幣塞進口袋後，說：

「看樣子，除了這些金幣外，可能還有其他東西。呃，把值錢的東西都給我拿出來！」

「那太過份了。這樣你就自食其言了。」

「什麼自食其言，不自食其言！改天再來的話，可沒有這麼好受囉。再嘮嘮叨叨的話，要你看刀！」

つなら、ナイフだ」

「わかった、わかった。出そう。機会をとらえたら、それをのがさずとことんまで利用する性格が気にいった。じつは、ここにもしまってある」

エヌ氏は壁の絵をずらし、その裏の金庫をあけた。そこにも金貨が一袋あった。強盗はそれを受け取りながら言った。

「いやに気前がいいんだな。ふしぎでならない」

「気になるのだったら、いまからでもおそくない。悪いことは言わない。金貨を置いて帰ったらどうだ」

「じょうだんじゃない。そんなこと、できるものか。ここまできたら、ものはついでだ。あらいざらいもらっていこう。さあ、なにもかも出してしまえ」

「これは驚いた。いくらなんでも、それはひどいよ」

「つべこべ言うな。そのかわり、もう二度と強盗にはいらないでやるぞ」

強盗はまたもナイフをふりまわした。

「みんな持ってったら、二度と来る気にはならないだろうさ。うむ、よし、出してやろう。お前の欲ばり、いや、あくなき利益追求の精神に感心したからだ」

エヌ氏が机のひき出しをあけると、そこには各種の銀貨がぎっしりはいっていた。

「たくさんあるな」

「これで終わりだ。入れるものがないだろうから、カバンをやろう。少し旧式で重いカバンだ

「知道啦，知道啦。拿就拿嘛，抓到機會就徹底加以利用的個性，正合我意。老實說，這裡也有收藏。」

N氏挪動牆壁上的圖畫，打開裡面的金庫。金庫裡面也有一袋金幣。強盜邊拿金幣邊說：

「變慷慨的。太令人難以想像了！」

「要是不放心，現在還來得及。我不會害你的。放下金幣回去怎樣？」

「開玩笑！這種事辦得到嗎？事到如今，一不做，二不休。全部要帶走。呃，把東西統統拿出來。」

「這可把我嚇壞了。就算你厲害，也太過份了。」

「不要胡說八道！不過，我以後不會再以強盜身份來找你就是了。」

強盜又揮舞手上的刀。

「統統帶走的話，就不會想到要再來吧。嗯，好，拿出來就是了。你的貪而無厭，不，慾壑難塡地追求利益的精神，令我佩服。」

N氏打開桌子的抽屜，裡面裝滿銀幣。

「不少嘛。」

「再也沒有了。我看你好像沒有東西好裝的樣子，那我給你一個皮箱好了。是有點古老而且笨重的皮箱。路上不必耽心東西會掉出來。」

が、途中でこぼさないですむ」

「いやに親切だな」

「気がとがめるなら、早いところ反省して、なにも持たずに帰ったらどうだ」

「とんでもない。これを持って、さっとここを出る。用意のオートバイで、さっと逃げる。めでたしめでたしだ。そのほうを選んだほうが賢明じゃないか。あばよ」

強盗は金貨や銀貨をつめたカバンを持ち、急いで室を出た。しかし、さっと逃げるというわけにはいかなかった。

そのとたん、ドアのあたりの床が割れて、下に落ちたのだ。強盗は穴のなかでしばらくぼう然としていたが、やがて声をあげた。

「おい、これはどういうわけなんだ」

「これは私の発明した防犯用の非常装置。重量計と連絡してあり、はいった時にくらべ重みがましていると、自動的に床が割れて、人を落とすしかけなのだ」

「ひどい装置だな。早く出してくれ」

「だめだ。警察を呼ばねばならぬ」

「ま、まってくれ。それだけは困る。金貨や銀貨はみんな返すから、かんべんしてくれ」

強盗からカバンを取りあげながら、エヌ氏は言った。

「ナイフもだ。それを持たせておくと、またふりまわすにきまっている」

「仕方ない。さあ、ナイフだ」

「你倒蠻親切的。」

「如果認爲過意不去，那趕快懺悔，空手囘去怎樣？」

「豈有此理！我帶着這個東西，倏然離開這裡。騎着準備好的機車，倏然逃逸。事情好順利嘿。選了這種方法才算聰明呀。再見！」

強盜帶着裝滿金幣和銀幣的皮箱，匆匆忙忙走出了房間。但是，他沒有辦法地逃離。

他剛要逃出的當兒，門口附近的地板裂開，而跌落到下面去了。強盜在洞裡一時感到茫然，不久就喊叫起來：

「喂，這到底是怎麼囘事!?」

「這是我發明的防止犯罪用的非常裝置。附設有重量錶。跟進來時的體重相比，要是重量增加，地板就自動裂開，就是使人跌落地洞的陷阱。」

「可惡的裝置！趕快把我救出來！」

「不行！非報警不可！」

「等，等一下。報警我就慘了。金幣和銀幣統統還你，請原諒我！」

強盜邊拿皮包，N氏說：

「小刀也要拿出來。要是讓你帶在身上，那你一定會揮舞它。」

「沒有辦法。呃，刀在這裡。」

「それから、紙と万年筆を渡すから、ここへ強盗にはいりましたと自白書を書いて指紋を押してくれ。それをもらい、私が信用する友人に郵送してから出してやる。つまり、こんご私に反抗できないよう、お前の弱みを押えておくわけだ」

強盗はぶつぶつ言ったが、このまま警官につかまるよりはと、それに従った。ひと通りすむと、エヌ氏は強盗を穴から出してやって言った。

「さて、これからお前は、私の下で働いてもらわねばならぬ」

「ああ、ひどいことになった。しかし、いやだと言ったら、警察行きにされてしまう。いったい、なにをして働けばいいんです」

「販売だ。セールスマンになって、大いに売り込んでもらいたい」

「なにをです」

「この、私の発明した防犯装置をだ。効果のすばらしさについては、お前は身にしみてわかったはずだ。説明の材料にはことかかないはずだ。それにお前の計画性、強引さ、理屈、機会をのがさぬ点、利益追求の精神、これらによってきっと成績はあがるだろう」

「そういうしかけだったのか」

「そうだ。おかげで私はさらに景気がよくなる。わが社に関しては、求人難なんてことはない。販売員は、お前でちょうど三十人になった」

「還有，我要給你鋼筆和紙。要你寫下侵入私宅搶刧自白書，並捺上你的指紋。我要把自白書郵寄給我可靠的朋友後，再放你出來。就是說抓住你的把柄，免得你以後反抗。」

強盜嘮嘮叨叨地說著，不過與其說給警察抓去，倒不如順從他。待強盜寫完自白書，並把宅寄走後，N氏就把強盜從地洞裡救起來，然後說：

「呃，從今以後，你非得在我的手下工作不可！」

「啊啊，慘了。不過，要是拒絕，那就會被送警法處。到底你要我做什麼？」

「販賣，要你做推銷員，好好去推銷。」

「推銷什麼？」

「推銷我發明的防止犯罪裝置。優越的效果，你該親身體驗到了，說明的資料應該不會缺乏。加上你的計劃性腦筋，強迫性態度、歪道理、把握機會以及追求利益的精神，憑這些你的業績一定不錯的。」

「原來就是這種圈套。」

「說的是。託天之福，我的景氣會更好。本公司不會有人才難求的現象。推銷員連你在內，剛好三十名。」

最初の説得

美しく咲いた草花にかこまれ、はだかの女がもの思いにふけっていた。太陽の光ははだのすみずみまで照らしている。そよ風は髪の毛をゆらせ、あたりでは小鳥が楽しげにさえずっている。だが、女の表情は悩みにみちていた。

彼女のそばには、ひとりの男がやはりはだかで寝そべっている。といって、風紀がどうのこうのとさわぎたてる事態ではない。だいいち、さわぎたてる者もいないのだ。ここはエデンの園、男はアダムであり、女はイブ。

しかしイブは、きのうまでのイブとはちょっとちがっていた。さっき、ヘビの口車にのせられ、禁断の果実を食べてしまったのだ。それを食べたとたん、思考がいっぺんに働きはじめ、感情がめざめた。その感情のなかで、まっさきに湧きあがってきたのは不安感だった。

あたしは食べてしまったのだ。いけないことになっている果実を、とうとう食べてしまったのだ。もう、とりかえしがつかない。これから、どうなるのだろう。

ますます強まる不安を押えるためには、アダムにも食べさせるのがひとつの解決法だ。いや、唯一の方法だ。なんとしてでも食べさせなければならない。しかし、どう持ちかけたらいいのだ

最初的勸導

被盛開而美麗的花卉所圍繞，一位裸體女郎不知在瞑思什麼。陽光普照在她的每一寸肌膚上。微風吹幌著她的秀髮，附近的小鳥高興地鳴囀著。但，女郎的表情却充滿煩惱。

她的旁邊還有一位男人，也是光著身子，躺在地上。話雖這麼說，却不必爲傷風化之事大驚小怪。首先，這裡沒有大驚小怪的人。這裡是伊甸園，男的是亞當，女的是夏娃。

但是，今天的夏娃，已不是昨天以前的夏娃了。剛才她被蛇的花言巧語所騙，偸吃了禁果。剛一嚐到禁果，她就開始思慮起來，感情也隨著醒悟了。在這感情中，最先湧上來的，就是不安感。

我把它吃了，不准吃的禁果，我終於把它吃了。已經無法挽救了。從今以後，不知會有什麼後果？

爲了要抑制越來越強的不安，讓亞當也吃，不失爲一種解決方法。是的，這是唯一的方法。無論如何，非給他吃不可。但是，如何給法呢？她想不出好辦法來。

ろう。うまい案が思い浮かばない。

したがって、イブはもの思いにふけらざるをえないのだった。

一方、アダムのほうはのんびりした顔つきだった。エデンの園にいるのだから、なんの危険もなく、生活の不満もない。また、まだ禁断の果実を食べていないのだから、精神的にも平穏そのものなのだ。悩みなるものの存在など、少しも知らない。

アダムはものうげにイブの顔を見た。しかし、べつになんとも言わない。「おい、どうかしたのか」とも話しかけない。彼にとってもの思いという現象は理解のそとにあり、異変の発生も想像できないのだ。

アダムは手をのばして花をつみ、眠そうな目をさらに細めてにおいをかぎ、しばらくしてほうりなげ、また横になった。

アダムが少しも察してくれないので、イブは仕方なく、自分のほうから呼びかけた。

「ねえ……」

「なんだい」

とアダムのまのびした声。

「あの禁断の実を食べてみない」

「そんな気にはならないね。あれは食っちゃいけないことになっているんだ。食っちゃいけないというのは、まずいからにちがいない。そんなもの、わざわざ食ってみることはないよ。うまい果実は、ほかにいくらでもあるじゃないか」

因而，夏娃不得不愁眉苦臉地瞑思著。

另一方面，亞當的臉孔，却悠然自得。這也難怪，因爲他處身在伊甸園裡，沒有任何危險，生活上也沒有任何缺乏。再者，他還沒有吃過禁果，精神上顯得多穩定！對於煩惱什麼的，他全然不知道。

亞當慵懶地看了夏娃的臉。但是，並不說什麼。連一聲「喂，到底怎麼啦？」也不說。對他來說，所謂「瞑思」的這一現象，是不可理解的，而且異變的發生，也無法想像。

亞當伸手摘取一朵花，進而瞇著睡意惺忪的眼睛，聞著花的香味，過了一會兒把花丟開，又採取橫臥的姿勢。

由於亞當一點兒都沒有關心她，夏娃不得不先開口喊他：

「嗯……。」

「什麼事？」

亞當的緩慢回聲。

「要不要嚐嚐那個禁果？」

「我沒有那個興趣。那是不能吃的。不能吃的原因，一定是不好吃。那種東西，幹嘛要故意去吃它？好吃的果實多的是。」

アダムはすなおな答えをした。だが、イブもここであきらめるわけにはいかない。

「食べちゃいけないというのは、おいしいからなのよ。まあ、ためしに一口やってごらんなさいよ。いままでにない新鮮な味なんだから……」

いろいろとすすめるが、効果はない。アダムには邪推とか好奇心とかいう感情がまだめばえていず、それに訴えようとしてもだめなのだ。

「どうしても食欲がおこらないな」

アダムはぼそぼそ答える。イブはいらいらしてきた。なんとしてでも、ここで相手の消費意欲をかきたてねばならぬ。興味を抱かせ、手にとらせ、口に入れてみる気にさせなければならないのだ。

「まあ、だまされたと思って、食べてごらんなさいよ。とってもすてきなんだから」

「いまのままでも、すてきじゃないか」

こう反問され、イブは困った。ストレートに効能を解説する手がかりがないのだ。作戦を変え、説得はべつな方面からとりかからなければならないようだ。

「ねえ、お願い。あわれなあたしを助けると思って……」

「あわれって、なんのことだい」

アダムのこれまでの体験には、あわれなんてものはないのだった。これでは同情に訴えることもできない。

「いじわる……」

亞當坦率地回答。然而，夏娃並不就此灰心。

「所謂不准吃，就是好吃才不准吃。嗄，請你試一口看看。這是到現在爲止，從沒有嚐過的新味呢…。」

夏娃用盡辦法勸他，但沒有效果。在亞當的腦海裡，像胡亂猜疑或好奇心之類的情緒，還沒有萌芽，想到要刺激它也沒辦法。

「無論如何，總引不起食慾。」

亞當吱吱喳喳地回答。夏娃內心越感焦急。無論如何非想辦法煽起對方的消費慾念不可。非教他發生興趣，拿在手上，進而特意放在嘴巴裡不可。

「嗄，你可當做受人之騙，吃吃看嚒。很好吃呢。」

「目前這樣不就很好了嗎？」

給亞當這樣一反問，夏娃感到困惑。找不出適當的理由來直接了當的說明其效能。看樣子改變戰略，採取旁敲側擊的方式來說服不可。

「嗯，拜託，請你當做爲了救救可憐的我…。」

「可憐？什麼叫可憐？」

到目前爲止，亞當根本沒有體驗過可憐，他的腦海裡根本不知可憐是怎麼一回事。這麼一來，不能訴諸他的同情心。

「你壞…。」

ぷんとした表情で、イブは立ちあがってみた。しかし、アダムにはやはりなんの反応もない。いじわるの感情も、彼はまだ持っていないのだ。

イブは少し歩き、ヘビを見つけて話しかけた。

「ねえ、アダムに食べさせることも、あなたやってちょうだいよ」

「いやだね。そこまでおれの役目じゃないよ。自分で考えてやるんだね。朝から晩まで、耳もとで毎日ささやきつづけたらどうです。いつかは彼も食べる気になるだろう」

「そんなに待てないわ。いじわる」

「なんとでもお言いなさい」

いじわるということばは、ヘビには通じた。だが、局面を打開する役には立たなかった。イブはまたアダムのそばにもどった。

「ねえ……」

イブはことばによる説得をあきらめ、からだを総動員し、立体的な働きかけをやってみることにした。まず流し目を送り、ウインクをし、恥ずかしそうなしぐさをした。事実、彼女は禁断の実を食べたため、はだかを意識しているのだ。イブは身をくねらせ、笑いかけ、すねてみせ、泣いてみせ、からだをすりよせた。

しかし、アダムはきょとんとしている。セクシーな魅力とはなにかをまだ知らないのだから、当然のことだ。

イブはがっかりした。女性の武器がなにひとつ通用しないのだ。はだかでいることの恥ずかし

夏娃氣憤憤地站了起來。但是，亞當還是沒有任何反應。壞心眼的感情，他仍然沒有。

夏娃走了幾步，找到了蛇，對牠開口說：

「嗯，請你也設法讓亞當吃吃東西吧。」

「不要。這不是我的任務啊。妳自己要動動腦筋去做啊。在他耳邊，每天不斷地對他喃喃細語怎樣？總有一天他會想到要吃的。」

「我不能等那麼久啊。你壞。」

壞心眼這句話，對蛇是講得通的。然而，對打開僵局，却派不了用場。夏娃又回到亞當身邊。

「嗯……。」

夏娃放棄了藉言詞來勸導，而全身總動員起來，有意試試立體性運動。首先，向他眉來眼去地送秋波，使眼色，做出羞答答的表情。實際上，因吃了禁果的關係，已意識到裸體的羞恥感了。夏娃彎曲著身子，對著亞當笑，隨之感到彆扭，於是，對著他哭泣，把身體靠過去。

然而，亞當呆然若失。這是理所當然。因爲他還不知性感的魅力是什麼。

夏娃大失所望。女性的法寶全不管用。儘管忍受著裸身的羞恥，做著肉麻的熱情表演，仍然沒有效果。

さをこらえ、いかに熱演してみせても、依然として効果はあがらない。

イブはくたびれた。草に腰をおろしてアダムを見ると、平和そのものの顔で、軽くあくびをしている。イブは面白くなかった。あたしがこれだけ悩んでいるというのに……。

イブは歯ぎしりをし、目をつりあげ、一大決心をした。彼女はそばにあった石ころを握って立ちあがった。そして、アダムの頭をうしろから力いっぱいなぐった。

警戒心をも持ちあわせていないアダムは身をかわすこともせず、石の衝撃でたちまち気を失った。イブはその口に、禁断の実を押しこむ。

それから、イブはやさしく介抱する。やがてアダムは気がつく。

「いったい、なにがおこったんだ」

「流れ星にでも当たったんじゃないかしら」

「いやにしゃれたことを言うじゃないか。しかし、そんなことより、どうしたわけか、きみが今までとは別人のように、美しく魅力的に見えるよ……」

つづいて、史上はじめての熱烈なキスが……。

夏娃疲累了。坐在草地上看著亞當，他臉上露出和平的表情，輕輕地打著呵欠。夏娃感到很不是滋味。她滿心煩惱，焦急萬分…。

夏娃咬牙切齒，吊起眼睛，下了大決心。她拾起身邊的石頭，站了起來。然後，使盡渾身的力氣，從亞當的背後，對準亞當的頭砸了下去。

毫無防備的亞當，連躲避都來不及，給石頭打得立刻失去知覺。夏娃硬把禁果塞進他的嘴巴。然後，夏娃溫柔地服侍他。不久亞當恢復了意識。

「到底發生了什麼事?」

「會不會給流星擊中?」

「妳講得蠻風趣的。不過，這姑且不管，不知怎麼的，妳跟到現在爲止的妳，判若兩人，看起來漂亮而富於魅力…。」

接著，歷史上的首次熱吻…。

仕事の不満

　会社からの帰りに、おれはバーにはいって酒を飲む。

「仕事が面白くない。まったく、面白くない仕事だ。なんでこんな面白くない仕事を、会社でやらなければならないんだろう」

　こうつぶやきながら、グラスを重ねるのだ。となりの席にだれかいあわせた時には、それに向かって同じ文句でぐちをこぼす。聞き手があるとぐちのこぼしがいがあり、気も晴れるが、同時にそいつから「仕事が面白くない」とのぐちを聞かねばならないことになる。

　どっちが得なのか、よくわからない。だがいずれにせよ大差ないのだ。グラスを重ね、アルコールの酔いが会社の仕事のことを忘れさせてくれるまで飲めばいいのだ。バーを満員にしている客のほとんどがそうだ。

　これがおれの日常なのだ。何年となく、一日もかかさずつづけている。もっとも休日にはバーへ行かない。しかし、その時刻になると、からだがアルコールを要求しはじめ、おれは買っておいた酒を飲みはじめる。アル中とかいう状態なのだろう。

　それでも、最初のころは、会社からバーに直行はしなかった。公園を散歩したり、ゲームをし

工作不滿

從公司下班的歸途上，我到酒吧去喝酒。

「工作不感興趣。簡直太沒興趣了。在公司裡，這種枯燥無味的工作，爲什麼非做不可呢？」邊這樣發著牢騷，邊一杯又一杯把酒喝了下去。如果碰巧有人在場的話，我就對他發著同樣的牢騷。有聽的對象，發起牢騷來才會起勁，精神也才會暢快，不過也得聽聽對方因對「工作不感興趣」，所發的牢騷哩！

到底那一方佔便宜，不得而知。反正，伯仲之間就是了。總而言之，只要一杯接一杯喝下去，藉著酒精的力量去麻醉自己，讓有關公司的工作什麼的，統統到九霄雲外，喝到這種程度就可以了。酒吧裡的滿座客人，每一個都抱這種心理。

這正是我的日常例行公事。接連的好幾年，一天都沒有斷過。不過假日我就不止上酒吧。然而，時刻一到，全身的細胞就開始要求酒精，於是，我就開始喝起平常買回放到家裡的酒。這可說是酒精中毒的現象吧。

儘管如此，剛開始的時候，我並沒有公司一下班就直接上酒吧。先到公園散散步，或玩玩彈球盤來消磨時間，然後再上酒吧。

たりして時間をすごし、それからバーへ寄ったものだった。

しかし、そのうち、まっすぐバーをめざすようになってしまった。ピンク色の象があらわれ、おれをバーへ追いたてるからだ。

もちろん、それは幻覚だ。からだがアルコール分を求めだすと、その象がどこからともなく幻となって出てくるのだ。幻覚なのだから、べつにこだわることもない。また、その幻覚と遊んでもいいのだが、おれは象がきらいで、とてもそんな気になれるものではない。

こいつを消すには、酒を飲む以外にないのだ。したがって、バーへ急ぐことになる。

バーには、こんな段階になった客も多い。おれたちは飲みながらそれを話題にする。

「聞いて下さいよ。私の幻覚はピンクの象なんです。いやなもんですよ。このごろは、よほど飲まないと消えてくれなくなりました」

「いいじゃありませんか。私の幻覚はたくさんのチョウチョウです。私はチョウがきらいでね。それなのに、目の前をうるさく飛びまわるんですから。あなたがうらやましい」

「チョウとはうらやましい。できることなら、私の象ととりかえたいものですな」

おたがいにぐちをこぼし、グラスを重ねる。アル中の幻覚とは、当人のいやがる存在が出現するものらしい。

どうかして夜中に目がさめた時、枕もとにピンクの象がうずくまっているのは、幻覚とわかっていてもじつにいやなものだ。

おれは睡眠薬にたよることにした。それで眠っていれば、少なくともそのあいだだけは、ピン

但是，不久我就變得一下班就直接趨向酒吧。那是因爲粉紅色的象出現，才把我追趕到酒吧的。

當然啦，那只是幻覺。身體內的細胞，一旦有了酒精的成分，不知從那兒，那隻象就以幻影出現。因爲是幻覺，所以不用擔心。再者，跟這種幻覺遊戲沒什麼不好，不過，我不喜歡象，因而，不大會有那種興緻。

要想消除這傢伙，除了喝酒之外，沒有其他辦法。從而，我就得趕向酒吧。

酒吧裡，跟我一樣，落到這種地步的酒客，爲數不少。我們邊喝酒，邊以各人的幻覺爲話題，互相交談著。

「聽我說吧。我的幻覺是粉紅色的象。好討厭！最近變得不多喝點酒的話，就不容易消失。」

「那不是很好嗎？我的幻覺是許多蝴蝶。我討厭蝴蝶。盡管這樣，那些蝴蝶還是成群地在我的眼前飛舞，令人討厭透了。我好羨慕。要是可能，最好能換換我的象。」

互相發著牢騷，酒一杯杯地喝下去。所謂酒精中毒的幻覺，大概會出現當事人所討厭的事物似的。

有時在半夜醒來，看到粉紅色的象蹲在枕頭邊，雖然知道是幻覺，實際上還是令人討厭的。

不得已我只有求助於安眠葯了。這樣，只要入睡，最低限度在睡眠期間，我總不致於受到粉紅象的騷擾。

クの象に悩まされないですむ。

しかし、やがてそうもいかなくなってきた。眠れば象からのがれられるのだが、そのかわり、いやな夢を見るようになったのだ。自分がシマウマに変身する夢だ。そしてはてしない野原を、どこまでも走りつづける。なぜこんな夢を見るのかわからないがとにかく目がさめるまでつづくのだ。しかも、毎日。

おれは医者をたずねた。

「なんとかして下さい。シマウマになって走る夢を見るのです。一回や二回ならともかく、毎晩となるとたまったものではありません……」

おれはくわしく説明した。医者はうなずきながら聞き、それから言った。

「それはですね、あなたのきらいなピンクの象に原因があります。それから逃げようという願望のあらわれです。走りつづけるのも、そのためですよ」

「なるほど、で、どうしたらいいのでしょうか」

「幻覚の象を消すのが先決です。つまり、お酒をやめればいいのです。ある期間入院なされば、アル中をなおしてさしあげます」

「それはありがたい。しかし、ちょっとうかがいますが、酒をやめたあと、会社がひけてからの時間を、なにしてすごしたらいいでしょう」

「それはご自分できめるべきことです。なにもしないのが理想ですが」

「はあ……」

但是，不久事情變得沒有這麼簡單就能過去。一旦入睡雖可免掉象的騷擾，但接著而來的，是會做討厭的夢。夢見自己變成斑馬。而且，在一望無際的原野飛馳不停。為什麼會做這樣的夢，倒不清楚，總之，繼續飛馳到醒來為止。而且，天天如此。

我去看了醫生。

「請想想辦法吧。夢見自己變成斑馬在飛馳。一次或兩次倒無所謂，然而每晚都做，的確令人吃不消……。」

我仔細說明給醫生聽。他邊點頭邊聽，然後說：

「那跟你討厭的粉紅色的象有關。這乃是你企圖逃避牠的表徵。不停的飛馳就是為了這個原因。」

「原來如此。那，那該怎麼辦呢？」

「消滅幻覺的象乃是先決問題。就是說，把酒停下來就可以了。」

「那眞感謝啦。不過，有件事要請教你，禁了酒，公司下班後的時間，要如何排遣呢？」

「這應該由你自己去決定。最好什麼事都不做。」

「哈啊……。」

我感到不滿。這種事無法想像。下班後，不能不做任何事。看看幻覺的粉紅色的象，或做做自己變成斑馬的夢，總比什麼都來得好。還有葯可救。

おれは不満だった。そんなことは考えられない。仕事が終わったあと、なにもせずにいられるものではない。幻覚のピンクの象や、シマウマの夢といったほうがまだいい。まだ救いがある。

おれは入院をやめ、これまでの日課をつづけることにした。

おれは朝、シマウマの夢からさめると、会社へ出かける。

ビジネス用の机にむかい、椅子に腰をおろす。とたんに装置が作動し、あらゆる事務が自動的に片づいてゆく。まわってくる書類は、すべて自動的に整理され、分類され、検討され、統計が出され、問題点が指摘され、それにもとづいて計画が立てられ、他の係の机に送られ……。

その他、なにもかも正確にスムーズに処理されてゆくのだ。この装置は、椅子がスイッチになっており、腰をおろすと作動する。すなわち、腰をおろさない限り、担当の本人が腰をおろさない限り動かない。立ちあがるとスイッチが切れ、働かなくなる。

勤務時間のあいだずっと、おれは机の上で事務が片づいてゆくのを、ただぼんやりと眺めている。それが仕事なのだ。

おればかりでなく、同僚もそうだ。またどこの会社でも同じだ。輝かしい科学の成果でこうなったのだそうだ。労働は軽減され、だれも失業せず、こんないいことはないのだそうだ。

そう言われれば、そんなものかなと思う。だが、おれはどうも面白くない。いらいらしてならない。たえがたい気分だ。すべてのことの起こりは、ここにあるのじゃないかと思う。

だれもがすぐアル中になり、すぐ幻覚があらわれるというのも、このいらいらした単調な仕事のせいだ。会社がひけてから、なにもせずにいるなど、できるものではない。なにもしなかった

我不打算住院，而且還想繼續做到目前爲止每天做的事。

早晨，從變成斑馬的夢醒來後，我就去上班。

面向辦公桌，我坐在椅子上。剛一坐好，裝置便起了作用，一切公事就自動整理起來。傳遞到我桌上的文件，全部自動地被整理、分類、檢討、統計、重點也被摘出然後按照重點擬妥計劃，接著送到承辦人員的桌子上……。

除此之外，事無大小，都正確而順利地處理下去。這一裝置，乃是椅子跟開關連成爲一體，一旦坐了下去，就起作用。換言之，除非不坐下去，除非承辦人不坐下去才不起作用。然後，一旦站起身來，開關就隨著切斷，作用也就停止。

辦公時間內，我只是發呆地一直望著桌上的公事被整理下去。這就是我的工作。

不但我，連其他同事也莫不如此。還有，任何公司都是這樣。據說是輝煌的科學成果所造成的。人力的勞動減輕了，任何人都不會失業，世界上好像沒有過這麼美好的事情似的。

要是有人這樣講，你或許會認爲：眞的有那麼回事嗎？但，我總覺得沒什麼意思。內心焦急萬分，簡直令人受不了。一切事情不就是因此而起的嗎？或許你會這樣想。

每一個人很快的染上酒精中毒，很快的出現了幻覺，應該歸咎於這種令人焦躁的單調工作。公司下班後，要是不再做些事情來排遣時間的話，簡直是不可能的事。沒有做事的話，腦筋也許也會發瘋吧。

ら頭がおかしくなるだろう。

おれはあいかわらず勤務時間が終わるとバーへ急ぐ。飲むのをやめようとも思わないが、思ったところで、幻のピンクの象に追いたてられるのだから、さからえない。

酔いに酔ったあげく帰宅し、睡眠薬を飲み、こんどは夢でシマウマとなって走りつづけるのだ。かくして、おれの正気はやっとたもたれている。

一辦完公，我仍然匆匆忙忙地趕到酒吧。未曾考慮到禁酒，即使考慮，一想到會被幻覺的粉紅色的象追逐，也就沒轍了。

喝到酩酊大醉後就回家，服用安眠葯，然後夢裡變成斑馬，不停地奔馳。就是這樣好不容易才維持了我嚴肅的一面。

あるノイローゼ

人生、いつなにがきっかけとなって、どう変わりはじめるか、まるで見当がつかない。

私の場合、それは会社で仕事が一段落し、爪でも切ろうかとなにげなくハサミを手にした時が境となった。緊張がゆるんだためだろう。ふと、数年前の失敗のひとつを思い出したのだ。うっかりして発註書の数字を書きまちがえ、会社に損害をおよぼしたことだ。しかし、損といってもたいした額ではないし、それ以後は私もよく仕事をやってきた。何年もたった今では、だれもすっかり忘れている。

「あんなこともあったな……」

私はつぶやき、すぐ忘れてしまおうとした。だが、なにか頭にひっかかるものがある。なぜだろうと考え、私は気がついた。

「いかん。あのミスは、あいつが来て以後のことだった……」

ミスを忘れてくれないやつ、絶対に忘れてくれないやつが存在していることに気がついたのだ。

それはコンピューター。なにもかも記録する電子計算機のことだ。それがわが社にもそなえつ

某種神經症

人生將在何時，以何事爲開端，然後如何變化，這些委實令人難以捉摸。

以我自己本身來說吧。那就是在公司裡，把工作做了一段落，想剪剪指甲，而無意中拿起剪刀這時爲界線。或許鬆懈了緊張的心情吧，我偶然想起了幾年前的一個失敗經驗。

不留心寫錯了訂單上的數字，讓公司遭受到損失。但，雖是損失，其實也不是什麼了不起的金額。自從錯誤發生後，我便把工作做得很精確。經過幾年後的今天，任何人都已忘得一乾二淨了。

「曾經有過那麼回事……。」

我嘟喃著，想立刻忘掉它。但是，不知怎麼的，好像有什麼東西盤桓在腦海裡似的。什麼道理呢？我這樣想著，終於，我發覺了。

「不行！那個錯誤，是那個傢伙來了之後的事……。」

不會忘掉錯誤的傢伙，絕對不會忘掉錯誤的傢伙，我終於發覺這種傢伙存在。

那就是電腦。就是事無大小，統統記錄下來的電子計算機。就是本公司啓用了電腦之後才發生的錯誤。跟著啓用以前所犯的失敗，意義完全不同。

けられてからのミスだ。それ以前にやった失敗とは意味がちがう。

将来、私の昇進が上のほうで議題となった時、彼らはまず、コンピューターに資料を提出させるだろう。企業の合理的な運営のためには、そうするのも当然だ。

しかし、私としては大いに困る。その時忘れることを知らないコンピューターは、あのミスのことを告げるにちがいない。きのうの出来事と同様に、はっきりと正確に答えてしまうのだ。

そして、上役たちはあらためて思い出し、言うことだろう。

「なるほど。そういえばそんなこともあったな。となると、重要な地位につけるのは考えものだな」

冷酷な結果になる。私はあのミスを深く反省し、二度とくりかえさないよういかに努力しているかなど、コンピューターはわかってくれないのだ。

だから、人事異動のたびにいつもその報告がなされ、私はいつまでたってもうだつがあがらないということになる。私の給料がこのところちっともあがらないのも、もしかしたらそのせいかもしれない。

想像は悪いほうへ悪いほうへと進み、気分は沈んできた。私のノイローゼはかくしてはじまり、その日から仕事に熱中できなくなってしまった。

むりにやろうとしても、すぐコンピューターのことが頭に浮かぶ。やつは決して忘れてくれないのだ。

人間ならいつか忘れ、また、その後の努力で失敗を帳消しにもしてくれる。しかしコンピュー

將來，上級在討論我的升遷時，他們可能會先把資料輸入電腦吧？爲了企業的合理經營，這樣做是理所當然的。

然而，對我來說就慘了。不知「忘記」這件事的電腦，準會把我的那樁錯誤「說」出來。跟昨天發生的事情一樣，會淸淸楚楚正正確確地「回答」出來。

這麼一來，那些上司會重新想起來而說出吧！

「誠然如此。說起來，曾經有過那麼回事呀。這麼一來，要給他重要的職位，那就得重新考慮囉。」

結果是冷酷的。至於我曾深切地爲我那件錯誤反省過，並如何地努力著，以免第二次再發生錯誤等等，電腦是不會知道的。

所以說每逢人事調動時，我的錯誤總會被報告出來，因而，我就一直抬不起頭來。我的薪水始終一點兒都沒有加，這說不定跟電腦的報告有關哩！

我的想像愈往壞的方面進展，我的心情也因而愈沈重起來。我的神經症就這樣開始的，從那天起對工作便無法熱中了。

有時卽使勉強自己熱心去做，電腦的事却立刻浮現在我的腦海裡。那傢伙絕不會忘掉我曾經犯過的錯誤。

ターは、失敗はあくまで失敗と記憶し、何年たっても新鮮にリアルにそれを再生してしまうのだ。こんなにも意地が悪く、救いのないことがほかにあるだろうか。

何日も頭をかかえて悩んだあげく、その部分をコンピューターの記憶から消してもらうよう、上役に申し出ようかと考えた。それができたら、さぞはればれすることだろう。

しかし、私はそれを思いとどまった。書類にして出せということになるだろう。そして、書類はコンピューターに送られ、それがまた記録されてしまうのだ。いっそう昇進にさしつかえることになる。

「あいつは、むかしの失敗の記録を消してくれと申し出た。そういう性格では、責任ある地位につけられない」

と判断されてしまうだけだ。

だが、現状のままでは、将来への希望はとざされている。私はいっそのこと、会社をかわろうかとも思った。それもやはりだめなのだ。

よそに就職しようとすれば、その会社でも私の過去の経歴資料を知りたいと要求するだろう。そしてテープだかカードだかが、会社から会社へ送られるのだ。

どこへ移ろうが同じこと。私はコンピューターから離れられない。一生、やつから逃げることができないのだ。しかも、許してくれと泣きついても、やわらかくごきげんをとろうとしても、少しもうけつけてくれない相手なのだ。

だが、まだ方法がないわけではない。私はコンピューターを爆破してやろうと決意した。忘れ

如果是人，對於別人所犯的小過失，總有一天會忘掉。再者，別人卽使犯了點小錯誤，只要他以後認眞工作，就讓他功過相抵。然而，電腦却把人所犯的錯誤徹底記憶下來，並且卽使過了好幾年，仍然會新鮮而眞實地重現。像這樣故意跟人爲難，令人無葯可救的事，在別的地方還能找到嗎？

經過幾天苦思的結果，我想到要求上司，將我犯錯的那一部分，從電腦的記憶裡除掉。要是能夠辦到，那我的心情諒必會愉快吧？

然而，我這個想法，又停了下來。是不是改用書面提出申請呢？如果改用書面，那書面就給輸入電腦，這樣又被記錄下來。這對升遷，越發不利。

「那個傢伙要求消除過去的失敗記錄。這種個性怎可託付重任？」

上司必會做上述的判斷。

但是，如果保持現狀，將來的升遷，保險沒有指望。我也想到我可換家公司。這點仍然行不通。要是換家公司，對方還是會要求我過去的經歷資料。於是磁帶啦、資料卡啦等等就會從一家公司移送到另一家公司。

不管換到那裡，都是一樣。我脫離不了電腦。就是說一輩子永遠逃不掉那傢伙。尤有進者，盡管你哭著求「他」，小心翼翼地去拍「他」馬屁，「他」也一點兒都不領情。

てくれないのなら、そいつを殺すまでだ。

しかし、計画にとりかかってみると、容易でないことがわかった。装置は社内で最も重要な扱いを受けている。簡単には近づけない。近づいたところで、どこを爆破すればいいのかわからない。

記憶部分は丈夫な金属でおおわれているかもしれないし、記録の予備があるかもしれない。また、やりそこないでもしたら、その行為も新しく記録され、私は死ぬまで、無期懲役のようにこき使われることになる。

絶望的に迷いつづけるうちに、私はからだが悪くなった。めしがのどを通らないからだろう。だが、医者に行ってもむだなのだ。問題点は私のからだのなかにあるのでなく、コンピューターのなかにあるのだから。

もう、残された道はただひとつ。こうなったら自殺でもする以外にないのではないかと、私は思いつめた。

人間、死を覚悟するほど頭を使うと、意外なアイデアを思いつくものらしい。それを実行に移した結果、いまの私は人生が楽しくてしようがないという状態だ。

私は会社をやめたのだ。そして、自分で事業をはじめた。すなわちコンピューター・ノイローゼ療養所というやつだ。開所してから、もう一年ぐらいになる。

世の中には、私のように悩み苦しんでいる人が多かったようだ。小さい広告を出しただけなのに、けっこう申し込み者が集まった。

然而，除此之外，並不是沒有別的辦法。我決心乾脆把電腦炸掉，既然不會忘掉我的小過失，那只有把「他」幹掉。

然而，一旦著手擬訂計劃，就了解這並不是件簡單的事。電腦在公司內受到最嚴重的保護。接近它並不容易。縱使能接近。也不知該爆破那個地方。

說不定記憶部分被堅強的金屬遮蔽著，說不定也有備用的記錄。再者，要是失手，我這個行爲也會記錄下來，在我的有生之年，就像被判無期徒刑似的，被人任意驅使了。

在絕望的打擊下，在長期的困惑中，我的健康受到了影響。可能是飯嚥不下而引起的吧？不過，去找醫師也沒什麼用。問題的關鍵並不在我的體內，而是在電腦內。

剩下的路只有一條。事到如今，除了自殺以外，還有什麼辦法呢？我左思右想，始終想不通。

大凡一個人用腦用到抱定死的覺悟時，也許會想出意外的創意吧？我把這一創意付之實施的結果，使我目前的人生變得高興得不得了的狀態。

我辭掉公司的工作，並且開始創業了。就是開了一家電腦—神經症療養院。開幕以來已經一年了。

世界上像我這樣爲了電腦而傷透腦筋受苦的人，好像不少的樣子。我只刊登了一則小廣告，但請求療養的患者爲數甚多。

自分がそうだったのだから、私には患者の気持ちがよくわかる。そのため、患者は私を心から信頼してくれるというわけだ。

ここが商売。その信頼を利用して、適当に金を巻きあげる。そのあとで、わが療養所の職員に採用してやる。ここにはコンピューターなどないから、みな生まれかわったように気力をとりもどし、よく働いてくれる。それをながめると、私は人を助けた喜びを感じる。もちろん、経営はすべて順調だ。

そんなことをしたら、職員ばかりになり患者がなくなってしまうのでは、と思う人があるかもしれない。しかし、その心配は無用、療養を望む人はふえる一方なのだ。ことによったら、永久に拡張しつづけることになるかもしれない。

まったく、いい時代にうまれあわせたものだ。私はいまや、コンピューターに心から感謝している。

我自己是過來人，因此充分了解患者的心情，職是之故，患者無不由衷地信賴著我。

這正是生意！利用患者對我的信賴，我就適當地撈它一筆，然後聘請爲本療養院的職員。這裡沒有電腦什麼的，因而每一個人都像重新投胎似的，恢復了生氣，賣命地工作。每當觀望他們的工作情況時，我就有一股救了人的喜悅湧上心頭。當然啦，一切業務進展得很順利。

要是這樣經營，那豈不是每一個人都變成職員，而患者就沒有了？或許有人會這樣想。然而，用不著操心。要求療養的人有增無減。看情形，說不定業務會不停地永遠擴張下去。

我是一個完全生逢其時的幸運者。我現在正由衷地感謝著電腦哩！

声の用途

エヌ氏は舞台で声帯模写をやるのを職業としていた。しかし、最近はあまり景気がよくない。なんとかしなければと思いながら、興行関係の会社を訪れた。

「なにか仕事をまわして下さい。一生けんめいやりますから」

社長室に通されたエヌ氏は、熱心にたのんだ。だが、社長の答えはそっけない。

「だめだよ。いまのところ、そんな仕事はない」

「なぜ、だめなのですか。私の声帯模写がへただからなのですか」

「そうは言わん。きみの芸は優秀だ。しかし、いまは声帯模写だけではだめなんだ。ほかに漫談がうまいとか、演技ができるとか、踊れるとか、なにかできてもらわねば困る。現代の観客は欲ばりになっている。じっくりひとつの芸を鑑賞するより多彩なものをにぎやかに楽しみたがるのだ」

しかしここであきらめたら、めしの食いあげになってしまう。エヌ氏はねばった。

「そうおっしゃらず、ぜひ仕事を下さい。このところひまなので、芸に一段とみがきをかけました。本物そっくりにやってみせます。ラジオの仕事でもなんでもやります」

聲音的用途

N氏以在舞台上模仿名演員或鳥獸的聲音爲業。但是，最近景氣並不怎麼好。他心想總要想想辦法渡過難關，因而去拜訪一家跟電影業有關的公司。

「請設法給我工作做吧。我會賣力幹的。」

被帶到董事長室的N氏，認眞地要求著。但，董事長的答覆是冷淡的。

「不行。目前沒有適合你的工作。」

「爲什麼不行？是不是我的聲音模仿技術不如人？」

「話不是那麼講的。你的演技很不錯。但是，現在光靠聲音模仿是不行的。除了聲音模仿之外，還要會單口相聲、會表演、會跳舞，總之，要什麼都會才行。現在的觀衆貪而無厭。他們不願意慢慢地觀賞單項表演，而喜歡看多彩多姿的綜合性的熱鬧節目來取樂。」

但是就此灰心的話，會丟掉飯碗，N氏還是堅持下去。

「不要那麼說，請務必讓我工作吧。最近比較閒，因而對我自己的演技，我下了工夫做了更進一步的磨練。我會模仿得維妙維肖，跟眞的一模一樣。像廣播什麼的，統統可以做。」

「ラジオはだめだよ。きみの欠点は、うますぎることにある。しかもさらに修業したとかいう。そんなのを放送したら、聞く方は、本物のテープをつなぎあわせて編集したのと同じに受け取ってしまう。だれも驚きも感心もしない。テープレコーダーの時代は、きみをご用ずみにしてしまったのだ。働く余地はなくなったんだよ」

冷酷な答えだ。いろいろとたのんだが、とりあってくれない。ついにエヌ氏は言った。

「仕事をいただけるまで帰りません。ここを動きません」

「勝手にしろ。いたいだけいてもいい。だが、わしは出かける。あまり室内をよごさないようにしてくれ。金庫にはかぎがかかっているから、金目のものを手に入れることはできんぞ」

そして、社長は出かけてしまった。ひとり残されたエヌ氏は、意地でもがんばってやると、腕を組んで床にあぐらをかき、しばらくそこにいた。

しかし、どうにもならない。やがて腹がへってくる。不満や怒りは消えず、むなしさや悲しみが加わり、まことに面白くない気分だ。

その時、社長の机の上の電話機が鳴りはじめた。エヌ氏はしばらくほっといたが、ほかにすることもなく、あるいは社長が考えなおし、いいしらせを告げるつもりになったのかもしれないと思い、電話をとった。

「ねえ、社長さん……」

なれなれしい女性の声がした。エヌ氏は好奇心と、退屈しのぎと、社長への意地悪のまざった気分で、社長の声をまねて答えた。

「廣播可不行哪。你的缺點就是演技太高明。加上你又下了一番苦工去磨練，那更不得了。不管播放什麼，聽衆都會當做是眞的。因此，沒有人會感到驚奇，也沒有人會讚美。錄音機時代令你英雄無用武之地。已沒有你工作的餘地了。」

多麼冷酷的答覆。盡管N氏苦苦哀求，對方還是不理他。N氏終於說：

「在我獲得工作之前，我絕不回去，我就賴在這裡。」

「隨你去。看你要賴多久好了。不過，我要出去。屋裡不要給我弄髒。保險櫃鎖得好好的，値錢的東西，你拿不到的！」

說畢，董事長就出去了。獨自被留下來的N氏，卽使是意氣用事，也要堅持下去，雙臂抱胸，盤腿坐在地板上，暫時呆在那裡。

然而，這樣也不是辦法。不久肚子就餓了起來。不滿和怒氣無法消除，徒然增加空虛和悲傷，事情的確太不稱心了。

這時，董事長桌子上的電話機開始響了起來。N氏暫時不去理它，但也沒什麼可做，說不定董事長重新考慮過，打算告訴他好消息也未可知，N氏這麼想著，於是拿起了聽筒。

「喏，董事長先生…。」

傳來的是非常親密的女人聲。N氏抱著好奇，解悶、以及抱著對董事長惡作劇的心情，模仿起董事長的聲音，回答說：

「ああ、わしだ。で、どなたです……」

「あら、あたしよ。とぼけちゃいやだわ。おわかりのくせに……」

社長と深い仲の女のようだ。だが、エヌ氏には見当もつかない。

「いや、わからんね。わしはいそがしいし、つきあっている女もたくさんいる。こまかいことを、いちいち覚えてはいられんのだ。どんなご用です」

「なぜ、そうごまかそうとなさるの。おわかりのはずよ。いつものお金をいただこうと思って……」

「なんの金だ。少し待ってもらいたいね」

社長になりすまして応答するのはいい気持ちだ。どうやら、おこづかいをねだられているらしいのだが、それ以上のことはわからない。女はふしぎそうな口調で言った。

「どうかなさったみたいね。本当に社長さんなの」

「そうとも、どこか変かね」

「声はまちがいないわ。でも、なぜとぼけたふりをするの。お金を払いたくないんでしょう。だけど、そうはいかないのよ」

「ああ……」

「はっきり復習させてあげるわ。あなたは前に、自分の家に放火し、火災保険をうまく詐取なさった。ご自分ではうまくやったつもりでも、物かげからあたしが見ていて、写真にとっちゃった。それをだまっていてあげるかわりに、毎月お金をもらうことになったのよ。忘れたなんて言

「噢，是我。妳，妳是誰…？」

「哎，是我啊。別裝傻好不好？已經知道，却…。」

好像跟董事長有深交的女人的樣子。但是，N氏却無從知曉。

「不，不知道啊。我好忙碌，而且跟我來往的女人，爲數不少。芝蔴蒜皮的小事，無法一一記住住。到底什麼事？」

「爲什麼要騙我呢？你一定知道的。我想要你該給我的錢…。」

「什麼錢⁉請稍等好不好？」

冒充董事長來回答是多麼愜意啊！好像是在勒索零用錢的樣子，除此之外，就不知什麼事了。

女人以難以想像的口氣說：

「好像有點不對勁的樣子。你是眞的董事長嗎？」

「對呀。有什麼不對勁？」

「聲音是沒有錯啊。那，你爲什麼要裝蒜呢？大概不願意付錢吧？不過，那可不行囉。」

「啊啊…。」

「那就讓你好好的溫習一下吧。你以前故意對自己的房屋縱火，巧妙地詐騙了火災保險金。雖然自己認爲把事情做得天衣無縫，然而，我却在暗地裡看得一清二楚，偷偷地拍起照片來。爲了替你保密，按月向你索取一筆錢。我不會讓你說忘掉什麼的。」

わさないわ」

「ふん……」

エヌ氏は驚いた。甘い話どころか、恐喝だった。女の声はすごみをおびてきた。

「払いたくないのなら、それでもいいのよ。そのかわり、警察へとどけられるのを覚悟することね」

「ま、待ってくれ。払うよ。どこへ持っていったらいいか……」

待ち合わせの場所を聞いて、エヌ氏は電話を切った。そして、そこへ出かけた。

レストランのすみのテーブルに、若いが油断のならない顔つきの女がひとり席についていた。ボーイに注文している声で、すぐに問題の相手とわかった。エヌ氏はそばへ行って話しかけた。

「あなたですね。社長を恐喝しつづけていた人は」

「いったい、あなたはだれなの。よけいなおせわよ。なにも知らないくせに」

女はびくりとしたが、つとめて平然と答えた。ほかに事情を知る者がいるとは考えられない。自分はだれにも話さないし、社長のほうで放火の罪を告白するわけがない。

「ところがじつは知っているんだ。さっきの電話の相手はわしだったのだ」

エヌ氏は社長そっくりの声と口調で言ってみせた。女は信じられないといった顔つきだったが、事態をみとめなければならないと悟った。

「で、どうなさるつもりなの、なにもかも警察へ知らせるつもりなの」

「そこはいま考え中です。私が警察へ行けば、社長は放火と詐欺の件でつかまり、あなたは恐喝

「唔…。」

N氏嚇了一跳。不是甜言蜜語，而是恐嚇。女人的聲音帶有恫嚇的語氣。

「不情願付的話，也沒有關係。不過，我可要報警喲，你得好好覺悟。」

「等，等一等。我付就是嘛。錢要拿到那裡去呢…？」

聽完對方約好的地點，N氏掛斷了電話。於是，趕往約定的地點。

在餐廳一角的一個桌子前面，坐著一位年輕，但有著一副令人覺得不可掉以輕心的容貌的女人。N氏聽到她向男服務生叫菜的聲音，立刻知道她就是約他來的女人。N氏走到她的身邊，向她開口說：

「就是妳吧？不斷恐嚇董事長的人？」

「你到底是誰？什麼都不知道，還要多管什麼閒事。」

女人嚇了一跳，不過還是盡量冷靜地回答。她認爲不可能會有任何第三者知道這件事。自己沒有對任何人說過這件事；董事長也沒有理由把自己的縱火罪行告訴別人。

「不過，事情的眞相我是知道的。剛才跟妳講電話的人就是我。」

N氏用跟董事長一模一樣的聲音和語氣，說給對方聽。女人露出一副令人難以相信的面孔，不過也領悟到非承認事情的嚴重性不可。

「那你打算怎麼做呢？是不是一五一十全抖出來給警察局？」

「這點目前正在考慮中。如果我到警察局去的話，董事長會以縱火罪和詐欺罪被捕；而妳則以

の件でつかまる。私はおほめのことばぐらいもらうかもしれませんが、それだけのことです。なんとなくつまらない気もしますね」

「結論をおっしゃってよ。どうしたらいいとおっしゃるの」

「あなたの取り分の半分を、毎回こっちに回して下さい。だまっていてあげます。しかし私はどっちでもいいんですよ。おいやならすぐ警察へ行くだけのことです」

女は考えこんだ。しかし、いくら考えても結論はひとつ。承知せざるをえなかった。

エヌ氏はうれしくなった。声帯模写の芸も、使いようによっては、このように、まだまだ利益をうみだすことができるのだ。

恐嚇罪被捕。我所得到的只不過是幾句嘉獎的話而已，結果不過如此罷了。這樣的話，讓我感到未免太不值得了。」

「那你下個結論吧。你要怎麼處理呢？」

「把妳每個月的所得，分一半給我。我可以替你保密。但是，我什麼都無所謂。如果妳不願，我我只有馬上報警。」

女人沉思了。然而，不管如何想，結論只有一個。不得不答應N氏的要求。

N氏高興起來了。模仿聲音的特技，一旦用對了地方，像這樣，也能生出利益來。

紙幣

　ある日の夜。町はずれの一軒家。なかではこの家の住人である中年の女と、来客であるやはり中年の男とが話しあっていた。二人とも真剣な表情をしており、あいだの机の上には札束があった。男は言っていた。

「どうあっても、それをいただいて帰らねばなりません。お貸しした金であり、約束の期限でもあります。それをかえしていただかないと、私は手形を落とせず、不渡りを出すことになります。いままできずきあげてきた商売が、だめになってしまうのです」

　しかし、女のほうも悲しそうな表情で、心からの声を出した。

「おっしゃることは、ごもっともです。だからこそ、一応こうしてお金をつごうしました。でも、お願いです。返済はもう少し待っていただきたいのです。じつは、うちの子が急に病気になり、その治療代がいるのです。このお金をかえしてしまうと、子供は助からないかもしれません。命にかかわることなのです」

　女は手をあわさんばかりだった。だが、男は目をつぶって首を振った。

「その事情はわかります。しかし、そのお金をいただかないと、私の商売はつぶれ、家族ともど

鈔　票

某日夜晚。市鎮盡頭的一棟獨立房屋。屋子裡，主人—一位中年婦女，和一位也是中年人的男性訪客，正在交談。兩人的表情都嚴肅認眞，兩人之間的桌子上，放著一捆鈔票。男人開口說：

「無論如何，非把這捆鈔票帶回去不可。這筆錢是我借給妳的，約定的時間也到了。如果妳不還我，我的票就不行了，就會被退票。到目前爲止，好不容易做起來的生意，就全報銷了。」

然而，女方也以悲傷的表情，吐露了她的心聲。

「你所說的話是理所當然的。所以嘛，不管怎樣我錢還是拿來了，不過，還是懇求你，請允許我慢點還你，好不好？因爲我的兒子突然生病，需要醫療費。如果把這筆錢還你的話，說不定我的孩子，就會無藥可救。這是關係到生命的問題。」

女人再三懇求他。但，男人閉著眼睛搖頭。

「妳的苦衷我知道。但是，要是不把這筆錢帶回去，我的生意會垮掉落得非拖家帶眷乘著黑夜

199 鈔票

も夜逃げをしなければなりません。一家心中するほかなくなるでしょう」

　話しあっていたらきりがない。心を鬼にしなければと、男は手をのばして札束を取ろうとした。女は泣きながらそれにすがりつき、持っていかないでくれとたのむ……。

　この光景を窓のそとからながめている二つの影があった。人影と呼んでもいいものかどうかは、断言できない。彼らはゼフ惑星からやってきた宇宙人だったのだ。

　とくに目的があってやってきたわけではない。つぎつぎと異なった星を見物し、好奇心を満足させたかっただけのことだ。そのゼフ星人のひとりが言った。

「察するところ、あの机の上のものについて争っているようだ。あれはなんなのだろう」

「わからん。さっきから気になってならない。どうやら、なにかよほど重大で貴重なものらしいな」

「あの正体を調べずに帰ると、あとで頭にひっかかり、後悔することになるぞ。強引かもしれないが、ちょっと見せてもらおう」

　ゼフ星人たちは、家のなかへはいっていった。紙幣を争っていた二人は、きもをつぶした。ピンク色の水玉もようのある、みどり色の大きな生物が、とつぜんあらわれたのだから。

　かりに二人が色盲だったとしても、結果はやはり同じことだったろう。細い手足と太い胴。頭は大きく毛が一本もなく、金色をした目玉もまた大きかったのだ。

　一目みて気を失うのも当然だった。しかし、そんなことにおかまいなく、ゼフ星人たちは紙幣を手にとった。

逃跑不可。這樣全家只有自殺了。」

討價還價並不是辦法。非得狠起心來不可，於是男人就伸出手想拿走那捆鈔票。女人邊哭泣著抱住鈔票，邊懇求他不要把鈔票帶走⋯⋯。

窗外有兩個影子在觀望這一場面。那影子可不可以稱爲「人影」，無法確定。他們是來自傑夫行星的太空人。

他們並不是懷著什麼特殊目的而來的。他們只是爲了滿足好奇心，從一個星球到另一個不同的星球，這樣繼續不斷地去參觀而已。其中的一個開口說：

「看起來，好像在爭取那桌子上的東西似的。那是什麼東西？」

「不知道，從剛才起，我就一直在注意。大概是什麼非常貴重的東西吧。」

「要是不把眞相弄清楚就回去的話，事後會念念不忘，而後悔不已哩。也許有些唐突，但我們還是進去看看吧。」

傑夫星人進到屋裡去了。爭著鈔票的兩人幾乎嚇破了膽。因爲突然出現了具有粉紅色水珠花紋的綠色大生物。

即使兩人是色盲，結果也是一樣。細小的手脚和粗大的軀体。碩大的頭，連一根毛都沒有，呈金色的眼球，亦是大大的。

給人一看就會昏過去，乃是理所當然的。但是，傑夫星人却毫不在乎這一切，而拿起了鈔票。

「四角く薄いもので、表面にはこまかいもようがついている。それだけのことだ」

「どう考えても、貴重なものとは思えない。芸術品のたぐいでもないようだし、高価な物質からできているわけでもない」

「簡単に作れそうだ。ひとつ、複製機にかけてみるか」

　ゼフ星人たちは、少しはなれた林のなかにとめてある宇宙船のなかにはいり、複製機にかけた。この装置は示された品物の成分を調べ、それと同じ組成、同じ外観のものを作りあげる性能を持っている。

「これで同じものができたはずだ。はたして、これでやつらが満足するかどうか、ためしてみようじゃないか」

　ゼフ星人たちはふたたびさっきの家にもどり、机の上に札束を二つ並べ、物かげから観察していた。

　やがて、男と女は気をとりもどした。

「ああ、びっくりした。なにかとんでもないものを見たようだが……」

　男はあたりを見まわしながら、立ちあがった。女も同じことを言った。

「あたしも。だけど、常識では考えられないことですわ。きっと、幻覚だったんでしょう。なんのあとも残っていないし」

　そして、二人はさっきのつづきの、金についての議論に移ろうとした。あらためて机の上を見て、札束が二倍にふえているのに気がついた。

「方而薄的東西，表面上帶有細緻的花紋。就是這樣而已。」

「不管怎麼想，也無法認爲是貴重的東西。不像藝術品之類的東西，也不是由高價的物質造成的。」

「要印製似乎很簡單。我們不妨將它「複製」一下。」

傑夫星人回到停留在離此還有點兒距離的樹林內的太空艙，把鈔票放到「複製機」上。這種裝置的功能是分析提示物的成分，並複製跟該物具有同樣成分和外觀的東西。

「這部複製機一定已複製了完全相同的東西。到底能不能令他（她）們滿足，且讓我們試試。」

傑夫星人重新返回剛才的民舍，把兩捆鈔票排在桌上，暗地裡觀察動靜。」

不久，男女兩人都蘇醒過來。

「啊啊，嚇了我一跳。好像看到意外的東西似的……。」

男人邊環顧著四周，邊站了起來。女人也說了同樣的事情。

「我還不是一樣。不過，這是無法用常識去推論的。一定是幻覺吧？沒有留下任何痕跡。」

於是兩人準備轉移到剛才未完成的，有關金錢的爭論上。待重新望著桌上時，發覺鈔票竟然增加了一倍。

「いったい、これはどういうわけです。あなたがお出しになったのですか」

「いいえ」

首をかしげながら、二人は手にとった。灯にすかして見くらべたりしたが、紙幣にまちがいない。ゼフ星人の装置はきわめて精巧なもので、スカシやよごれまで同じに作りあげてしまうのだ。男と女は話しあった。

「どうしてこうなったのだろう。奇跡としか思えない」

「きっと、あたしたちをあわれんで、神がめぐんで下さったのでしょう」

「ちらと見たとたん気を失ったのでよく覚えていないが、あんまり神様らしい姿じゃなかったようですがね。そんなことはともかく、ひとつをもらって帰りますよ。これで不渡りを出さずにすむというものです」

「どうぞ、どうぞ。うちの子の病気も十分な治療をしてやることができます」

二人は争いをやめ、ほっとし感謝の表情を浮かべた。うれし涙もにじんでいる。いつまでも、信じられないような気分で札束をいじりながら……。

ゼフ星人たちも、宇宙船に戻ってから、ふしぎがっていた。

「どうもわからん。やつらは心から喜んでいた。あんな安価なくずみたいな品なのに。実用性だってまるでなさそうなのにな」

「まあ、わからなくても仕方ない。それぞれの星には、理解できぬ風習があるものさ」

「ところで、どうだろう。あんなに喜ぶことだし、成分の材料なんか、そのへんにあるものでた

「這到底是怎麼一回事?是你拿出來的吧?」

「不。」

兩人邊歪著頭，邊拿起鈔票。迎著燈的亮光細看比較的結果，鈔票沒錯。傑夫星人的裝置極爲精巧，連水印和污髒的地方，都可以做到一模一樣。男人和女人互相交談著。

「事情爲什麼會變成這樣?只能把它當做一種奇蹟吧?!」

「一定是神明憐憫我們，而賜給我們的吧?」

「乍見就昏了過去，無法記的清楚，看起來並不太像神明的樣子。這姑且不管，總之，我要帶一捆回去就是了。這麼一來，我的票就可以兌現了。」

「請便，請便。我兒子的病就可以得到充分的治療了。」

兩人停止爭執，臉上露出鬆了一口氣的感激之情。眼眶裡也濕潤著喜悅的眼淚。抱著永遠難以相信的心情，玩弄著鈔票……。

傑夫星人回到太空船後，感到奇怪。

「簡直令人難以捉摸。對於那種賤如廢物，而且簡直沒有實用性的東西，他們竟那麼由衷的感到高興。」

「咦，搞不懂也沒辦法呀。每一個星球都有令人無法了解的風俗習慣。」

りる。大量に作って残していってやろうか」

「それもそうだな。稀元素や放射性物質を原料としなくてもいいし、複雑な精密機械のたぐいでないから時間もかからない。あんなのは簡単だ」

ゼフ星人たちは複製機を動かした。たちまちのうちに何千万枚といった数の紙幣ができあがった。

「これぐらいでいいだろう。そろそろ出発の時間だ。宇宙船で飛び立ち、空からまいてやることにしよう。住民たち、さぞ喜ぶことだろう」

「ああ、二度と来ることもない星だが、われわれの心にも、いいことをしてやったという思い出がいつまでも残る」

そして、彼らはその通りにした。

「不過，你看怎樣?他們卽然那麼高興，而印製的材料，我們手頭上又那麼充足，就讓我們大量複製出來，留給他們吧！」

「說的也是。所用的原料既不是稀有元素，又不是放射性物質，要製造的也不是哪類複雜的精密機械什麼的，所以不費時，製造起來太簡單了。」

傑夫星人開動了複製機。頃刻之間，幾千萬張的鈔票被複製出來。

「這樣大概夠了吧。出發的時間就要到了。太空船起飛後，就從空中散發。居民們諒必會高興吧。」

「啊啊，這個星球我們不會再來，不過在我們的心裡，永遠會留下對他們行了一善的這種回憶。」

於是，他們按照他們的計劃做了。

大犯罪計画

　おれがバーのカウンターでひとり酒を飲んでいると、少しはなれた席でつぶやきをもらす者があった。

「ああ、やっと出られた。しゃばはいいなあ。酒は飲めるし、タバコも吸える。女の姿をながめることもできる。もう二度と、あんな世界へは戻らんぞ」

　声の主は中年の紳士だった。貫録もある。おれはそのことばを、敏感に耳にはさんだ。なぜなら、おれも同様、泥棒の罪で刑務所に入れられ、やっと釈放になったところなのだ。

　おれは親近感を覚え、話しかけた。

「あの、失礼ですが、私もそうなんです。泥棒をして、三年ほどはいっていました。いやなものですな。高いヘイ、鉄格子……」

　相手もそれに応じた。

「ああ、それに変わりばえしない食事。運動といえば、中庭を歩くぐらい。色気もなにもない。きみもそうだったのか」

「そうなんです。あなたは何年ぐらいおはいりになったのですか」

大犯罪計劃

當我獨自在酒吧的櫃枱喝酒時，離我不遠的座位上，有位仁兄在發牢騷。

「唉，好不容易出來了。監獄外的世界多好！可以喝酒，也可以抽煙。還可以定眼看著女人。我不願意再度回到那種世界去了！」

聲音的主人是個中年紳仕。有威嚴。我敏感地聽著他的話。爲什麼呢？我也一樣，因竊盜罪被關關進監獄，好不容易給釋放了。

對方的聲音，引起我的親切感，於是我向他開口：

「嗯，冒昧得很，我也跟你一樣。犯了竊盜罪，大約關了三年。多討厭的地方！高高的圍牆，鐵格子門窗……。」

對方也針對著我的話回答：

「呃，還有千篇一律的三餐。提起運動，那只有在院子裡走走而已。太單調了。你也跟我一樣？」

「正是。你被關了幾年？」

「大約五年。」

「五年ぐらいだ」

「どんなことをおやりになったのです」

「いや、過去のことは話したくない。問題はこれからの計画だ。不当に奪われた五年という年月を、ここで取りかえさなければならぬ。なあ、そうじゃないか」

「そうですとも……」

おれたちは意気投合した。肩をたたきあいながら、グラスを重ねた。やがて男は言った。

「人のいないところで、飲みなおそう。ひとつ大仕事があるのだ。手伝ってもらいたい。収穫はすごいぞ」

「いいでしょう」

おれは男を自分のアパートへ案内した。ここなら話のもれることはない。彼は言った。

「じつは、首相に毒を飲ませようというわけだ」

それを聞いて、おれは飛びあがった。

「まさか。冗談なんでしょう」

「そう思うかね」

ふざけている表情ではなかった。確信のある落ち着いた口調だった。おれはふるえながら言った。

「しかし、毒殺してどうするんです。外国の陰謀ですか。革命でも起こすんですか。いずれにせよ、そんな手伝いはできません。おろさせてもらいます」

「做了什麼事？」

「不，過去的事，我不願意提起。問題是今後的計劃。就是對於那不該失去的五年歲月，非得一舉補償回來不可！喏，可不是嗎？」

「說的也是…。」

我們意氣相投。互相拍著對方的肩膀，一杯接一杯地喝著酒。不久，對方開口說：

「到沒有人的地方再喝吧。有一件大工作。需要你的幫忙。收獲是驚人的。」

「好吧。」

我把這位仁兄帶到我自己的公寓。這裡用不著擔心話會洩漏出去。他說：

「老實說，要讓首相服毒。」

聽完他的話，我跳了起來。

「難道…。是開玩笑吧？」

「你這樣想嗎？」

他的表情並不像在胡鬧。多麼自信而平靜的語氣！我邊發抖邊說：

「不過，毒殺他做什麼？是不是外國的陰謀？或者要起革命？不管那一方，這個忙我都無法幫上。免談啦。」

「よく聞いてくれ。だれが殺すと言った。毒を飲ませるだけだ。顔面の神経と筋肉の力を弱める作用の薬だ。すなわち、口は開いたまま、典型的なだらしのない顔になる」

「なるほど。もし首相がそんな顔になったら、政界は大混乱ですね」

「そう、そこだよ。それから、おもむろに脅迫状を出す。治療薬がほしければ金を出せとね。人金がはいることは、まちがいない。治療薬を独占していることが、こっちの強みなのだ」

男はポケットから、小さな二つのびんを出した。きっと黒っぽいびんのほうが毒で、白っぽいびんが治療薬なのだろう。おれは念を押すように聞いてみた。

「それ以外になおす方法はないんですか」

「学者たちが集まり、時間をかければ、治療薬を作ることもできるだろう。しかし、関係者としては一刻も早くなおしたがるだろう。金ですむこととなれば、そのほうを選ぶ」

「そうかもしれませんね。だが、どえらいことを考えついたものですな」

「犯罪というものは、大きければ大きいほど成功しやすいものだ。それなのに多くの連中は、小さな、くだらない、型にはまったことをやる。つかまえる警察のほうも、そんな犯罪なら手なれている。だから、すぐ発覚するのだ」

おれは敬服した。小さな泥棒をやったことがはずかしくなった。

「それで、どうやって金を受け取るんです。たいていの場合、その時につかまることになっているようですよ」

「心配するな。手ぎわよくやれば、毒を飲ませたのがわれわれだとは立証できないはずだ。その

「好好聽著！誰說要殺死他⁉只是讓他服毒而已！毒藥的作用只是削弱他臉面神經和肌肉的力量而已！就是說服過藥後，嘴巴就一直張開著，變成一副典型的邋遢相。」

「誠然不錯。如果首相變成那副相貌的話，政界就大亂囉。」

「不錯。關鍵就在這裡。我們可趁機寄出恐嚇信。要解藥的話，就得出錢。這麼一來一定會收到巨款。獨佔解藥這點，乃是我們的法寶。」

仁兄從口袋裡拿出兩個小瓶子。黑黑的瓶子一定是毒藥；而白白的瓶子則爲解藥吧？我質問道：

「除此之外，沒有其他的方法了？」

「學者們聚集起來，花費些時間的話，不見得製造不出解藥來。但是，當事者會急於早日痊癒。只要花錢就可解決的事，他們一定會選擇它。」

「說不定會這樣。不過，虧你想得出這樣妙的事。」

「犯罪也者，乃你犯的越大，越容易成功。然而，大多數人却做些小而無價值的，老一套的罪行。逮捕罪犯的警察，對付這類犯罪案件，可說是駕輕就熟，因而不久就可偵破。」

我佩服得五體投地。對於專做偷雞摸狗之類的小案件的自己，不覺感到羞愧起來。

「那麼，要怎樣去接取對方的錢呢？大體上，警方都會在對方交款時抓人。」

「不必耽心。要是把事情做得夠漂亮的話，就無法證明是我們下毒的。其次，爲了萬全之計，

上、万全の策として、金は外国の銀行に送らせればいい。われわれは観光をかねて、その金を取りにゆく」

彼の計画の説明は、自信と迫力にみちていた。聞いているうちにおれもうまく成功しそうに思えてきた。なにしろ、大変な金が手にはいるのだ。それを考えると、期待でぞくぞくする。

「賭けてみる価値がありそうですね。で、なにを手伝いましょうか」

「計画と指揮は私が受け持つ。きみは準備のほうをたのむ。たよりになる人員と、運動資金が必要だ。手配してもらいたい」

「やってみましょう」

おれは承知した。むかしの仲間をたずね、計画にひき入れ、また金を借り集めた。おれの説得には熱がこもった。一方、首相の日課なども調べはじめた。準備は着々と進行した。

しかし、ある日、おれたちが二人で相談していると、刑事がやってきた。警察手帳を見せられ、おれはがっかりした。だれか、おじけづいた仲間が密告したのにちがいない。

「ついに大金を得るのも夢と消えた。やれやれ、また逆もどりか。あの自由のない生活に戻らなければならないというわけか」

おれのため息にあわせ、男も言った。

「残念だ。単調な世界に連れ戻されてしまう。それに電気にかけられるのかと思うと、いやでたまらない」

「まさか、電気椅子だなんて。大犯罪かもしれないが、まだ実行してなかったんだ。死刑になる

可讓對方把錢滙到外國銀行。我們以觀光的名義，出國去領那筆錢。」

他對計劃所作說明，充滿信心，也具說服力。在聽著聽著的當兒，我也覺得事情會順利成功。總之，大筆的金錢會入手。想到這點，不禁憧憬得興奮非凡。

「這是值得下賭的。那，我該幫什麼忙？」

「計劃和指揮由我負責。你擔任準備。需要可靠的人員和活動資金。希望你去安排。」

「讓我來試試看吧。」

我滿口答應了。訪問了過去的伙伴，引誘他們參加計劃，並到處去借款。我的遊說充滿了熱誠。另一方面，首相的日常起居等，也開始調查。準備工作穩定而順利地進行著。

但是，有一天，當我們兩人在討論時，刑警來了，看到他的服務證，我心涼了。準是那個膽怯的同伴去密告無疑。

「賺大錢之事終於隨著夢消失了。哎呀，又要二進宮了。要重新回到那種沒有自由的生活了。」

呼應著我的歎息，仁兄也開口說了：

「好可惜！要被帶回那個單調的社會。想起要被通電，眞令人討厭得不得了。」

「難道要坐電椅？或許是大犯罪，不過還沒有實施哩！不致於判死刑吧？」

ことはないでしょう」

おれにはわけがわからなかった。しかし、やってきた刑事が口を出した。

「この人は病気なのです。とんでもない妄想をいだく症状で、五年ほど入院していました。いちおうなおったとみとめて退院させたのですが、再発したのか、姿をくらましてしまった。家族からの捜索願が出たので、さがしていたのです」

その説明で、おれにも事態かのみこめてきた。道理で平然としすぎていた。

「そうだったのですか」

「砂糖を小さなびんにつめて持ち出したらしいのですが、どういうつもりだったんでしょうかね。また入院し、電気ショックの治療を受けることになるのでしょう。さてところで、あなたもさっき、また逆もどりとか言いましたが、なんのことなのですか」

「いえ、なんでもありませんよ」

おれはあわててごまかした。ありのままをしゃべった場合、刑務所行きになるのか、笑いものになるのか、おれにはわからない。だが、ろくなことにならないのはたしかのようだ。ごまかせるだけごまかしたほうがいいというものだ。

我感到莫名其妙。然而，來的刑警開口說：

「這位仁兄有病。其症狀爲帶有異想天開的妄想，約住院五年。姑且讓他出院。大概是病情復發，就躲避起來不露面了。因爲受到他家人的委託，所以才到處找他。」

聽到刑警的說明，才眞相大白。怪不得會那樣泰然自若。

「原來如此。」

「把糖裝在小瓶子裡帶著出去，不知打算做什麼。我想還需要再住院接受電擊治療吧。不過，你剛才也說過要重新回去，那是什麼事？」

「不，沒有什麼。」

我慌慌張張地把刑警騙過去。要是照實說出來的話，會被送到監獄呢？或者會被當做笑柄呢？這個我就不知道了。不過，事情不會隨隨便便就過去，這倒是眞的。所以能騙就騙，比較好。

感情テレビ

「これが私の開発した画期的なテレビです。これとくらべたら、いままでのテレビなど、古ぼけたがらくたです」

とエフ氏が言った。しかし、見たところはこれまでのものと大差ない。ちがいといえば、テレビセットの上部に新型のアンテナがひとつ加わっている点ぐらいだ。

招待されて集まっていた産業界の人、報道関係者などの来客たちは、それを見て聞いた。

「普通のカラーテレビと変わりばえしないようですが、どこに特徴があるのですか」

「特徴なんてなまやさしいものではありません。エレクトロニクスから、生理学、心理学、薬品学に至る、あらゆる科学の高度に結晶したものなのですよ。これで視聴すると、番組は心から共感できるのです。いや、そのように作られているというわけなのです」

「まあ、自画自賛はそれぐらいにして、早いところその性能を知りたいものですね」

「ええ、そのためにおいでいただいたのです」

エフ博士は来客たちに、腕時計のようなものをくばり、手首につけるようすすめた。

「なんなのですか、これは」

感情電視

「這是我開發的劃時代的電視機。跟這種新型電視機比起來，到目前爲止所有的電視機，都是破舊的賤貨。」

Ｆ氏這樣說。然而，看起來跟目前的電視機，並沒有多大的差別。卽使有，也只是電視機頂上多了一根新型的天線而已。

被邀請來參加的產業界人仕，大衆傳播業者等來賓，看了電視機後問道：

「跟普通的彩色電視機，沒有什麼顯著的不同，到底有什麼特色？」

「並不是說出特色什麼就能解釋得淸楚。從電學，生理學，心理學到藥劑學，就是這些科學的高度結晶。用這種電視機來收看節目，會激起你發自心底的共感。其實是故意這樣製造的。」

「喲，自賣自誇也該適可而止，還是快點把它的性能介紹一下吧。」

「嗯！就是爲了介紹它的性能，才邀請你們來的。」

Ｆ博士把類似手錶的東西分發給來賓，並吩咐他們帶在手腕上。

「這到底是什麼東西？」

「そのなかには各種の薬品がはいっているのです。そして、このテレビについている小アンテナからの電波によって、指示された薬品が手首の静脈内に注入されるのです」

「注射器なんですか……」

来客のなかには警戒した表情になる者もあった。博士は説明をつけたした。

「いや、痛いことはありませんから、安心して下さい。その作用ですが、たとえば喜劇番組の時間とします。笑いを促進する薬品が注入され、テレビを見ている人は大声で笑うということになるのです」

「しかし、薬の作用で笑うのでは、あまり楽しいものではないでしょう」

「いや、そうではありません。人工的でもなんでも、笑えばおかしくなるものです。悲しい時には涙を流すことで、さらに悲しみが高まるものです。それと番組との相乗作用で、いままでの二倍いや四倍は楽しめることになるのです」

「そういうものですかね」

「なにはさておき、実際にごらんいただきましょう。百聞は一見にしかずです」

博士は用意しておいたビデオテープ装置のスイッチを入れた。画面にはテレビドラマがうつりはじめる。同時にアンテナからは、番組進行にあわせて指示電波が発信され、各人の腕時計型の装置へと送られる。

それによって、喜怒哀楽などさまざまな感情を高める薬品が、体内に注入されるのだ。なお正確にいえば、薬品が作用を示すまでの時間を計算に入れ、指示電波はドラマの進行より少し先ん

「裡面裝有各種藥劑。而且，藉著發自這部電視機上小天線的電波，受到指示的藥劑，會注入手腕的靜脈裡。」

「是針筒嗎？」

來賓之中，有人露出警戒的神情。博士進一步補充說明。

「是的，不過不會痛，大可放心好了。至於其作用，舉個例來說好了。如果在播放的是喜劇節目。這時，促進發笑的藥劑便被注入手腕的靜脈裡，於是電視機前的觀衆就會大聲發笑。」

「可是，藉著藥的作用來發笑，並不太令人快樂吧。」

「不，話不能那麼說。不管是人爲的或是什麼的，只要一笑，就會令人感到可笑。悲傷時就會流淚，這樣會更增加悲傷的程度。再加上與節目本身的相乘作用，會把目前的樂趣提高兩倍，不，四倍。」

「是這樣嗎？」

「一切事情都可暫且不管，讓我們來個實際示範吧。百聞不如一見嘛。」

博士打開預先準備好的錄影帶裝置，電視劇便開始映現在螢光幕上。同時，配合著節目的進行，「指示電波」從天線發射出來，並傳達各人所帶的手錶型的裝置。

藉著這手錶型的裝置，把提高喜、怒、哀、樂等感情的藥劑注入人體內。更正確地說，連藥劑現示作用所需的時間也考慮在內，指示電波比劇情的進行稍早發出。

じて出されている。

見る者はみな画面にひきつけられた。悲しい場面では胸がきゅっとなり、しぜんに涙が出てくる。感情ばかりでなく、画面にお花畑がうつる時には、薬品が嗅覚神経を刺激し、花のかおりを感ずる。食事のシーンのあとでは満腹感をおぼえる。

主人公がなぐられる時には、ながめる本人もちょっとした痛みを感じ、ラブシーンではしぜんに胸がときめき、幕切れにはいくらかの感銘を含んだすがすがしい気分になった。

みなは感心して言った。

「すばらしいとしか言いようがありません。これを作られたことに、心から敬服いたします。しかし、この感心した気分、まさか薬品のせいじゃないんでしょうね」

「そんなことはありませんよ。私としても、薬品の力で尊敬されたって、少しもうれしくはありませんからね」

博士はとくいげに笑った。客のひとりが質問した。

「なま放送の時はどうするんですか」

「フィルムやビデオの時のように、完全に同調させることはできません。しかし、スポーツの実況など、やま場で興奮させ熱狂させることはできましょう」

「なるほど」

「将来は装置をうんと小型化し、カプセルの形で体内にうめこみ、指示電波で弁が開き、薬が出るようにもできましょう。それから説明し残しましたが、一日に二回は中和剤が出るようになっ

觀衆朋友都被螢光幕吸引住了。看到悲傷的場面，內心突然覺得針刺般的悲痛，於是自然而然的，淚水奪眶而出。不但是感情，螢光幕上要是映出花圃時，藥劑便刺激嗅覺神經，使人感到陣陣花香。看到用餐的場面，則又使人產生吃飽了的感覺。

主角被毆打時，收看者本身，也會感到有點兒痛；看到談情說愛的場面，內心自然會怦怦跳動，閉幕時，內心則感到神清氣爽，好像含有或多或少的銘感。

大家都佩服地說：

「除了說太棒了之外，再也沒有其他的話可用來形容了。對於製造這種東西，我們由衷的敬佩。但是，我們這種佩服的心情，該不會是藥劑的作用吧？」

「沒有這回事，對我自己來說，藉藥劑的力量來受尊敬，一點兒都不感高興。」

博士揚揚得意地笑了起來。這時有一位客人詢問道：

「那麼實況轉播時，怎麼辦呢？」

「不能像影片或電視那樣可以完全同一步調。但是，體育活動等，倒可讓現場的觀衆興奮而狂熱起來。」

「果然不錯。」

「將來可以把裝置盡量小型化，以膠囊的形態裝置在體內，藉著指示電波把開關打開，而讓藥劑流出來。還有一點沒有提到，就是一天有兩次會流出中和劑，所以事後不會遺留任何副作用。」

ていますから、あとには薬の副作用はまったく残りません」

「なるほど……」

来客たちはため息をつくばかりだった。

かくして、この新性能のテレビは生産に移され、好評のうちに急速に普及していった。いままでのにくらべ、はるかに臨場感が強烈で、いちど味をしめたら、このテレビでなければならなくなってしまうのだ。

主人公とともに泣き、笑い、恋をし、冒険ができるのだ。もっとも、当たり前のことだが、主人公が死ぬシーンで視聴者が死ぬということはない。その時は悲しみの気分になる。

しかし、ある日のこと、思いがけない事態が発生した。テレビ局の回路に故障がおこったのだ。番組と、薬品への指示電波とが一致しなくなった。

画面ではコメディーが演じられている。正常ならば、視聴者が薬品の作用で大笑いしなければならない。だがその逆で、だれもかれも、胸をつまらせて泣いている。「バナナの皮ですべってころぶなんて、なんとお気の毒なんでしょう」と声をあげる者もある。

失恋の場面では、なんの関係もないのに、焦げくさいにおいがして、足にはけとばされたような痛みを感じた。

不幸な人を扱ったドキュメンタリー番組になったが、依然として故障はなおらず、だれもかれも腹をかかえ、げらげらと笑いころげる。

「あの哀れさったらないやね。おかしくって、おかしくって……」

「原來如此…。」

來賓們只有驚歎的份。

這樣一來，此種新性能的電視機就付之生產，並且在受到好評的情況下，急速地普及。跟目前的一般電視機比起來，由於臨場感非常強烈，一旦採用，以後就非得再用這種新性能的電視機不可了。

你可以跟劇中的主角一起哭、一起笑、一起戀愛、還有，一起冒險。不過，當然囉，主角死的場面出現時，觀衆不可能會死。這時內心會感到悲傷。

然而，有一天意外發生了。電視台的回路發生故障。節目和指示藥劑的電波配不起來。

螢光幕上，上演的是喜劇。在正常的情況下，觀衆會因藥劑的作用，而大笑一場。然而，事實却剛好相反，所有人都滿懷悲傷地哭了起來。「給香蕉皮滑倒，多麼可憐。」甚至有人說出這樣的話來。

看到失戀的場面，却莫名其妙的聞到燒焦的味道。並感到脚有被踢的痛覺。

螢光幕上映出的是處理不幸者的記錄影片，但由於電視台回路的故障還沒修好，因此觀衆無不看得捧腹大笑，笑得前俯後仰。

「那種可憐的情況，從未見過。太可笑了，太可笑了…。」

なにもかも大混乱の状態だった。やがて番組が中断され、局の人が画面にあらわれておわびをいった。

「申しわけございません。故障が発生中です。修理が完了するまで、しばらく休ませていただきます」

その時は、視聴者の体内には怒りを促進する薬品が流れており、電波がとまったため、その作用が持続することとなった。

「なんだ、いまの局のやつは、顔つきが気に入らん。態度もよくない。けしからん」

どの視聴者も怒りの感情にもえており、腹のなかはにえかえる気分なのだ。だが、画面が消えたため、そのほこさきはテレビ局にむけられる以外になかった。

人びとは外へ出て、テレビ局へ押しかけ、なにもかもさんざんにぶちこわした。そのさわぎのためか、指示電波が変わり、怒りの薬品は消えて、すがすがしさの薬品にかわった。

みなはいっせいに叫ぶ。

「ああ気持ちがいい。胸がすっとした」

一切都陷於大混亂的狀態。不久節目就中斷了，電視台的人出現在螢光幕，向觀衆道歉：

「很抱歉。電視台的回路發生故障。在修理完成之前，請暫時休息一回兒吧。」

這時，觀衆體內所流著的是促進憤怒的藥劑，電波的突然停止，使得藥劑的作用無限制持續下去。

「剛剛露面的那個電視台的傢伙是誰⁉看到那副德性，就討厭！態度也不好。豈有此理！」

每一個觀衆都氣憤不已，覺得腸胃在不停翻滾。然而由於螢幕已消失，他們只好把目標指向電視台本身。

人群湧向電視台，把所有的東西，狠狠搗毀。大概是這種騷動的關係吧，指示電波起了變化，發怒的藥劑消失了，接著變成令人感到清爽的藥劑。

大家一齊喊叫起來：

「嗯，好舒服！心裡好痛快！」

悲しむべきこと

クリスマスの夜。大きな邸宅に住むエヌ氏が、ラジオの音楽に耳を傾けながらひとり酒を飲んでいると、となりの部屋でなにか物音がした。

そっとのぞいてみると、暖炉のなかから、ひとりの男があらわれた。赤い服に赤ずきん。長ぐつをはいて大きな袋を背にした、白いひげの老人だった。あたりを見まわしている。

サンタクロースにちがいないとエヌ氏は判断し、声をかけた。

「よくいらっしゃいました。ごくろうさまです。しかし、わが家はけっこうです。小さい子供もいることはいますが、うちはまあ、お金持ちのほう。どうせなら、貧しく恵まれぬ子供のいる家をおたずね下さい」

すると相手は言った。

「ことしは例年とちがうのだ。金のありそうな家を目標にやってきた」

「それはまた、なぜです」

「金をとるためだ。物わかりのいい人らしくて気の毒だが、仕方ない。さあ、金を出せ」

そして、拳銃らしきものをむけた。エヌ氏はきもをつぶした。

可悲之事

某聖誕夜。住在大公館的N氏，邊聽收音機的音樂邊獨自喝著酒，這時隔壁房間，發出了某種聲響。

悄悄地探望時，從壁爐裡出現了一個男人。是個穿著紅色衣服，戴著紅色頭巾，穿著長鞋，背著大袋子，臉上留有白色鬍鬚的老人。他環顧著四周。

N氏判斷他是聖誕老人無誤，於是開口說：

「來得正好。辛苦了。但是，我家並不少什麼。小孩子有是有，不過家境還算寬裕。要贈送嘛，請到那些貧窮而未受救濟，且有小孩子的家庭去吧。」

於是，對方就開口說：

「今年跟往年不同。是特地針對有錢的家庭來的。」

「那，這又爲什麼？」

「爲了要拿錢。看來你是個通情達理的人，這令我感到過意不去，不過，沒有辦法。呃！把錢拿出來！」

接著，用類似手槍的東西，對準他。N氏嚇破了膽。

231 可悲之事

「いったい、どういうことなのです。あなたはサンタクロースなのですか、泥棒なのですか。どっちなのです」

「両方だ。本物のサンタクロースであることは、少しもからだをよごさず煙突からはいってきたことでもわかるだろう。空を走るトナカイのソリは、そとにおいてある。また、泥棒であることは、こうして金を要求していることでわかるはずだ」

たしかに服も袋もよごれていない。人間だったら不可能なことだ。カーテンのあいだからそとをのぞくと、ソリをひいたトナカイたちが空中に停止していた。エヌ氏はそれをみとめて言った。

「本物のサンタクロースのようですね。お目にかかれて光栄です。しかし、なんで強盗まがいのことをなさるんです。なにかお困りのようですな。事情によっては、お金をご用立てしましょう」

「ありがたい。では、すぐ下さい」

「まあ、わけを聞かせて下さい。こちらの部屋にどうぞ。お酒もあります」

エヌ氏は案内し、椅子をすすめた。サンタクロースは腰をおろし、話しはじめた。

「じつは、ご存知のように、わしはむかしからクリスマスの夜、かわいそうな子供たちに、ずっとおくり物をとどけつづけてきた。みな喜んでくれている」

「その通りで、ありがたいことです。あなたは人類の心のともしびです」

「しかしだ、そのためには金のかかることを、理解してもらわねばならんよ。喜んでくれるのはいいが、金のことはだれも考えてくれない。わしのたくわえは、とっくのむかしになくなった。

「到底是怎麼回事?您是聖誕老人?還是強盜?到底是那一樣?」

「兩樣都是。關於我是眞正聖誕老人，你可以由我從煙囪進來，却沒有弄髒身體這點看出來。在空中行駛的馴鹿所拖的雪橇，也在外面。其次，關於我是強盜，你可以從我要錢的方式這點，看出來。」

衣服和袋子確實沒有弄髒。要是人的話就辦不到了。從窗帘的間隙往外探視，拖著雪橇的馴鹿停在空中。N氏認定這點，說：

「看來是眞正的聖誕老人。我很榮幸能夠和您見面。但是，爲什麼要反串強盜?是不是有什麼困難?看情形或許可以借錢給您。」

「謝天謝地。那麼趕快給我吧。」

「嗄，請您把事情講清楚。請到這個房間來吧。還有酒呢。」

N氏把聖誕老人帶到另一個房間，請他坐下。聖誕老人坐在椅上，開始講起話來。

「其實，如衆所周知，我從很早以前就開始在聖誕夜，把禮物不停地贈送給可憐的孩子們。這件事大家都感到高興。」

「確是令人感恩的事。您眞是人類心靈的明燈。」

「但是，你們必須知道，這是要花錢的。感到高興是件好事，須要花錢却沒有人替我想過。我

つぎには家具や装飾品を処分しておくり物を買う金とした」

「そうとは知りませんでした」

「それからは借金だ。北のはてにある私の家を抵当にし、金を作った。かえすあてもなく、利息がたまってしまった。もうどこからも借りられないし、返済を強硬に迫られている」

「ああ、うかがっていると、私の胸が痛くなってきます」

「もはや万策つきた。あしたになると、わしは家から立ちのかねばならぬ。ソリは競売になり、トナカイたちは肉屋に持ってかれる。こうなったら、背に腹はかえられない。さあ、金を出せ」

「もちろん出します。心からご同情しご協力いたします。しかし、それにしても、なんということだ……」

エヌ氏はため息をつき、しばらく考えこんで、さらにつづけた。

「……まったく、あなたのようなかたを、そんな立場にしてしまうとは、許しがたいことだ。なげかわしいことです。義憤を感じます。胸のなかが煮える思いです」

歯ぎしりをするエヌ氏を、サンタクロースは少しもてあました。

「わしは早くお金をいただきたいだけです。そう大声で興奮なさることはありません」

「いや、これが怒らずにいられますか。世の中をごらんなさい。だれもかれも、あなたをだしに商品を売りまくっている。私はよく知っています。あなたのひとのいい点につけこみ、無断で肖像権を使っているのです。本来なら、あなたのために積み立てておくべきものです。それを正当に取るだけで、かなりのお金がはいります。そうすべきだ」

的儲蓄早就花光了。接著就是變賣家俱或裝飾品來購買禮物。」

「這件事我倒不知道。」

「然後就是貸款。我把位於北方盡頭的房屋拿去抵押來籌款。還錢嘛，還不起，利息不斷在增加。現在已告貸無門，債主却逼迫我償還債務。」

「啊啊，聽了您的話，我不覺感到痛心。」

「現在已經是走投無路。明天我非離家流浪不可！雪橇會被拍賣，那些馴鹿會被送到肉攤上去。到了這種地步，只好厚著臉皮幹到底了。呃，把錢拿出來！」

「當然要拿出來。我由衷的同情您，願意幫助您。不過，這麼做，像什麼話嘛……。」

N氏嘆著氣，稍微考慮了一下，接著說了下去。

「…像您這樣的人，被弄到這種地步，簡直太不可原諒了。令人感歎，令人氣憤；令人義憤塡胸！」

對於咬牙切齒的N氏，聖誕老人感到有點難於處置。

「你只要早點把錢交給我就行。犯不著那麼大驚小怪地激動著。」

「不，這可以不令人憤怒嗎?!看看這個世界！沒一個人不假借您的名義到處銷售商品？我眞是太清楚了。人們利用您的爲人善良，而任意使用你的形像。照理說，應該替您把錢存起來。供您按時領取，這樣，您就可收到爲數可觀的金錢了。應該這樣才對。」

「如果有那種方法，就得救了。不過，到那裡才可以領到錢呢？」

「そんな方法があるのなら、助かります。で、どこへ行けば金がもらえますか」

「弁護士をたのんで裁判にかければいいのですが、それでは急場のまにはあいません。今回は、あなたをだしにいちばんもうけたところから取るべきです。Gデパートがいい。あそこは最大のデパートで、このクリスマス・セールでは大変な売り上げを得ました」

「そんなところがあったのですか」

サンタクロースは身を乗り出し、エヌ氏はうなずいた。

「そうですよ。今夜そこの金庫におはいりになれば、大金を手にすることができます。そうなさい。遠慮することはありません。あなたは報酬として、当然それをもらう権利があるのです」

「おことばに従おう。そのほうがわしも良心にせめられないですむ。なんだか勇気がわいてきた。よく教えてくれた」

エヌ氏はGデパートの場所を地図に書いて渡し、警備員への注意も教えた。

「それから、金庫を破る道具かなにかお持ちですか」

「ああ、いちおう用意してきた」

サンタクロースは背中の袋をたたいた。金属製の道具の音がした。準備はととのえてきたらしい。エヌ氏はそとまで送って激励した。

「しっかりおやり下さい。ご成功を祈っておりますよ」

「ありがとう」

サンタクロースはむちを鳴らした。トナカイのひくソリは、夜空へ浮き上がった。そしてエヌ

「委任律師訴之於法就可以了。不過這樣做遠水救不了近火。這次要先從因假借您的名義，賺了最多錢的地方下手。我想G百貨公司最好。這是本地最大的百貨公司，今年聖誕節，其銷售業績最好。」

「有那種地方嗎？」

聖誕老人探出了身體，N氏點了點頭。

「有啊。今晚進入該公司放置保險櫃的地方，您就可以拿到巨款了。請照我的話去做吧。不必客氣。視為您的報酬，您就當然有權去要那筆錢了。」

「我遵從你的話去做就是了。這麼一來我就可免除良心的苛責了。不知怎的，好像增加了我的勇氣。你教得好。」

N氏將G百貨公司的地點繪在地圖上，交給聖誕老人，同時也教他如何提防警衞。

「那麼，您有沒有攜帶破壞保險櫃的工具？」

「嗯，大概都準備了。」

聖誕老人敲了敲背上的袋子。袋子裡傳出金屬製工具的聲響。好像有備而來似的。N氏把他送出門外，並鼓勵他。

「好好幹吧！祝您成功。」

「謝謝。」

聖誕老人揮起了鞭子。馴鹿拖拉的雪橇，浮上夜晚的天空。朝著N氏指點他的G百貨公司的方

氏に教えられたGデパートのほうへ進んでゆく。

しのびこむのがうまいサンタクロースだから、きっと成功するだろう。逃げる時はいかに道路が閉鎖されても心配ない。エヌ氏はいつまでも見送っていた。

「いいことをした。これでサンタクロースは当分金には困らないだろう。貧しい子供たちも喜ぶ。それに、私だってありがたい。これで業界第一のGデパートが没落してくれれば、私の経営するデパートがかわって一位にのしあがれるというものだ」

向前進。

善於潛入人家屋裡的聖誕老人，一定會成功的。逃脫時，即使道路如何被封鎖，也用不著耽心。N氏一直目送著聖誕老人。

「做了一樁好事。這麼一來，聖誕老人暫時可不必為金錢傷腦筋。貧窮的孩子們也會高興。而且我也該慶幸才是。這麼一來，名列業界前茅的G百貨公司一垮，我所經營的百貨公司，就可取而代之了。」

時の人

　カメの背に乗り、浦島太郎は、いま、竜宮から帰るところだ。乙姫さまからもらった玉手箱を大切にかかえている。陸にむかって海の上を進むカメに、太郎は話しかけた。

「どうなっているのだろうね、私の故郷は」

「さあ、わかりませんね。なにしろ、竜宮でいい気になって遊んでおいでのあいだに、何百年とたってしまったのですから」

　カメが答えた時、金属的な轟音を発するなにかが、頭の上を飛び去った。

「なんだ、いまのは。耳が痛くなるような音だ。銀色をしていたが、鳥だろうか」

「あんなに大きく、速い鳥なんかありませんよ。おそらくだれかが作ったものでしょう」

「なるほど、長い長い年月がたってしまったのだからな。むかしの知りあいは、みな死んでしまったわけだな。私を覚えていてくれる者もない。世の中はすっかり変わってしまったことだろう。私は時代ずれした頭をもてあまし、みなの無視のなかで、孤独と寂しさのうちに、これからの余生をすごさねばならぬのだ」

「帰るのがおいやでしたら、ひきかえしてもいいんですよ」

紅人

乘坐在海龜的背上，浦島太郎目前正在從龍宮還鄉的路上。他小心翼翼地抱著龍宮公主贈送給他的玉匣。太郎對著正朝向陸地前進的海龜說：

「我的故鄉現在不知怎麼樣了。」

「呃，不知道啊。總之，正當你在龍宮玩得樂而不思蜀的期間，時光已飛逝了好幾百年哩！」

海龜回答的當兒，發出金屬性的轟隆聲，不知什麼東西從頭上飛掠過去。

「現在飛過去的是什麼東西⁉聲音很刺耳！顏色看起來是銀色的，是不是鳥？」

「沒有那麼龐大而快速的鳥啊！恐怕是誰造出來的東西吧。」

「漫長的歲月的確已飛逝了。過去的故知都逝世了。已經沒有人認得我了。世界全變了吧。我這個趕不上時代的頭腦，的確無法適應這個時代，看來人們只要一疏忽，就非得在孤獨與寂寞中度過餘生不可。」

「要是不願回去的話，再返回龍宮還來得及呢。」

「不，還是回去吧。人類想看故鄉的意願，比什麼都強烈，這點是用道理講不通的。」

「いや、やはり帰ろう。故郷を見たいという人間の思いは、なによりも強く、また理屈では割りきれないものなのだ」

「そういうものですかね。あ、もうまもなく海岸です。ゆっくり別れをおしみたいのですが、この水の味と匂いはどうにもたまりません。すぐ戻らせていただきます。では、さようなら」

カメはそそくさと帰っていった。

かくして、浦島太郎はなつかしい故国の海岸にたどりついた。彼は出かけた時と同じように若く、腰みのをつけた服装だった。

昼間のこととて、その異様なかっこうは、たちまち人目をひいた。近寄ってきた者のひとりが言った。

「テレビ映画のロケなんでしょう。何チャンネルで、スポンサーはどこですか」

浦島太郎は目を白黒させた。使われている単語がさっぱりわからなかったのだ。すると、べつな者が言った。

「そうじゃありませんよ。この人は、そこまでなにかに乗ってきた。最近はやりの、なにかに乗って海をひとりで横断するというたぐいです。予定が狂って、こんなところへ着いてしまったのでしょう」

「………」

「軽々しく口をききたくない気持ちはわかりますよ。まあ、待っていらっしゃい。いま私が、新聞社へ連絡してあげます。もう三十分もすると、マスコミ関係者が押しかけてきますよ。しか

「是這樣嗎？唉，海岸快到了。很想跟你慢慢道別，可是這種水的味道，的確令人難以忍受。我要立刻回去。那麼，再見吧！」

海龜急急忙忙地折回去了。

浦島太郎終於抵達令人懷念的故國海岸。他跟出發時一樣年輕，身穿蓑衣。這是白天，他的奇異裝束，即時引人注目。靠近來的一位仁兄開口說：

「電視劇的外景吧？第幾頻道？主持人是誰？」

浦島太郎的眼珠上下翻個不停。因爲所用的術語全然聽不懂。於是另外的人又說了。

「不是拍外景。這個人不知乘坐什麼東西到這裡來的。可能是最近流行的，乘坐某種工具，獨自橫越海峽。由於預定的航程發生了變動，而抵達這裡的吧。」

「……。」

「不願輕率開口的心情我是知道的。喂，請稍等一等。現在我就跟報社聯絡。再過三十分鐘，大衆傳播業者就會趕來。但是，在這之前，先讓我拍個照。看！咔嚓！」

し、その前に、私に最初の写真をとらせて下さい。はい、パチリ」

太郎はあたりのただならぬ様子に、おどおどしはじめた。それを見て、またべつのだれかが言った。

「どうも、みなさん人がいい。この人物は挙動不審です。私はスパイじゃないかと思う。潜水艦で近海までやってきて上陸するというのは、映画でご存知のように、よくある手です。スパイでないとすれば、亡命者。いずれにせよ密入国者です。これは警察へ知らせるべきです。私が通報してきます」

そのほか、さまざまな説が出た。

「あんなに目立つ、変な服装のスパイがあるものですか。人さわがせな若者の冗談ですよ。あまりさわぐことは、かえって助長し、いい気にさせるだけでしょう」

「冗談にしては真顔じゃありませんか。よく本人の話を聞こうじゃありませんか」

「まあ、静かに静かに。精神異常ですよ。連絡するなら病院です」

静かになるどころか、さわぎは大きくなる一方だった。集まった報道関係者が先を争って話しかけてくる。太郎がやっと口を開くと、口調の古風なことと、内容の幻想的なこととで、周囲の歓声はさらに高まった。

これこそ、みなが待っていた男だ。軽薄で新しがりやで、現実的なやつらなら、はいて捨てるほど存在する現代なのだ。

わけもわからないまま、浦島太郎には殺人的な日課が押しつけられた。

太郎對於週圍的不尋常氣氛，開始感到提心吊膽。看到他這副模樣，另一個人開口說：

「看來大家太會做人了。這個人的擧動鬼鬼祟祟，我認爲也許是間諜。乘坐潛艇到近海然後才登陸。這種事在電影上可以看到，是常用的手段。如果不是間諜，那就是亡命之徒了。間諜也好，亡命之徒也好，總之，偸渡就是了。這應該報警才對。我要去報。」

除此之外，還有各種各樣的說法。

「天下那有這樣惹眼的奇裝異服的間諜？這是引人騷亂的年輕人的胡鬧罷了。如果過於大驚小怪的話，反而會助長他的氣燄，讓他得意忘形哩！」

「說是胡鬧麼，你看他不是一本正經的嗎？我看是精神不正常。要聯絡的地方應該是醫院才對。」

「咦，大家靜下來，靜下來。我們應該好好聽聽他本人的說明吧。」

大家不但不靜下來，騷動反而愈來愈大。趕到現場的記者們爭先恐後地問他。太郎好不容易開口說話時，他的古老語調和幻想般的內容，更提高了週圍的嘩笑聲。

這正是大家所期待的人！輕浮而追逐時尚，唯利是圖的傢伙，在現代的社會裡，掃也掃不盡，比比皆是。

莫名其妙的，浦島太郎每天被要命的節目安排得幾乎透不過氣來。

朝はどこかのテレビ局のニュース・ショーに出演する。アナウンサーが聞く。

「その箱のなかみはなんですか」

「私も知りません。これは開けてはいけないといわれているのです」

「好奇心が刺激されますね……」

そのあとは、警察で取り調べを受ける。

「入国の目的はなんなのですか」

「入国ではありません。帰国ですよ。目的は帰国だったのです」

取り調べは進展せず、次回へと持ち越される。それがすむと、こんどは神経科医の診察ということになる。医者はいう。

「あなたは、海の底で何百年も暮らしていたという妄想にとりつかれている。テレビの見すぎとも思えない。ふしぎな症状です。ゆっくり研究させていただきたい。いずれは脳波なども調べさせて下さい……」

夕方になっても解放されない。テレビ・コマーシャル出演の交渉、対談、グラビアのページの写真撮影などに引きまわされる。

そのあいまをぬって、手記の執筆をたのまれ、宴会があり、税務署の人がいままでの納税について聞きに来る。寄付をたのまれ、政治運動に署名をたのまれ、親類と称するやつがたずねてくる。眠ろうとすると、夜のテレビ局に連れてゆかれ、歌をうたわせられる。

たえがたい孤独感を予想し、その覚悟はしていたのだが、現実はその逆。たえがたいそうぞう

早晨某電視台邀請他去參加新聞節目表演。導播問他：

「那盒子裡裝的是什麼東西？」

「連我也不知道。龍宮公主交待過不要打開。」

「不會受到好奇心的驅使嗎？」

接著就是警方的調查。

「入境的目的是什麼？」

「不是入境，而是回國。目的是回國。」

調查工作毫無進展，只好留待下次。調查告一段落後，就輪到精神科醫師的診察。醫師說：「你患了在海底生活過好幾百年的妄想症。大概電視看得過多。這是種奇怪的症狀。我要慢慢加以研究。總之，腦波等也得錄下…。」

卽使到了夜晚，太郎還是得不到自由。參加電視商業廣告的交涉，會談，被拉去拍攝封面廣告。空檔時間，有人央他寫稿，約他參加晚宴，還有稅務人員來調查，到目前爲止他的繳稅情形。有人來拜託他捐款，有人來託他在政治文件上署名，還有自稱爲親戚的人來拜訪他。想好好地睡個覺，然而，又被帶到電視台去參加晚上的節目，表演歌唱。

本來以爲還鄉後所可能遭遇到的，準是令人難於忍受的孤獨。這點太郎早就有覺悟。然而，事實却完全相反。想起來眞叫人受不了。

しさだ。

最初の三日間は無我夢中ですごし、つぎの三日は周囲の歓迎への義理ですごし、そのつぎの三日は気力をふりしぼってすごした。十日目になり、浦島太郎はついに悲しげにつぶやいた。

「もうだめだ。疲れはてて気力もつきた。余生の数十年分が、この十日間で費やされてしまったようだ。私は精神的に廃人になってしまった。へんなものを食い、濁った空気を吸ったので、内臓も老衰した。乙姫さまからもらった、この玉手箱をあけてみるとしよう。なにか救いがもたらされそうな気がする」

期待しながら箱をあけた。なかをのぞくと、カメがはいっていた。カメは話しかける。

「私はあなたを送ってきたカメの子供です。好奇心をいだいてもぐりこんだのですが、驚きましたね。なんというひどいところだ。もうだめです。帰ります。ごいっしょにどうです。小さいけれど、泳ぐ力はおやじに負けないつもりです。おつかまりになれば、ひっぱっていってあげますよ」

浦島太郎の頭には、なつかしい竜宮での日々の思い出がよみがえった。彼が同行を承知したことはいうまでもない。

最初三天奮不顧身度過，接著而來的三天看在各界盛大歡迎的情面上度過，最後三天在精疲力竭下度過。到了第十天，浦島太郎終於悲傷地嘟喃起來。

「受不了啦。我也被搞得精疲力盡了。往後的幾十年歲月，在這短短地十天裡，被消耗殆盡。我已變成精神上的廢人。吞吃著奇怪的東西，呼吸著污染的空氣，內臟已衰老了。還是打開龍宮公主贈送給我的玉匣來看看吧。好像會有什麼救星出現似的。」

抱著期待的心情，太郎打開了盒子。往盒裡一看，發現一隻海龜。海龜開口說：

「我是送你回鄉那隻海龜的兒子。由於好奇而偷偷地躲藏在這個盒子裡面。眞是嚇壞了我。好殘酷的地方！再也無法再待下去了。我要回去。請跟我一起走吧。我的身體雖小，不過請相信我游水的能力不會輸給家父。只要抓住我，我就拖著你走。」

浦島太郎的腦海裡浮現出，過去那段令人懷念的，在龍宮裡的日子。他答應跟小海龜同行，乃是無庸置疑的。

善意の集積

めくらの少女がいた。うまれた時から、ずっと目が見えないのだった。しかしそれほど不幸でもなかった。彼女はすなおな、いい性格なので、周囲の人がみな親切にしてくれたのだ。法律すれすれにかせぐ男も、法律を無視して生活する若者も、男をだまして金をまきあげる女も、この少女にだけは親切にした。匂いのいい花や、おいしいお菓子をおみやげにあげたり、なんにもない時は、肩をたたいてやさしく声をかけてやる。

少女はそのたびに、心からお礼を言った。

「ありがとう。うれしいわ」

少女は人びとの善意の、やさしさの焦点にあった。みなの好意をそっと受けとめ、投げかえす、美しい鏡のようなものだ。だから、みなはこのけがれのない少女を、いっそう大事にするのだった。

ある日のこと、少女は遠くに悲鳴を聞いた。何人もの悲鳴で、強い驚きの感情がこもっている。そして、その悲鳴はあげ潮のように、こっちへと近づいてくる。少女は言った。

善意的累積

有一位盲少女。她的瞎眼是與生俱來的。但是，她的不幸，並不像一般人想像的那麼嚴重。因爲她天眞而善良的個性，贏得了週圍每一個人的好感。

不管是專鑽法律漏洞的人也好，不把法律放在眼裡而過生活的年輕人也好，抑或專門騙取男人金錢的女郎也好，無不對這位盲少女，抱著好感。

他（她）們買著鮮花，或者高級的糖果贈送給她，沒有東西送時，就輕拍她的肩膀，親切地跟她打招呼。

這時，少女就發自內心地答禮：

「謝謝。我好高興。」

少女正處於人們善意的，溫暖的焦點上。像一面悄悄地承受大家的善意，而擲回美麗的鏡子似的。所以嘛，大家對這位純潔的少女，更深一層的愛憐。

有一天，少女聽到來自遠處的悲鳴聲。這是好多人的悲鳴聲，帶有強烈驚訝的感情。而且，這種悲鳴聲像漲潮般，朝這邊逼近來。少女說：

「なにがおこったの」

「みてきてあげるよ」

そばにいた男は、その方角へとかけだしていった。しかし、いくら待っても戻ってこない。悲鳴の群れに巻きこまれてしまったのだろうか。

めくらの少女はすこし心配になり、手さぐりで道ばたへ出てみた。なにかの近づいてくる気配がする。彼女はめくらの勘でそれを感じた。

事実、それは近づきつつあった。見たこともない生物。高さは人間と大差ないが、足が四本あり、手もまた前後左右に一本ずつで四本、吸盤のようなものがついている。頭は球状で、とんがった口がある。色はまっ黒で、大きな目が銀色に光っている。

普通の人がひと目みたら、悲鳴をあげて気を失うのも当然だ。しかし、めくらの少女にはそれがわからない。彼女は逃げなかった。敵意らしきものを感じなかったせいでもある。危険な相手とは思えなかった。

彼女は立って待っていた。その怪奇な生物は近づいてきて、おぼえたてのたどたどしいことばで言った。

「わたしはポプ星から来ました。こんにちは」

その変な口調を笑ったりせず、少女はいつものあどけない声で答えた。

「こんにちは、だけど、ポプ星って、どこにあるの」

「星のひとつですよ」

「不知發生了什麼事？」

「我去看看就是了。」

在少女身邊的男人，朝著聲音的方向跑過去了。但是，盡管等待，那個人仍然不回來。是不是被捲入悲鳴的群衆裡？

盲少女有點耽心起來，用手摸索著走到路邊。彷彿有什麼東西靠近來似的。少女憑著盲人的第六感，察覺到這件事。

事實上，的確有東西正在逼近來。那是從未見過的生物。身高跟人沒什麼差別，不過有四隻脚；四隻手，前後左右各一隻，手上帶有類似吸盤的東西。球狀的頭，長著一個尖嘴巴。顏色黝黑黑的，大眼睛發著銀色的亮光。

普通人一看，會發出悲鳴聲而昏過去乃是理所當然的。可是，這位盲少女却不知道這點。她沒有逃跑。可能是沒有察覺到敵意的關係吧。她不認爲對方是危險的東西。

盲少女站著等著。奇怪的生物靠了近來，並以剛學會的幾句話吱吱唔唔地說：

「我是從波普星來的。妳好。」

少女不因他的奇腔異調而笑他，並以平常的天眞瀾漫的聲音回答：

「你好。不過，波普星?!在什麼地方？」

「星群中的一顆星星。」

だが、少女は星をみたことがなかった。

「星って、なあに」

「夜になると、空いちめんに光って散っているじゃありませんか。そのひとつですよ」

「きれいでしょうね。さわってみたいわ」

「お望みならさわらせてあげますよ。しかし、その前に、ちょっとお力をおかりしたいのです」

「あたしにできることなら」

「できますよ。おたずねすることに答えていただくだけでいいのです。これを持ちながらお願いします」

それは小型で高性能の嘘発見器。ポプ星人は、自分はこの地球という星の住民の調査に来たのだと言った。住民の性格が平和的なものか、警戒すべきものなのかを知るためにやってきた。しかし、みな倒れてしまって聞きようがなく困っていた。だが、やっとあなたにめぐりあえたのだと説明した。

めくらの少女は答えた。みんないい人ばかりよ。おだやかで、やさしくて、いやな思いなど味わったことがないわ。

ポプ星人は嘘発見器の目盛りをながめながら質問をし、答えを聞いてうなずいた。本当にそのようですね。平和的のほうのリストにのせましょう。地球に対しては、なんの処置もとらないように報告します、と。それから協力に感謝した。

「おかげで、仕事がとても早くすみました。そのお礼に、私たちの星に連れていってさしあげま

然而，少女並沒有看過星星。

「星星是什麼？」

「晚上，不是滿空閃爍著嗎？就是其中的一顆。」

「大概很美吧。我很想摸摸看哩！」

「想摸的話可以讓妳摸摸看。不過，在這之前，想請妳幫點忙。」

「如果能幫得上忙的話。」

「幫得上的。只要回答一下我所問的問題就可以。拜託妳邊拿著這個東西吧。」

這是一具袖珍型的高性能測謊器。波普星人說，他是爲了調查地球這個星球的居民而來的。其目的就是想知道居民的性格是和平的，或是應加以警戒的。然而，看到他的人民全部昏了過去，所以沒有調查的對象而正感到困擾萬分。最後好不容易碰到妳。波普星人對少女做了上述的說明。

盲少女回答說：全都是好人哪。溫和而慈祥，令人厭惡的事，我從未體驗過呢！

波普星人邊望著測謊器的指針，邊加以發問，聽到少女的回答就點起頭來。少女的回答好像是眞的。那就把地球人列在愛好和平者的名單上吧。對於地球不要採取任何行動。這是我的報告。說完，就感謝少女的幫忙。

「妳的幫忙，使我的工作很快就結束了。爲了報答妳，我帶妳到我們的星球上去吧。」

しょうか」

「ええ……」

あたりの人びとはみな気を失っており、あぶないからよせ、などと注意する者はなかった。人を信ずることしか知らない少女は、星にさわってみることを望んだ。

もっとも、ポプ星人もべつに凶悪ではなかった。だまして連れていって、動物園に入れようとも考えなかった。善意から出発したお礼のつもりなのだった。

少女は親切に扱われ、ぶじにポプ星へと運ばれた。また、星の住民たちは彼女を歓迎した。手足が二本ずつしかない異様な生物の少女を、住民たちは心からもてなした。少女は平和的な星の住民と判明しているのだし、それに、彼らは外見によって好ききらいをきめない性格だったのだ。

「ここのみなさんも、いい人たちなのね。あたし、目が見えなくて本当に残念だわ」

「そんなことなら、お安いご用です」

住民たちは少女の願いにこたえて、目を見えるようにしてあげた。その程度のことは、ポプ星の進んだ科学力をもってすれば、簡単なことなのだ。

少女の目ははじめて光を感じ、そとの光景にふれることができた。ずっとあこがれていた、ながめるという行為。あたしは見えるのだ。もう、めくらではない。見ることができるのだ。少女はうれしくなった。

ピンク色をしたポプ星の草。とんがったビル。まっ黒な人びと。なにを見ても楽しかった。こ

「唔…。」

週圍的人全都昏倒下去，「這是危險，妳不要去！」已沒有人會這樣警告她了。只知道相信人的少女，滿懷摸摸星球的希望。

最重要的還是波普星人並不怎麼兇惡。不可能把她騙去關在動物園裡。這是發自善意的謝禮。波普星人親切地對待少女，平安地把她帶上了波普星。於是，星上的居民，盛大地歡迎了少女。對於手脚只有各兩隻的異樣生物的少女，居民們衷心地款待著。加上他們已判明地球是愛好和平的星球，少女又是來自地球，而且他們又俱有不以貌取人的態度。

「這裡的人也全是好人哪。我的眼睛看不見東西，眞是遺憾。」

「眼睛看不到？要讓它復明還不簡單！」

居民們答應著少女的願望，要使她的眼睛復明。這種程度的工作，以波普星的進步科學而言，乃是輕而易擧的事。」

少女的眼睛，開始對光線起了反應，可以看到外面的光景。這就是她一直想望的所謂「凝視」的行爲。我的眼睛復明了。我不再瞎了。我看到東西了。少女高興起來。

呈現粉紅色的波普星上的草。尖頂的建築物。黝黑黑的人民。任何事物，看起來無不令人感到高興。這是看得到的世界。然而，不久少女感到悲傷起來。由於視力的獲得，發覺了自已的外表，

れが見える世界なのだ。しかし、やがて少女に悲しみがおとずれてきた。視力を得たことによって、自分の姿がまわりの人たちにくらべ、あまりに異様であることを知ったからだ。

彼女は恥ずかしさでため息をついた。その表情には、いままで浮かんだことのなかった憂いのかげがあらわれ、それは濃くなる一方だった。

ポプ星人たちは、彼女に元気のなくなった理由をただし、整形手術をほどこした。この星の高度な科学力では、これまた容易なことだった。

それは成功し、彼女はひとなみのからだになれた。すなわち、まっ黒で手が四本、足が四本の標準の姿になれたのだ。

善意の人たちにとりかこまれ、彼女は楽しいみちたりた日々をすごした。しかし、地球の人のことも忘れられない。地球にもやさしく親切な人がいるのだ。

彼女は地球に帰りたいと言った。ポプ星人はめんどうがりもせず、宇宙船にのせ、その望みをかなえた。

そのあとのことは、くわしく記すにしのびない。彼女が世をはかなみ、みずからの命を断つまで、三日とかからなかったのだから。

跟週圍的人們比較起來太過於異樣了。

少女感到羞恥而歎息起來。臉上瀰漫了從未有過的憂鬱表情，這種表情越來越濃。

波普星人察覺到少女所以沮喪的原因，替她施行整形手術。這種手術以該星球的高度科學來說，也是輕而易舉的事。

手術成功了，少女的身體形狀，變得跟衆人一模一樣。就是說變成黝黑黑的膚色，長有四隻手和四隻脚的標準身體。

少女被善意的人們圍繞著，過著充滿快樂的日子。但是，她也忘不了地球上的人。因爲地球上也有溫暖而親切的人。

她說她要返回地球。波普星人不嫌麻煩地用太空船送她回地球。

以後的事用不著詳細說明。不到三天，她就因厭世而自殺了。

黒い棒

むし暑い気候の南方の奥地。その村落はジャングルにかこまれた平地にあった。女や子供をまぜて、五十人ばかりが住んでいる。

老人はいなかった。老人になる前に、病気にかかるか、猛獣にやられるか、毒蛇やワニにかまれるかして死んでしまうのだ。文明のまったく及んでいない地方だから、それは仕方ない。

草の葉で屋根をおおっただけの小屋のなかで、酋長のボギは目をさました。起床したといっても、歯や顔を洗うわけでなく、服を着がえるわけでもない。寝る時も起きている時も、ほとんどはだかの生活なのだから。

ボギがくだものを食べていると、若者のひとりがやってきて言った。

「動物つかまえに、ジャングルのなかへいった。すると、銀色の大きな丸いものがあった。そのなかから、緑色の人間がでてきた。わたし、つかまえて連れてきた」

「本当か」

ボギはふしぎがった。人間なら、自分たちのようにかっ色をしていなければいけない。もっとも、白い人が遠くにいるといううわさは聞いたことがある。しかし、緑色とは……。

黑棒

這是位於南方內陸深處的一個村落，氣候燠熱。村落位於被叢林所圍繞著的平地上。居民連同婦女和孩子合起來，約有五十多人。

村落沒有老人。在變成老人之前，不是病死，就是被猛獸所侵襲，不然就是被毒蛇或鱷魚咬死。因爲是文明完全沒有到過的地方，所以也就沒有什麼辦法可想。

酋長波基在只用草葉覆蓋著屋頂的小屋裡，醒了過來。說是起床，並不意味著起床後就要洗臉刷牙，抑或換穿衣服。不管是睡覺或起床，他們幾乎都過著裸体的生活。

波基在吃水果時，有一位年輕人進來說：

「爲了獵取動物，我到叢林裡去。結果發現一個銀色的大圓形物体。從裡面走出了一個綠色的人。我抓住他，並把他帶來了。」

「眞的嗎？」

波基感到奇怪。要是人，那非得跟他們一樣，俱有褐色的膚色不可！他們雖聽到過有白人居住在遙遠的地方的風聲。然而，綠色的人…。

本当かどうかは、見ればわかることだ。ボギは小屋を出て、ながめた。そして、現実にそこにいることをみとめた。銀色のぴったりした服を身につけているが、顔や手はたしかに緑色だ。

感心しているボギに、若者が聞く。

「こいつ、どうするか。珍しいから、首を切って、小さくしてとっておくか」

「うむ。それもいいな。いや、待て。占い師を呼べ」

前例のないことは、占ってからにしたほうがいいのだ。占い師がやってきた。草の汁で顔を毒毒しくぬりたてている。なにか妙なにおいのするものを燃やし、おおげさな呪文をとなえ、さんざん祈ったあげく、酋長のボギに言った。

「この人、神の使い。もてなして帰すのがいい。占いにそう出た」

「そうか……」

ボギはもてなしをするよう命じかけた。しかし、その時、その緑色の人は言った。

「もてなしてくれないでいい。私は困っている。ある物質がほしい」

声は口からでなく、首につり下げられた小さな箱から出た。高性能翻訳機なのだがボギにはそうとわからない。しかし、神の使いならそれぐらいのことはするだろうとべつに驚きもしなかった。

「どんなもの、ほしいのか」

「すきとおった石で……」

会話がくりかえされ、水晶のことと判明した。ボギはそれのあるほらあなの場所を知ってい

是眞是假，只要一看就知道了。波基走出小屋去看個究竟。結果，果眞證實綠色人確在外頭。身上穿的是銀色的貼身衣服，臉和手的確是錄色的。

對著稱讚不已的波基，年輕人開口問道：

「這個傢伙要怎麼處理？因爲稀奇，把他的頭砍下來，以減少體積？」

「嗯。這麼做也不壞。不過，等一等。把巫師找來！」

沒有前例的事，先占卦後再做決定比較好。巫師來了。用草汁胡亂地塗在臉上。不知燒了些什麼發出怪味的東西，口誦誇大其詞的呪文並鄭重其事地禱告著，最後對酋長波基說：

「這個人是神的使者。招待過後讓他囘去比較好。卦是這樣諭示的。」

「原來是……」

波基下令招待綠人。可是，這時那個綠色的人說：

「不用招待我。我有困難。我正缺少某種東西。」

聲音並不是從嘴巴裡，而是從掛在脖子下的小盒子裡發出來的。那是高性能翻譯機，不過，波基是不可能知道的。然而，既然是神的使者，做這種事乃是輕而易擧的，因而也就不感到特別驚訝了。

「你要什麼東西？」

「透明的石頭……。」

你一句我一句地談來談去，終於判明是水晶。波基知道可以找到水晶的洞穴。他派了年輕人去

た。若者を走らせて取りにやると、やがて、両手にいっぱいかかえてきた。ボギはそれを相手に渡して言う。

「これでいいか」

「十分です。これで故障がなおせるし、宇宙の旅をつづけることができる。ご親切は忘れない。お礼になにをさしあげようか」

「べつに、ほしいものはない」

ボギは酋長で、なんでも持っている。自動車やカラーテレビやクーラーなどという物を知っていたらほしがったかもしれないが、彼は、そんな物を空想したことすらなかった。

「しかし、それではこっちの気がすまない。こうしてほしいとか、こうなってほしいとか、いつも考えていることはないか。それをやってあげよう。なんでも言いなさい」

ボギはしばらく考えてから言った。

「世界を支配したい」

相手はいささか驚いたようだった。

「世界ですって。そんなことは、おやめになったほうがいい」

「望みを言えというから、言ったのだ」

ボギの言う世界とは、このあたりをもう少し広くという意味だ。しかし緑の人はそのことば通りに解釈してしまった。

「えい、仕方ない。うそつきと思われるのもしゃくだし、約束は約束だ。そのかわり、どうなっ

拿，不久，雙手就抱滿水晶回來。波基把水晶交給對方，說：

「這可以嗎？」

「夠了。這麼一來，故障就可修好，並可繼續我的太空旅行。你親切的幫忙，我不會忘記。爲了報答你，我要送什麼東西才好呢？」

「我沒什麼特別需要的東西。」

波基是酋長，什麼東西都有。如果知道有汽車、彩色電視機或冷氣機之類的東西的話，或許會希求也未可知，可是對於這些東西，他連空想都沒有想過。」

「不過，什麼都不要確使我過意不去。希望怎麼做，希望變成怎樣等等，像這種經常在想的事情有沒有？我可以替你做。不管什麼，說出來吧。」

波基思考了一會兒，說：

「想統治世界。」

對方略感驚嚇的樣子。

「統治世界?!這種事最好不要去想。」

「你要我說出我的希望，我才說出來的呀！」

波基所說的世界，乃意味著要把這個地區，稍微擴大一下而已。但是，綠色人，竟然望文生義地加以瞭解。

てもしらないぞ。さあ、これをあげよう……」

そして腰に下げていた一本の黒い棒のようなものを手にした。ボタンを押すと強い光線がほとばしる。たちまちジャングルのなかに一筋の道ができた。木が消滅してしまったのだ。

ボギはそれを受け取り、ためしに、遠くの山の頂に向けてボタンを押した。一瞬のうちに、山頂のその部分が砕け散った。

「簡単ですから、使い方はもうおわかりでしょう。それから、もうひとつあげます……」

緑の人は乗り物に戻ってなにか持ってきた。それは小型ヘリコプター状のもので背中につけると、空中を自由に飛ぶことができる。使用法はやはり簡単で、しかも安全。ジャングルで木から木へ飛びうつっているボギの運動神経は、すぐにそのコツを覚えた。

「エネルギーは半永久的にもちます。この二つをうまく使えば、世界を支配できるでしょう。では、私はこれで……」

緑の人は別れのあいさつをした。必要な資材が、こうたやすく手にはいるとは思わなかった。大助かりだ。もっとも、そのかわり隕石破壊銃と空中飛行器をやってしまったが、予備があるからかまわない。

しかし、やつは本当に世界を支配するつもりなのだろうか。まあ、そんなことはどうでもいい。二度と来ない惑星のことなんか、かまってはいられない。あとは野となれだ。緑の人は、もらった水晶で銀色の乗り物をなおし、飛びたっていった。

ボギのほうは、さっそく実行に移してみた。使用を待つ必要など、少しもない。空を飛べるの

「呃，沒有辦法。我不願意讓人認爲我在吹牛。答應就是答應。不過，後果我可不管囉。喏，這個給你……。」

於是拿起了一支佩帶在腰上，狀似黑棒的東西。按一下按鈕，就迸出一道強烈的光線。突然間，叢林裡，出現了一條道路。因爲樹木被消滅了。

波基接受黑棒，對著遠方的山頂，試著按鈕。剎那間，山頂的部分粉碎了。

「用法簡單，我想大概沒有問題吧。接著還要送你一件東西……。」

綠人返回他的交通工具，不知帶來什麼東西。那是迷你型的類似直昇機的東西，只要背在背上，就可在空中自由飛行。用法也是簡單，而且安全。在叢林裡，從一棵樹跳到另一棵樹的波基的運動神經，即刻体會出它的訣竅。

「動力可以保持半永久。只要善用這兩件東西，支配世界大概沒問題吧。那麼，我就此……。」

綠色人向他告別了。他沒有想到自己所需要的材料，竟然這麼輕易地弄到手。那對他是一大幫助。不過，雖然把隕石破壞槍和空中飛行器贈送給別人，幸好帶有備份，因而，無所謂。

不過，那傢伙眞的想要支配世界嗎？嘿，這種事何必去管！對於不會再度來的行星的事，可不必去傷神。以後情況如何發展，不必去管了。綠人用酋長給他的水晶，修好了交通工具，飛了上去。

だ。あこがれていた鳥になれたのだ。

飛びながら、気がむくと黒い棒のボタンを押す。光が当たると、なんでもこなごなになる。ちょっと面白い遊びだった。

やがて、海の上へ出る。大きな船が進んでいた。ボギは船というものを知らず、棒をむけてみた。一瞬のうちにこわれて沈む。

そのうち、銀色の大きな鳥、すなわち飛行機の編隊がむかってきた。ボギはそれをもうちおとした。なかには翼の下からなにかを発射したものもあった。ミサイルなのだが、ジャングルのなかで鳥や猛獣を追っているボギの視力はよく、神経はすばやい。ミサイルはボギに近づく前に空中爆発をおこした。

海を越えると、灰色で四角く大きなものの並んでいるのが見えた。高層ビルの密集した都会とは、ボギは知らない。だが、なにか不自然で、なにか邪悪で、わざわいのいっぱいつまったもののように思えた。ボギの長年の勘のためだ。これが鋭いからこそ、酋長にもなれたのだ。彼はその衝動に従い、ためらうことなく黒い棒をむけ、ボタンを押した。

波基利用黑棒，立卽著手實施。幾乎立卽奏效。他可以飛行了。變成渴望已久的鳥了。

他飛翔著，並隨興按著黑棒上的按鈕。凡是碰到其光線的任何東西，無不紛碎。這倒是頗爲有趣的玩意。

不久波基飛到了大海的上空。海上行駛著大船。他不知船是什麼東西，把黑棒對準著船。刹那間船被擊毀而沈了下去。

這期間，銀色的大鳥，卽飛機編隊飛了過來。波基也把機群擊落了。有些飛機從機翼下，不知發射出什麼東西出來。無疑的是飛彈，然而在叢林裡追逐鳥禽和猛獸的波基，他不但視力好，而且神經敏銳。飛彈靠近波基之前就起了空中爆炸。

越過海，波基發現灰色而呈四角形的巨物，櫛次鱗比地排列著。他不知這是高樓大厦密集的都會。然而波基看來這好像是有什麼不自然，有什麼邪惡，而充滿災難的東西似的。這是他長年累積下來的第六感所使然。正因爲他的第六感敏銳，才使他當了酋長。他被自己的衝動驅使著，毫不猶豫地把黑棒朝著那個方向，按下了按鈕。

なぞの青年

都会のある一画。そのあたりには住宅がぎっしりとたてこみ、住宅でないところは道路で、自動車がたえまなく走っていた。したがって、そのへんの子供は遊ぶ場所がなく、日当たりの悪いせまい室のなかで、だまってテレビをひとりながめていなければならないのだった。

そこへ、ひとりの青年があらわれた。地味な服装で、おとなしく、まじめそうだった。彼は通りの窓ごしに、子供に話しかけた。

「このへんには、きみたちの遊び場はないのかい」

「うん、ないんだよ。鬼ごっことか、かくれんぼとか、ナワとびとかを、ぼくたちはだれもやったことがないんだよ」

「かわいそうに。小さな公園でも作ってもらえばいいのに」

「おとなの人たちだって、そう考えているよ。だけど、お役所に交渉してみたが、だめなんだって。土地が高いし、そんなお金の出どこがないんだってさ」

子供はあきらめきっているようだった。

それに対して、青年は言った。

謎青年

在都會的某一地區。周圍蓋滿住宅，沒有住宅的地方就是道路，汽車不斷地穿梭著。因而，居住在此一地區的小孩，沒有玩耍的地方，只有在日照不良的狹窄的屋內，獨自一聲不響地看著電視。

在這種地方，出現了一個青年。他穿著簡樸的衣服，看起來老實而正派。當他從人家的窗前走過時，對著屋內的小孩開口說：

「這附近沒有你們玩的地方嗎？」

「嗯，沒有。蒙老瞎、捉迷藏或跳繩等，我們都沒有人玩過。」

「好可憐。要是能建個小公園，不知多好！」

「大人們都這麼想啊。雖到區公所去交涉過，還是沒用。土地太貴，沒有經費。」

小孩表露著近乎心死的語氣。

針對這件事，青年說：

「よし。ぼくが作ってあげよう」

「本当なの。みんな、どんなに喜ぶだろうな。でも、そんなことが起こるのは、テレビのなかのお話の場合だけじゃないのかな」

「いや、本当だとも」

　うそではなかった。青年はどこからかお金を持ってきて土地を買い、地面をならしみどりの木を植えた。ブランコや砂場もそなえつけ、安全設備もととのえた。そして集まってきた子供たちに言った。

「これからは、ここはきみたちの世界だよ。いつまでも自由に遊べるんだよ」

「わあ、うれしい……」

　子供たちは歓声をあげ、日光をあびながら思いきりとびはね、かけまわった。ついてきたおとなたちも感謝した。

「なんという、ありがたいことでしょう。お名前をお教え下さい。それを公園の名前とし、いつまでも忘れないようにします」

　しかし、青年は少しも得意そうな表情をせず、手を振って、ひかえめな口調で言った。

「名前などどうでもいいことです。当たり前のことをしただけですから。みなさんに喜んでいただければそれでいいんですよ。お忘れになって下さい」

　だれかが写真をとろうとしたが、青年はいつのまにかいなくなっていた。みなは、奇跡をおこす魔法使いじゃないかなどと、話しあうのだった。

「好！我來替你們做。」

「眞的嗎？大家不知道會多高興哩。不過這種事，不是只在電視談話上，談談而已嗎？」

「不，是眞的。」

青年說的話不是假的。他不知從那裡，湊來一筆錢，買了土地，壓平地面，種植翠綠的樹木，購置了鞦韆和沙地，連安全設施都齊備了。而且對聚集而來的小孩子們說：

「從現在起這裡就是你們的天地了。你們盡可隨心所欲地玩個痛快。」

「哇，好高興……。」

孩子們大聲歡呼著，浴著日光，盡情地蹦跳，到處奔跑。跟著小孩來的大人，也都表示感謝之意。

「多麼令人感激的事。請把貴姓大名告訴我們好不好？我們要以你的大名做爲公園的名子，永遠紀念你。」

但是，青年絲毫也不露出得意的表情，搖著手，以謙虛的口氣說：

「名字之類的事可不用去管。我只不過是做了該做的事而已。只要大家高興就好了。請忘掉它吧。」

有人想要替他拍照，然而，不知不覺，青年竟然消失了。大家認爲青年可能是製造奇蹟的魔術師，而且互相談論著。

また、その青年は、身寄りのない老人のところへあらわれたこともあった。

老人の一生は働きつづけだった。若い時はよく働き貯金もできたのだが、それは物価の変動で消えてしまった。としをとった今では、食べてゆくだけがやっと、もうからだも弱っている。

「生きているあいだに、一回でいいからゆっくりと旅行をしてみたいものだ。しかし、それもむりな望みだな」

と悲しげに言いながら暮らしていた。そこへやってきた青年は、こう話しかけた。

「はい、これが旅行周遊券の切符のつづりです。こっちは、予約旅館の前払いをしたという領収書。これはこづかいのお金です。お好きなように楽しんでいらっしゃい」

当然のことながら、老人は信じかねるという表情だった。

「からかっていらっしゃるのではないようだ。ありがたいことです。しかし、見知らぬあなたから、そのようなものをいただく筋合いはありません」

「とおっしゃっても、もう取り消すわけにはいきません。こうお考えになったらどうでしょう。一生をまじめに働いたあなたには、せめてそれぐらいのことはなさる権利があるはずです」

老人は涙ぐみながら喜んだ。

「そうですか。では、おことばに甘えさせていただきましょう。ああ、夢のようだ。これで、思い残すことなく死ねます。あなたは、現代のキリストのようなおかただ……」

「とんでもありません。ただの平凡な人間ですよ。なすべきことをしたまでのことです。では、いいご旅行を……」

再者，這個青年，曾經在一位無依無靠的老人處，出現過。

老人不停地工作了一輩子。年輕時拼命地工作，也有儲蓄，由於物價的波動，儲蓄全就化爲烏有了。上了年紀的現在，三餐勉強可以糊口，身体却衰弱了。

「在有生之年，一次就好，很想悠哉悠哉去旅行哩。不過，這件事比登天還難呀。」

老人悲傷訴苦度日，這時，出現在他身旁的青年，對他說：

「嗳，這是一連串的旅遊券。這張就是預訂旅館費用全付的收據。這是零用錢。請隨心所欲地去玩個痛快吧。」

這是理所當然的事。但是老人以半信半疑的表情說：

「好像不是在跟我開玩笑的樣子。這是件值得感謝的事。但是我沒有理由從你這位素昧平生的人，接受這些東西。」

「話雖這麼說，不過旅行券巳無法退換。你不妨這樣想吧。對於一生拼命工作的你，最低限度，應該具有這種程度的享受權利。」

老人含淚高興著。

「眞的嗎？那聽從你的話就是了。啊啊，好像做夢似的。這麼一來，我死也可以瞑目了。你可以說是現代的耶蘇基督……。」

「那裡話。我只是一個平凡的人而巳。做了該做的事罷了。那麼祝你旅途愉快……。」

青年は、老人のくどい感謝のことばがはじまる前に、静かに帰っていった。

そのほか、その青年はいろいろなところにあらわれた。

交通事故で死んだ人の遺族の家にあらわれ、お金を渡したこともあった。ひき逃げされたので、訴訟をおこして金の請求をしようにも相手がわからず、生活に困っていた人たちだ。

海外に流出する寸前の、古い美術品を買い戻し、博物館に寄付してだまって帰っていったこともあった。崩れかけ、早く手を打たないとだめになってしまう遺跡の修理代を出したこともある。

資金がゆきづまり、閉鎖する以外に方法のなくなった保育所や恵まれぬ人の施設に、そっと金を置いていったこともあった。このたぐいのことは、あげればいくらでもある。

青年の訪問を受けた人たちは、心からありがたがると同時に、あの人はどんな家のかたなのだろうと考える。大金持ちのお子さんなのだろうか。それとも……。

それともから先は考えつかない。自分のことには金を使おうとせず、世の中のためにつくしている。えらい人だ。それにしても、よくお金がつづくものだと。

しかし、いつまでもつづくというわけにはいかなかった。やがてその行為も終わる時が来た。最初に気がついたのはその青年の上役、すなわち税務署長だった。彼は青年を呼びつけて言った。

「おい、きみ。きみをまじめな青年と信用し、金銭を扱う重要な地位につけた。それなのに、それを裏切り、気の遠くなるような額の使い込みをやった。なんということだ。いったい、どんな

在老人嘮叨的感謝詞開始之前，青年便悄悄地離去了。

除此之外，這個青年亦在各種各樣的場所出現。

出現在因車禍死亡的遺族家裡，把錢交給他們。肇事的司機，闖禍後加快速度逃跑，即使要訴之於法，請求賠償，也不曉得對方的名子，而使生活陷入困境的人們。

買回正要流出國外的古代美術品捐給博物館後，悄悄地離去，這種事也幹過。還有，對於正要倒塌，不趁早修理就會變成廢墟的古蹟，他也出過費用。

對於資金短缺，除了關閉之外沒有其他方法的保育所，或者是那些沒有支持者的類似機構，他也曾經暗中把錢贈給他們。諸如此類的行善，可說不勝枚舉。

被這青年訪問過的人，除了衷心感激他之外，同時還會想起，那位仁兄不知出生在什麼樣的家庭？是不是富家子弟？要不然……。

只想到「要不然」而已。不爲自己花錢，只爲社會而奉獻，的確偉大！不過，金錢的來源並不中斷。

然而，青年的金錢來源，並不是永遠不斷的。不久，他善行結束的時刻，終於來臨了。最先發覺的是這個青年的上司，即稅務局長。他把青年叫來說：

「喂，你。我把你當做一個上進的青年而加以信賴，並把管錢的重任託付給你。然而，你卻利用職權，挪用了巨款！太不像話了！錢到底花到什麼事上?!」

ことに使ったのだ」

「じつは……」

青年は正直に答えた。署長はあきれて大声をあげた。

「けしからん、税金とは善良な国民が、政府を信頼して納めたものだ。それを議会にも官庁にも無断で、勝手にそんなばかげたことに使うとは……」

「いけませんでしたか」

「当たり前だ。お前は頭が狂っているんだ」

「私が気ちがいで、ほかの議員や公務員たちは、みな正気だとおっしゃるのですか」

しかし、署長はそんなことに答えるどころではなかった。この不祥事の処理をしなければならない。関係者は表ざたにするのをいやがり、むりやり青年を気ちがいにしたて、病院に送りこんでしまった。

「老實說⋯⋯。」

青年老實地回答。局長聽得嚇呆了，大聲說：

「混蛋！所謂稅金乃是善良的國民，信賴政府而繳納的。而你沒有經過議會和有關當局的同意，竟擅自亂加花用⋯⋯。」

「不可以嗎？」

「當然不可以。你的腦筋有問題。」

「你是說我的精神不正常，而其他的議員或公務員都是正常的囉?!」

然而，此刻不是局長答覆問題的時候。非得處理這件不幸事件不可。有關人員都不願意把事情公開出去，因而硬把青年當做神經病患送進了醫院。

特許の品

野原のまんなかに、奇妙な物体が発見された。長さ二メートル。丈夫な外側の、金属製の円筒状のものだ。こんなところへ、わざわざ捨てる人があるとは思えない。空から落下したのではないかと想像された。

しかし、外側に書かれてある記号のようなものは、だれにも読むことができなかった。こんな文字を使っている国は、どこにもないのだ。したがって、地球外からきたものかもしれないと考えられた。

その物体は注意して研究所に運ばれ、決死的な覚悟の学者たちが調べにかかった。なにがなかから出現するかわからず、また大爆発をしないとも限らないのだ。

苦心していじっているうちに、一端が開いた。なかにはなにかがはいっている。引っぱり出してみると、一枚の紙だった。もちろん、地球上の紙とは組成がちがっていたが、白く薄いものだ。

図面といった感じで、たくさんの書き込みもある。のぞきこみながら、ひとりが言う。

「見たところ、設計図のたぐいらしい」

專利品

原野的中央，發現了奇怪的物體。長兩公尺，外側是堅固的金屬圓筒狀的東西，不可能有人特地來這種地方丟棄，可能是從天空掉下來的。

然而，書寫在外側類似符號的東西，沒有人能看得出來，使用這種文字的國家，世界上找不到。從而，被認爲是來自地球以外。

該物體小心翼翼地被搬到研究所，將生死置諸度外的學者們展開了調查工作，從裏面不知會出現什麼東西，再者，沒有人敢保證不會發生大爆炸。

大家辛苦地摸索的當兒，物體的一端開了。裡面不知裝有什麼東西，把它一拉，是一張紙。當然啦，紙的成分，跟地球上的不同，色白且薄。

看來令人覺得像是一張圖表，上面寫了不少東西，正在窺視的衆人之中，有一個人開口說：

「看來好像設計圖似的。」

「そのようだな。だが、どこの星の、なんの設計図だろう」

しかし、だれにもわからなかった。他星のなにかの設計図が、そう簡単にわかるはずがない。

一方、物体のほうの調査もなされた。推進や誘導の装置のついていない点から、地球めがけて送られてきたものでなく、なにかのかげんで流れついたのだろうと推定された。

不明のままというのも気になる。そこで設計図に従って製作してみることにした。問題解明へのひとつの手がかりだ。

簡単には進行しなかったが、作ってゆくうちに、文字の意味するものがしだいにわかってきた。おぼろげながら文字がわかると、図面への理解も深まる。かくて、少しずつはかどっていった。どうやら、一種の電気製品のようだ。

説明文によると、快楽装置のようなものらしい。やがて、試作品が完成した。しかし、さすがにすぐ使ってみる勇気はない。他星では快楽でも、地球人には苦痛かもしれない。動物実験を重ねたあげく、決死的な人物が志願した。使用法に従ってやってみる。

「おい、気分はどうだ」

とまわりで聞くと、その長椅子状の装置の上に横たわった当人は答えた。

「なんともいえない、いい気分です。いままでに味わったことがありません。電流が手から首へ、首から足へとさまざまに流れ、微妙にしびれるのです。美女と抱きあいながらいい音楽を聞き、酒に酔ってうまい物を食べている。それを何倍かにしたようなもの、といった感じです」

「生命に別条はないようだな」

「說的也是。不過，到底是那裡的星球，什麼樣的設計圖呢？」

但是，知道的人一個也沒有，來自其他星球的某種設計圖，並不是那麼簡單就可瞭解的。

另一方面，物體本身的調查也在進行著。從不帶推進或誘導裝置這點，可推斷出這個物體並不是針對地球送過來，而是不知什麼原因，流落到地球上的。

不把它的來歷究明，令人難以釋懷，於是打算按照設計圖重製一部，以尋求解開問題線索。

工作的進行雖然沒有那麼簡單，不過隨著物體的重製，文字上的意義逐漸被了解了。文字上的意義模模糊糊地了解之後，對於圖表，也進一層地理解了。就這樣，工作慢慢有了進展，看來是一種電化製品似的。

根據文中的說明，好像是快樂裝置的樣子。不久，試作品完成了。但是，雖然造了出來，不過仍然鼓不起勇氣去使用它，在其他的星球雖快樂，在地球不見得會快樂，對地球人來說，也許是痛苦的。用動物反覆做了實驗的結果，有不怕死的人自告奮勇要求參加實驗，按照使用方法去嘗試。

「喂，你覺得舒服嗎？」

周圍的人這麼一問，那位橫臥在長椅子狀裝置上，自告奮勇去做實驗的仁兄說：

「舒服極了。這種味道，有生以來，還是第一遭呢。電流從手流到腦袋，再從腦袋流到脚上，到處流動，全身微妙地痲木，這種感覺宛如比擁抱著美女聽著音樂，喝醉著酒吃著山珍海味等感覺還强好幾倍似的。」

「生命似乎沒什麼變化。」

「あ、スイッチを切らないで下さい。もっとやらせて下さい」

「そうはいかないよ」

くわしい診察がなされたが、悪影響は発見されなかった。麻薬類とちがって、有害な副作用もないのだ。何人もが試みたが、みな、たとえようもない快楽に喜んだ。

「なるほど、こういうものだったのか。悪くない、新娯楽用品だな」

「で、これからどうする」

「大量生産して販売したらどうだろう。みなも喜ぶし、利益もあがる」

だれも異議がないようだった。それどころか、効果が報道されると、使わせろという声が大きく、応じないわけにいかない勢いだ。

しかし、その時に報告があった。図面の文章をくまなく解読したら、最後のほうに、特許権所有の文字があったという。

「となると、勝手に作るわけにもいかないわけか」

「しかし、どこの星の発明品ともわからんのだ。地球で独自に開発したことにすればいいさ。だいたい、特許で独占など不当だ」

適当にやることに、みなの意見が一致した。だが、デザインや配線を少し変え、いいわけのたつようていさいをつくろった。

装置の生産台数は増加した。好評であり、売れ行きもいい。特許権を無視しているのは気になるが、といって、定価を倍にし、特許料を積み立てておく気にもならない。

「啊，請不要把開關關掉。讓我多享受一下吧。」

「這怎麼行！」

詳細的診察做了，沒有發現任何不良影響。跟痲醉藥劑不同，不會產生任何有害的副作用。好幾個人接著做了實驗，他們都爲了無法比喻的快樂而感到高興。

「果眞是這樣的東西，那倒不壞，新娛樂用品嘛。」

「那，要怎麼辦呢？」

「大量生產出來販賣，怎樣？大家會高興，而且又有利可圖。」

沒有人提出異議，尤有進者，其效果報導出來時，給我用用看的呼聲水漲船高，因應這些呼聲的行動，如弓在弦，勢在必行。

但是，這時來了報告。圖表的文字全部加以解讀的結果，最後發現「獲有專利」幾個字。

「這麼一來，我們就無法任意製造囉。」

「不過，到底是那顆星球的發明物，乃是無法知道的，把它當做地球獨自開發出來的東西，不就行了嘛，專利而獨佔，這根本就不合理！」

適當地加以製造，這點大家的意見一致了。不過，設計或配線略加改變，以便出紕漏時，有個答辯的藉口。

裝置的生產台數增加了，贏得了各界的好評，銷路也不錯，忽視專利權雖令人躭心。然而，却無意以提高售價，來儲存專利費。

託了成本低廉之福而普及了；因爲普及而降低了製造成本，專利權等，又怎麼樣！

安く作れるおかげで普及し、普及するから安く作れるのだ。パテントなど、なんだ。

しばらくの年月のたったある日、地球を訪れた一台の宇宙船があった。なかから出てきた宇宙人は、まわりに集まった人びとに言った。

「私はゲレ星の者です」

「よくいらっしゃいました。地球はあなたを、心から歓迎いたします」

「やってきたのは、ほかでもありません。私たちの輸送用ロケットがこわれ、ある図面が紛失しました。もしかしたら、こちらに流れついたのではないかと、捜してるのです」

地球側は顔をみあわせた。とうとうやってきた。どう説明したものだろう。最初のころならまだしも、全地球にこう普及してしまった今では、ごまかしようがない。

あくまでしらん顔をすべきだとの説と、あやまるほうがいいとの二つの説が出た。ゲレ星人の友好的そうな点から、なんとか話し合いで解決したほうがよさそうに思えた。

損な役割を押しつけられたひとりが、代表として交渉に当たった。

「じつは、この地球に流れつきました。好奇心にかられて作ってみましたが、すばらしい装置ですね」

「そうでしたか。しかし、作ったのなら、文字が解読できたはず。あの図面には特許権所有と書いてあったはずです。それを無視なさったとは困ります」

地球側は頭をさげた。文句をつけて、巨額な使用料を取り立てるつもりなのだろうか。そうなったら、勝手にしろといなおるまでのことだ。おそるおそる言う。

過了幾年幾月的某日，有一艘太空船訪問了地球，走出太空船的太空人，對聚集在周圍的人說：

「我是格蕾星人。」

「歡迎光臨。我們地球衷心地歡迎你。」

「我之所以來，就是因爲我們的輸送火箭發生了故障，以致某種圖表遺失了，說不定會掉到這裡，所以來找。」

地球方面的人們，面面相覷。終於來了，要怎樣加以說明才好呢？剛開始時，話還好說，目前全球既普及到了這種地步，已無法欺騙。

爲了應付格蕾星人，地球人提出了下列的兩個方案：乾脆裝傻裝到底，不然最好向對方道歉。既然格蕾星人這樣友善，還是設法透過交涉來解決比較好。

負起扮演倒霉角色的一位仁兄，當代表去跟格蕾星人交涉。

「老實說，那種裝置是掉到這個地球來，我們受到好奇心的驅使試作，的確是非常好的裝置。」

「噢，原來如此。但是，既然會製造，圖上的文字當然也會解讀了。圖上明明寫著專利權所有，把它忽視掉的話，那就麻煩了。」

地球的代表低著頭，以爲對方會藉故索取巨額的使用費。如果這樣，那只好改變態度，回答對方說：「隨你便吧。」了事。於是誠惶誠恐地說：

「無視したとなると、どうなさるおつもりですか」

「いったい、どう使っているのです……」

ゲレ星人は質問した。そして、地球での普及ぶりを知ってから言った。

「……そんな使い方でしたら、使用料はいりません。けっこうです」

「ありがたいことです。しかし、それはまた、なぜなのです」

ふしぎがる地球人への答えはこうだった。

「あれは、他星に送って、文明の進歩をストップさせる装置です。味をしめたら二度と離したがらず、熱中のあげく、ほかのことを考えなくなるからです。いくつかのうるさい星に使い、文明を衰退させておとなしくさせました。そのような目的のために、ゲレ星が開発した、じつに効果のある装置です。そんなふうに使用されたとなると、これは特許使用料をいただかなくてはならないのですが……」

「你說忽視，那你打算把我們怎麼樣？」

「到底，怎麼使用著……？」

格蕾星人詢問著。於是知道在地球的普遍情況後，說：

「……那樣用的話，就不要使用費了，好極了。」

「這太令人感謝了。不過，這又是怎麼一回事呢？」

對於感到詫異的地球人，答覆如下：

「那個裝置是要送到外星球，使其文明的進步停止。只要嘗到它的滋味，就不想放手，熱衷的結果，就不會去想其他的事情。我們曾使用在好幾顆囉嗦的星球上，會退化它們的文明，並馴服了它們，爲了此一目的，格蕾星開發出這種的確具有效果的裝置，如果按照這一目的加以使用的話，則專利使用費，就非索不可……。」

打ち出の小槌

学者が二人の助手を連れて、ある山奥へやってきた。歴史が専攻で、このあたりにかつて村が存在したはずだと推測し、調査に出かけてきたのだ。

そのへんを歩きまわっていると、くずれた石がきのあとのようなものがあった。

「ほら、人の住んでいた形跡がある。そのあたりを掘ってみろ、なにか出てくるかもしれない」

学者は命じ、助手はそれに従った。やがて食器かなにかのセトモノの破片などが出てきた。それに勢いをえてさがしているうち、助手のひとりが声をあげた。

「先生、こんなものがありました。なんでしょう」

ちょっと重いもので、柄の短いハンマーのような形だ。学者はそれを手にとってながめた。

「うむ。あまり見なれないものだな。実用品とも思えない」

よごれを落としてみると、金色の地はだがあらわれた。どことなく神秘的な感じがするが、なんであるかは依然としてわからない。学者はなにげなく手で振りながら、精神を集中してつぶやいた。

「これがなんなのか、知りたい……」

魔鎚

學者帶著兩名助手，來到某山深處，他專攻歷史，此行的目的乃是爲了推測此地附近必定有過村莊的存在，而來調查的。

在這附近到處走動時，發現了類似石牆倒塌過的遺跡。

「你看，有人住過的痕跡。把這附近挖掘看看，可能會挖到些東西。」

學者下了令，助手遵從了命令，不久食器之類的陶瓷器碎片等出土了，趁勢在找尋的當兒，其中的一個助手叫了起來。

「老師，挖到了這種東西，不知是什麼？」

有點重的東西，形狀像短柄的鎚子，學者把它拿在手上鑑賞著。

「嗯。很少看到的東西，又不像是實用品。」

把外表的污跡弄乾淨，就呈現出金色的表面，看來總覺得有股神秘的氣息。不過，到底是什麼東西，依然無法知道。學者漫無目的地拿在手上揮動，並集中精神嘟喃著。

「這是什麼東西，急欲知道……。」

這時，宛若要回答他的疑問似的，「魔鎚」這句話就浮現在學者的腦際。

そのとたん、それに答えるかのように、頭のなかに声が浮かんだ。〈これは打ち出の小槌です〉とのことばが。

学者は助手たちに言った。

「わかったぞ。これは打ち出の小槌だ。一寸法師の物語に出てくるあの品が、これなのだ」

「本当ですか。どうしてわかったのです。なぜそうと言えるのです」

助手たちはふしぎがった。そんなものが実在していたとは、とても信じられないのだ。

「本物かどうかは、ためしてみればすぐにわかる。なにを出現させてみようか」

「酒はどうです。本物だったら、すぐに祝杯をあげることができます」

学者はうなずき、小槌を振りながら、精神を統一し、頭にウイスキーのイメージを描きながら言った。

「ウイスキーがほしい。いいウイスキーよ、出てくれ」

そのとたん、それはそこに出現した。助手たちは驚いた。

「本物なんでしょうね、これは」

「幻覚かどうかは、飲んでみればわかる」

みなはかわるがわる飲んだ。いいにおいがし、のどにアルコールの快い刺激が走り、やがて酔ってきた。助手は言う。

「いい気分になってきました。となるとウイスキーは本物、そして、これは本物の打ち出の小槌ということになりますね」

學者告訴助手們說：

「知道啦，這是魔鎚。三寸釘的故事裡所提到的，正是這把魔鎚！」

「眞的嗎？怎麼知道的？爲什麼可以那麼說呢？」

助手們感到奇怪。這種東西眞的存在，令人難以置信。

「是眞，是假，只要一試馬上可以知道，要讓它出現什麼東西？」

「酒怎樣？如果眞的魔鎚，那我們馬上可以舉起祝賀的酒杯。」

學者點頭，邊揮動魔鎚，統一精神，腦海裡邊描繪著威士忌的形像，說：

「我要威士忌。陳年的威士忌，出來吧。」

話剛說完，威士忌就出現了，助手們感到驚訝。

「這可是眞的威士忌囉。」

「是不是幻覺，只要一喝立刻可以知道。」

大家輪流喝著，酒的味道好醇，喉嚨上蠢動著酒精的快速刺激，不久都醉了，助手說：

「感到好舒服，這麼一來，威士忌是眞的囉。而且，魔鎚也不是贋品啦。」

「啊，以邏輯去思考的話，就會獲得這種結論。」

學者斷定，而助手中的一個叫了起來。

「ああ論理的に考えると、そのような結論に到達する」

　学者はみとめ、助手のひとりは叫んだ。

「すごい。夢のような話ではありませんか。ちょっと使わせて下さい。ぼくは前から、スポーツカーがほしかったんです。それからヨットも」

「まて、そうあわてるな。だいいちこのような道も満足についていない山奥で、スポーツカーやヨットを出したってしようがない。われわれは今こそ冷静に考え、行動しなければならぬ」

「それなら、どうしたらいいのでしょう」

「そこでだ。これは打ち出の小槌だからなんでも出せるはずだ。また、こんな貴重なものを紛失したら大変だ。すなわち、その二点から考え、もうひとつ作っておこうというわけだ」

　学者はそれを念じ、小槌を振った。もうひとつの小槌が出現した。それを持って助手が念じながら振ると、さらにひとつ出現した。

　三人にゆきわたったことになる。出現したものも同様な性能を持つことが証明された。もちろん、外見もみわけがつかない。

「これそのものが出現するとは知りませんでした。それなら、予備にもうひとつ……」

　小槌を振るたびに、それは数がふえた。

「一寸法師の物語には、このような行為が書かれていませんでしたが、なぜでしょうか」

「そういえばふしぎだな。考えてみるとこのような品は自分だけで持っているからこそ価値があるので、たくさんふやしたら意味がなくなるためかもしれない。うむ、これはちょっと早まった

「好棒！這不是在做夢嗎？請給我用用看好不好？我老早以前就想要一部跑車。而且遊艇也要。」

「慢慢來好不好。第一，我們處在山的深處，沒有令人滿意的道路，卽使搖出跑車或遊艇，還是英雄無用武之地。現在我們該做的事，就是冷靜的思考，同時非採取行動不可！」

「你的意思要我們怎麼做？」

「就是說，這把魔鎚，必定可搖出任何東西來。但是，如果遺失這麼貴重的東西，事情就糟了！換句話說，就這兩點而論，只要再做出另一把就可以。」

學者默誦著這件事，搖動著魔鎚，於是另一把魔鎚出現了。助手拿起這把魔鎚，口裡振振有詞地唸著，手搖動時，又出現了一把。

現在三個人的手各有一把魔鎚了。新出現的魔鎚所具有的性能，跟原來的魔鎚並沒有兩樣，這點也被證明了。當然啦，從外表看來也一模一樣。

「想不到會出現這麼一個玩意兒。那麼再搖出一把備用……。」

每次揮動魔鎚，其數目就增加。

「在三寸釘的故事裡，沒有提到這種做法，不知什麼道理？」

「說起來蠻奇怪的。或許這種東西要自己獨佔才有價值，數量一多就失去其意義也未可知。這點是可想而知的。嗯，我們做得太快啦。」

「那麼，讓我們來把魔鎚一把把消除看看。」

「且慢，不要做令人心痛的事好不好？」

かな」

「それなら、ためしに打ち出の小槌をひとつずつ消してゆきましょうか」

「まて、もったいないことをするな」

「わかってますよ」

三人はふやすことに熱中した。通りがかりの登山者がそれをながめ、そのニュースはたちまち伝わり、都会から人びとがやってきた。こんなことを申し出る者もある。

「いかがでしょう。いくらでも代金は払いますから、ひとつゆずってくれませんか」

「札束をふりまわしたりして、なんです。そんなもの、これでいくらでも出せるんですよ」

「では、これからどうなさるおつもりなんです」

「個人の利益が目的なら、こんなにふやしはしません。世の中のために役立たせるのです。正しく使えば、あらゆるごたごたはすべて解決されるはずです」

「立派なお考えです。いずれはみなの手にゆきわたるというわけですね」

かなりの数にふえた打ち出の小槌は、都会へと運ばれた。

まず選ばれた人たちに配られ、各人はそれぞれの願いをこめて振った。

助手は念願のスポーツカーを出そうとした。電子計算機を念じた者もあり、大きなダイヤを念じた者もあった。ダイヤなど、すぐ暴落するはずの品だが、そこが人情というものだ。完備した病院を念じた良心的な人もあった。しかしこれだって、健康を念じて振ればすぐ不要になるはずのものだ。

「知道啦。」

三個人熱衷於增加魔鎚，過路的登山者看到了他們的擧止，於是消息立刻傳出去，從而，人們就從都市趕來現場，有人提出了這樣的要求：

「怎麼樣？任何代價都可以付。讓一把給我好不好？」

「幹嘛賣弄你的鈔票?!那種東西只要揮動這個魔鎚，要多少就有多少。」

「那麼，今後打算怎麼做呢？」

「如果以個人的利益爲目的的話，就不會像這樣來增加，這是爲了社會大衆的利益。要是使用得當，一切糾紛就可迎刄而解。」

「觀念正確。總之，你的意思就是要送到大家的手上啦。」

魔鎚加到相當數量後，就搬到都市去了。

首先，分配給被選定者，各人按照各自的意願，揮動魔鎚。

助手想像出所想望的跑車。有人祈求電腦，有人祈求大鑽石，鑽石等的價格立刻都會爲之暴跌。不過，祈求它乃是人之常情，也有祈求設備完整的醫院之善心人士。然而，只要祈求健康而揮動魔鎚，那不就用不到醫院去了嗎？

すべてがいっせいに出現するはずだった。だが、いずれの品も出てこなかった。いや、正確にいえば、出現したものはどれも一枚の紙。

字が書いてあり、学者はそれを読んだ。現代語になおすと、こうなる。

〈これで小槌に与えられた魔力の、規定の回数は終わりです。長いあいだご使用いただきましたが、さぞお役に立ったことと思います〉

もはや、いかに念じようが、振りまわそうが、なにも出てこない。小槌をふやすことで権利を使いきってしまったのだ。というしかけだったとすれば、物語に小槌をふやす話が出てこなかったのも、当然のことといえよう。

照理，有的祈求都該出現才對。然而，却沒有任何東西出來。不，正確地說，出現的東西，只是一張紙而已。換言之，每一項祈求，都只得到一張紙罷了。

紙上寫著字，學者讀著紙上的字，把字翻成現代語，其意義如下。

「到目前爲止所賦與的法力，以及所定的使用次數，已告結束，承蒙長期使用，諒必受惠非淺。」

任你如何唸誦，如何揮動，所祈求的東西總是不再出現，由於增加魔鎚，而用盡了權利，如果這是魔鎚的限制，那麼在三寸釘的故事裡沒有提到增加魔鎚這件事，乃是理所當然的。

あるエリートたち

大きな企業であるK社では、新入社員もかなりの人数だ。会社は彼らに対して、入社試験の時にすでにすんでいるはずなのに、もう一回、精密に性格や身体の検査をした。知能に関しては、各方面の専門家を招いて、くわしく調べてもらった。

新入社員たちは、これでエリートコースとそうでないのとに分けられるのかと、緊張しながら結果を待った。

やがて四人の氏名が発表になった。他の者たちはがっかりし、選ばれた連中を羨望の目でながめた。

重役はその四人を別室に呼んで告げた。

「きみたちは、あらゆる面で優秀な人材とみとめられた。すなわち、わが社の精鋭である。最も重要な部門を受け持ってもらうことになる」

こうなると、悪い気はしない。みな誇らしげな表情で答えた。

「光栄です。もちろん、あらん限りの努力をいたします」

「給料やボーナスは特別に多く払う。また請求書さえ出せば、金は好きなだけ使っていい。節約

某些傑出人物

大企業的K公司，新進職員爲數甚多。公司對這些新進職員，重新做了一次精密的性向和身體檢查。這些在招考時，早就做過了。對於他們的智能，也已邀請各方面的專家，做過詳細的測驗。

新進職員們，擔心這可能是一種分辨傑出人物與非傑出人物的過程，因而抱著戰戰兢兢的心情，等待著結果。

不久，四個人的姓名發表了出來。落選的感到頹喪，並以羨慕的眼光望著入選者。

董監事把四名入選者叫到特別室，說：

「無論從任何方面來說，你們都被評定爲優秀的人才。換言之，就是本公司的精英，你們要負起最重要部門的工作。」

這麼一來，內心就舒暢了。大家帶著揚揚得意的表情回答：

「感到榮幸之至。我們當盡力而爲。」

「薪水或獎金，會特別多付給你們。再者，只要提出申請單，金錢方面盡量花，不會要你們節省什麼的。」

しろなどとは言わぬ」

「ありがとうございます。それで、どんな仕事なのでしょうか。早く命じて下さい」

「なにもするな、ということだ。生産的なことは一切してはいかん」

信じられないような話だった。みなはふしぎそうに質問した。

「それはなにかの冗談なのですか」

「冗談ではない、これが会社の命令だ。いやならやめてもらう以外にない」

変な命令だが、ことわって辞職するほどのことでもない。四人はいちおう承知した。

重役の命令はうそではなかった。K社には重役用の寮が気候のいい海岸にあり、四人はそこへ送られた。管理人がいて、雑用はなんでもやってくれる。つまり、四人は雑用もしなくてよかったのだ。

しかし、なにもしなくていいというのも落ち着かない。働いている他の同僚のことを思うと、申しわけない気がする。

企業の勉強でもしようかと話し合ったが、そのたぐいの本は読ませないようにいわれていますと、管理人にとめられてしまった。しかし、小説や漫画のたぐいなら、なんでも買ってきてくれる。

仕方がないので、軽い体操や釣りをしてすごした。だが、それはあまりにも退屈で、刺激がない。彼らはトランプや碁や将棋をやろうと思った。おそるおそる申し出ると、これには管理人も反対せず、すぐに道具をそろえてくれた。碁の先生を呼んでくれというと、それもかなえられた。

「謝謝你。那麼是什麼工作呢？請趕快交給我們吧。」

「就是說，無須做任何事！生產方面的工作，千萬不可去做！」

簡直令人難以置信的話，大家詫異地加以詢問。

「是開玩笑吧？」

「不是開玩笑，這是公司的命令！如果不願意，那除了辭職之外，就沒有其他的辦法了。」

命令雖然奇怪，但用不到以辭職來拒絕。四個人姑且答應了。

董監事的命令不是假的。K公司在氣候溫和的美妙海岸，蓋有董監事專用的別墅，四個人被送到那兒去，別墅裏有管理員，一切雜事都由管理員去做。換句話說，四個人用不到做任何瑣碎的事物。

然而，免做任何事情這點，還是令人感到坐立不安。想到在工作的同事，心裡就感到內疚。

他們互相談論著不妨看看企業方面的書籍。但，管理員說，上面有交待，那一類的書籍不准看，並且阻止了他們。可是，小說或漫畫之類，只要一開口，要多少有多少，會全部買給他們。

迫不得已他們做做輕體操或釣魚來消遣。但是，這也過於無聊，沒有刺激。他們想要打打紙牌，下下圍棋或象棋來排遣時間。他們戰戰兢兢地提出申請時，管理員也沒有反對，立刻把道具準備給他們。要求請一位圍棋的老師，也即時獲准。

なにもしないことへの欲求不満、うしろめたさ、持てあましているひま。妙な気分のなかで、遊びはしだいに大がかりになった。マージャンの用意をたのむ、酒を持ってこい、うまい料理だ。請求書を書けば、どんなことでもできるのだった。

マージャンはひと月ぶっつづけにやり、それにはあきてしまった。酒も高級酒を好きなときに好きなだけ飲んだが、四人はアル中にならない性格であったため、ほどほどでとどまった。

依然として仕事の命令はない。命令はそのままでいろである。

「いったいどういうことなんだ。われわれは、どうしてこんなことになったのだ」

「わからん、さっぱりわからない」

いささかやけになり、四人は勝手な品を請求した。玉突き台がほしい、パチンコ台をそなえつけろ、プールを作れ、射的をやってみたい、体操の道具だ。それらはみなかなえられた。世界中の遊び道具が集まった。みな、どれについてもひと通りできるようになった。やがてこの生活にもなれ、あまりいらいらしなくなった。こんな結構な身分はないじゃないか、心ゆくまで楽しもうじゃないかとはらをきめたのだ。

結婚は禁止されていたが、女の子と遊ぶのは自由で、請求すればどんなタイプの女性でも送られてきた。むかしの王侯貴族か大金持ちの生活のようなものだった。

「おれたちは、一生こうしていられるというわけか」

「ああ、悪くない毎日だ。だが、なにかもっと面白い遊びはないものかな。既成の遊びにはあきてしまった」

面對的是無事可做的挫折感、虧欠感，加上有的是打發的空閒，於是在這種奇妙的心情下，他們玩樂的規模，愈來愈大。拜託準備麻將牌、要求酒，還有美味佳肴，只要遞上申請單，任何事都可盡興地去做。

麻將一連搓了一個月，結果打膩了。酒也是喜歡喝的時候，有限度地喝喝高級酒而已，加上四個人具有不願染上酒精中毒的個性，因而喝到適當的數量就不喝了。

工作的命令仍然沒有下來，命令保持著原狀。

「到底是怎麼回事？我們爲什麼會落到這種地步？」

「不知道，全然不知道。」

四個人變得有點兒自暴自棄，而任意申請東西。我們需要球枱，替我們準備彈球盤，給我們建造游泳池，我們要射擊用的靶子，還有體操用的道具，他們的要求都如願以償了。

世界上的玩樂道其全被搜集了。大家對任何道具的玩法大致都學會了。不久對於這種生活，都可適應了，因此也不再感到焦急不安了。這麼好的境遇，世界上那裡可以找到，大家下定決心盡情地享樂。

結婚雖被禁止，不過玩女人却沒有受到限制，只要一開口，任何典型的女人應有盡有。四個人所過的生活，宛如古時的王公貴族，或者百萬富翁似的。

「咱們的一生，難道就得這樣度過嗎？」

「啊啊，每天過得蠻愜意的。不過，不知有沒有什麼更有趣的玩樂方式？既有的玩樂，全已玩膩了。」

「まったくだ。なにか気のきいたひまつぶしの方法があればいいのだがな」

四人はねそべりながら、遊びのひまに話しあう。

こんな状態のまま、数年がたった。みなは仕事の命令の来るのを待つことをあきらめ、ひたすら遊んだ。

そのうち、新しい遊びをくふうした。それは地面に複雑な図形を描き、ボールを使い、人間がチェスの駒のようになって遊ぶものである。スポーツと知的ゲームとギャンブルの長所が、うまくミックスされている。いままでの遊びの経験がおりこまれたのだ。四人はそれに興じた。

そんな時、久しぶりに本社から重役がやってきて言った。

「よくやった。管理人からの報告で、急いでかけつけてきたのだ」

「やったとおっしゃいましたが、私たちはなにもやっていませんよ。遊んでいるだけです」

「いや、いまやっているじゃないか。新しいゲームを開発してくれたではないか。それが目的だったのだ」

それを聞いて、四人は不満げに言った。

「それならそうと、はじめにおっしゃってくれればよかったのに」

「いや、それではだめなのだ。現在あるスポーツやゲームは、どれも十九世紀以前にうまれたものだ。そして現在、いまほど新しい遊びが強く求められている時代はないのだが、人びとはせかせかし、開発する精神的余裕を失っている。面白い遊びというものは、理屈からはうまれない。また、軽薄な思いつきでは成長しない」

「說的也是。如果有什麼滿意的消遣方式，那不知多好！」

四個人隨便躺臥著，利用遊玩的空間，互相談論著。

在這種狀態下，過了幾年。對於等待工作命令的下來，大家已經死心了，只顧玩樂罷了。

這期間，他們研究了新的玩樂方式。那就是在地面上畫著複雜的圖形，然後利用球和人像棋子之類的東西去玩遊戲。運動、益智遊戲和賭博，三者巧妙地混合著。到目前爲止，所有玩樂的經驗全投了進去。四個人興高彩烈地玩著。

正在這個時候，好久沒有從本公司來過的董監事，終於露面了，並開口說：

「幹得好。接到管理員的報告，特地趕來。」

「你說幹得好。但是，我們並沒有做任何事情，只有玩樂啊？」

「不，你們不是正在工作嗎？不是替我們開發新的遊戲嗎？這就是讓你們住在這裡的目的。」

聽完董監事的話，四個人帶著不滿的口氣說：

「目的是這樣的話，那麼從一開始就對我們講明不就行了嗎？」

「不，事情不能這樣做。現在所有的運動或遊戲，都是在十九世紀以前產生的。而且現在，從來沒有比現在更強烈的需求新奇的遊戲。然而，人們卻在生活的匆忙中，失去了精神上的從容，因而無法突破。大凡有趣的遊戲，是無法從道理中產生出來的。再者，那也無法在輕浮的運思中成長。」

「そういうものですかね」

「そうなのだ。生活の苦労など念頭にない、貴族か大金持ちからうまれるものだ。そこで、優秀なきみたちを、むかしのひま人の環境に置き、アイデアがにじみ出て形をとるのを待ったのだ。よくやってくれた。レジャー問題をかかえた未来にむかいこの企業化で、わが社は莫大な利益をあげるだろう。きみたちはわが社の大功労者だ。望み通り、どんな報酬でも出そう。なんでも遠慮なく言ってくれ」

四人は口ごもりながら言った。

「できましたら、普通の職場でまともな仕事をやらせて下さい。それがいちばん面白そうです。遊びにはすっかりあきました」

「是這樣的嗎？」

「就是這樣。那是從沒有生活之慮的貴族或富豪人家產生出來的。因而，將優秀的你們，放置在古時的閒人之環境裡，等待著創意的滲出，然後成形。你們果眞不負所望，達成了任務，針對未來的休閒問題，加以如此的企業化，本公司勢必可獲得鉅大的利益。你們是本公司的大功臣。完全依照你們的希望，任何報酬都可付給你們，不必客氣，開口吧！」

四個人吞吞吐吐地說：

「可以的話，讓我們回到普通的工作場所，幹著正經的工作吧，那是最有趣的事，對於玩樂，完全玩膩了。」

最高のぜいたく

こんな手紙がアール氏からとどいた。

〈このたび、新しい住居にひっこしました。少し遠いが一度お遊びにおいで下さい。最高のおもてなしをいたします〉

アール氏は大変な財産家なのだ。財産家というと、金をふやすことだけが楽しみで、日常生活はいたって質素な人が多いが、彼の場合はもっと人間的だ。

金というものは使って楽しむためにあるという主義で、これまでもいろいろと、それについて苦心してきた。

世界中を見物しつくしたし、うまい物はたべつくした。勝負事もいいが、アール氏に対抗して大金を賭ける人は存在しない。アール氏は快楽の新しいアイデアを求めて、いつも頭を悩ましている。

寝台つき潜望鏡つきの自動車を特別に作らせ、運転させてのりまわしたこともあったという。つまり、ねそべりながら町や風景が見物できるものだ。

大型画面のカラーテレビをたくさん買いそれを壁いっぱいに並べたこともあった。全部にス

最高奢侈

R氏發出這麼一封信函。

「這次，搬到了新居，地點有點兒遠，不過請來玩吧。我會提供最高的招待。」

R氏是一位大財主，所謂財主，大多以累積金錢爲樂事，至於日常生活，却過得簡樸。然而，R氏的生活，則過得更富人情味。

用錢乃是一種享受，這是他對錢所抱的主義。到目前爲止，對於花錢，的確下過一番苦心。

世界各地，他都觀光過了；山珍海味，也都品嘗過了。任何有關賭博之類的事情，以R氏爲對手而敢豪賭的人，可說沒有，爲了尋求快樂的新創意，R氏經常傷透腦筋。

他曾特別訂造了帶有床舖和潛望鏡的汽車，開著到處去兜風。換言之，能夠邊躺著，邊觀賞街道的風光。

他曾經買過許多大畫面的彩色電視機，而把牆壁都給排滿了。將全部電視機的開關一開，整個房間就溢滿著色彩，顯得豪華而美麗。但是，與人的觀感是內容並沒有變化，這下子失敗了，不知什麼時候，他向人這樣坦白吐露過。

イッチを入れると、色彩が部屋じゅうにあふれ、豪華にして美しい。しかし内容に変わりばえがあるわけではない。これは失敗だったよと、彼はいつだったか打ち明けた。

かくのごとく、アール氏のやることは、いささか子供じみている。だが、それでいいのだ。さとりきった心境になれば財産は無意味ということになり、大きな矛盾がでてきてしまう。

この手紙を見て私は訪問してみることにした。出かけて損のないことはたしかだし、どんな快楽を思いついたのかへの好奇心もある。こんどはなにをはじめたのだろう。

住所を見ると、北国のへんぴな地方。手紙にもあった通り、たしかに遠い。そしていまは冬。私は出かけ、駅でおりたはいいが、寒いのなんのどうしようもない。

乗ったタクシーも、道路が凍っていて途中でストップ。運転手は「戻りますか」と言い、私が「あくまでも行くつもりだ」と答えると、私をおろして帰ってしまった。あとは地図をたよりに歩く以外にない。

粉雪を含んだ北風が激しく顔に当たり、痛いほどだ。やがて痛みはうすれたが、これは神経が寒さで感じなくなったためで、なおひどい。

いったい、なにが最高のもてなしなんだ。私は文句を言いながら、力をふりしぼって歩きつづけた。それでも、示された通りに進んでゆくと、道は透明で大きなドームにぶつかった。来意を告げると、門番があけてくれた。

透明なドーム。早くいえば超大型の温室だ。一歩なかにはいったとたん、私は気がゆるみかけた。あたたかいのだ。凍死寸前の状態にあったのがうそのような気分だ。

像這樣，R氏所做的事，有點兒像小孩似的。不過，這樣也無所謂，只要能令人開懷，錢財又算什麼。然而，這就生出大矛盾了。

我看到他的來信，就準備去拜訪他。一方面，去拜訪他，對我不會有什麼損失，這是千眞萬確的事。另一方面，也是受到好奇心的驅使，就是說，他不知想出什麼樂子來。這次不知開創了什麼新鮮事。

看看信封上的地址，是在北國偏僻的地方，誠如信上所說，的確遠了點。加上現在是冬天。無論如何，我動身了，並且順利到站下車，眞不錯，只是却冷得令人受不了。

道路結了凍，我乘坐的計程車，到了半途便停了下來而無法繼續前進。司機問我：「要不要折回？」我回答：「非抵達目的地不可。」司機便讓我下車，逕自開回去了，除了照地圖徒步之外，就沒有其他辦法了。

含有細雪的北風，激烈地打在我的臉上，令人感到疼痛。不久，疼痛漸趨緩和。不過，這只是寒冷使神經麻木而已，其實疼痛更加劇烈。

到底，什麼是最高的招待？我邊發牢騷，邊使出渾身的力氣，繼續前進。盡管如此，我依照圖示一直向前步行，終於來到一處有著透明的大圓屋頂的建築物。我表明來意，守衞就替我開門。

透明的圓屋頂，簡單地說，就是超大型的溫室。一踏進室內，就感到輕鬆起來，好溫暖，覺得剛才處於那種凍死邊緣的狀態，彷彿是做夢似的。

ここは別な次元の世界と呼ぶほうがふさわしい。上方からはいくつもの太陽灯の強烈な光がふりそそぎ、地下に熱源が埋めこんであるらしい。

地面には芝生が植えられ、ヤシの木が育ち、ところどころに熱帯地方の原色の花が咲いている。そして、それらにかこまれて、一軒の上品な洋風の家がある。

それをめざして歩きはじめた私はすぐにオーバーを、つづいて上衣をぬがなければならなかった。なにしろ暑いのだ。シャツをもぬぎたくなる。赤道直下の真昼の温度だろう。呼吸をすると、鼻のなかがやけどをしそうだ。汗がとめどなく流れ、それが目にはいる。

建物の入り口にたどりつくまでに、私は何度も目まいを感じた。もう少し建物までの距離があったら、日射病にかかったにちがいない。

倒れるような姿勢で玄関のベルを押すと、インタホンから主人であるアール氏の声が流れてきた。

「どうぞ、おはいり下さい。そのドアはよくしめておいて下さい……」

私は建物にはいり、ほっとした。同時に、ドアをよくしめろと告げられた意味もわかった。内部は冷房がよくきいていて、はだからにじみ出ていた汗を、一瞬のうちにひっこめてくれたからだ。

応接間でしばらく待っているうちに、冷房の力のすごいことが身にしみてわかってきた。からだがぞくぞくしてくる。私は手のひらに息を吹きつけたりした。

オーバーは玄関においてきてしまった。取ってきて着てもいいのだが、それは失礼だ。窓をあ

把這裡稱爲獨特次元的世界，也許比較恰當。上面有幾盞太陽灯射出强烈的光線，地下可能有熱源。

地面上種植著草坪，生長著椰子樹，到處開著熱帶地方的原色花朵。被這些花木所圍繞的空間，蓋有一棟雅緻的洋式公館。

朝著那棟公館開始走動的我，不得不脫下外套，接著連上衣也非脫不可。因爲天氣好熱。很想把襯衫也脫掉，可能是赤道底下白晝的溫度吧!?呼吸時，感到鼻孔被灼傷似的。不停地流著的汗，明顯可見。

掙扎著走到建築物的入口之前，我好幾次感到頭暈，如果到達建築物的距離，稍微再遠一點的話，我無疑會患上日射病。

以欲倒不能的姿勢，我按了大門的電鈴，從對講機裡，傳出主人R氏的聲音。

「請進來。請把那扇門關好……。」

我踏進建築物，鬆了一口氣，同時也體會到要我把門關好那句話的意義。屋內的冷氣設備良好，從毛孔裡滲出來的汗，剎那間給擋回去了。

暫時在客廳等待的當兒，我切身體會到冷氣的厲害。身上感覺發冷，我在手上吹著氣。

外套放在大門入口處，去拿來穿也沒什麼關係，但是，沒有禮貌，想打開窗戶讓外面的空氣進來，這樣做可能會挨罵。主人已提醒過我，要我把門關好，我忍耐著，不致於發生殺害訪客的事件吧?!

けてそとの空気を入れたいが、そんなことをすると怒られるだろう。ドアをよくしめろと注意されてもいる。私はがまんした。訪問者を殺すようなことはしないだろう。

やがて、アール氏があらわれた。あいさつをかわしたあと、アール氏は言った。

「遠いところを、よくおいで下さいました。むこうの部屋にいらっしゃい。きらくにくつろげるようになっています」

案内されたその室も、やはり冷房がきいていた。山小屋ふうのつくりで、暖炉が燃えている。

「あの椅子へどうぞ」

とアール氏は暖炉の前の椅子をすすめてくれた。私はすぐそれに従った。寒くてどうしようもなかったからだ。手をかざし、ここえかけたのをあたためる。救われたような気持ちになる。

しかし、ひと息ついて安心したのもつかのま、またも汗が出てきた。暖炉の火の勢いが強すぎるためだ。惜しげもなくマキがくべられ、炎は音をたてながら踊るように燃え、それからの熱波が私の顔や胸にぶつかってくるのだ。服がこげるかもしれないほど。

私は顔をそむけたりハンカチで汗をふいたりした。アール氏をながめると、彼は室のすみの冷蔵庫からビールを出してきて、ジョッキについで持ってきた。

「さあ、まず乾杯をしましょう」

遠慮なく私は飲んだ。あつい時のつめたいビールぐらいうまいものはない。のどから胃にかけて、ひややかな感触が流れる。アール氏はさらに言う。

「どんどん飲んで下さい。ごゆっくり、窓のそとの景色でも楽しんで下さい」

不久，R氏出來了。我們互相問候了之後，R氏說：

「歡迎光臨，到那邊的房間去吧。我們可輕鬆地聊天什麼的。」

被帶進的房間，冷氣也是很强。屋內有著類似山上小屋的擺設，暖爐在燃燒著。

「請坐到那張椅子上吧。」

R氏請我坐在暖爐前的椅子上。我立即聽他的話，因爲冷得不知如何是好，我伸出凍僵了的手來取暖。內心感到獲救似的。

然而，鬆了一口氣而感到放心，只不過是瞬間的事情罷了。汗又冒出來了，暖爐的火勢太强了。薪木毫不吝嗇地被放到爐裡去燒，火燄發出「僻哩啪啦」的響聲，跳躍著，燃燒著，從火燄裡發出的熱浪，襲擊著我的臉孔和胸膛。衣服也幾乎被燒焦了。

我一下子扭轉著臉，一下子用手帕擦著汗，我望望R氏，看到他從房間角落的冰箱裡，拿出啤酒，倒在有把手的啤酒杯，端了過來。

「嗯，先讓我們乾一杯吧。」

我不客氣地喝了下去。沒有任何飲料，比得上熱天的冰啤酒那麼好喝。一股冷凍的感覺，從喉嚨流到胃部，R氏更進一步地說：

「請盡量喝吧。慢慢欣賞窗外的景色吧。」

冰過的啤酒委實順口，就在眼前的暖爐，熊熊地燃燒著。室內的冷氣，實在冷得令人受不了。

ひえたビールの口あたりはいい。すぐ前では暖炉があかあかと燃えている。室内の冷房はききすぎるぐらいきいている。

窓のそとには、人工の気候による熱帯がひろがっている。あざやかな緑の夏がみちているのだ。そして、そのさらにむこう、ドームのそとは寒い寒い北国の冬。感心している私に、アール氏は念を押すように言った。

「どうです。いい気分でしょう」

私はうなずいた。それから、最高のぜいたくとはこのようなものかもしれないな、と思った。

藉著人工氣候來造成的熱帶，展現在窗外擴散著。是個色調鮮明的綠色夏天。然而這熱帶地方的外側，圓屋頂的外面，則是個很冷、很冷的北國冬天。對著佩服不已的我，R氏關懷似地說：

「怎麼樣？感到舒暢吧？」

我點了點頭，心裡暗忖：所謂「最高奢侈。」說不定就是這麼一回事。

無料の電話機

カレンダーをめくりながら、エヌ氏は思い出したようにつぶやいた。

「たしか、そろそろ彼が金を持って返しにくるころのはずだが」

半年ほど前に、エヌ氏は友人にちょっとまとまった金を用立てた。商店の運営資金が不足なので、利子をつけて必ず返すからと泣きつかれたのだ。

証書を出して調べてみると、返済の期限をもう三日も過ぎている。それなのに、彼はいまだにやってこないし、連絡もない。

エヌ氏は腹をたてた。しようがないやつだ。文句のひとつも言い、催促をしなければならないようだ。電話をかけてやろう。

彼は机の上の電話機に手をのばしかけたが、それをやめ、室のすみにある美しい電話機のほうを使うことにした。

その電話機は、銀色の四角い箱の上にのせてある。形状は普通のと同じだが、黄色い花や、白いチョウや、青い星などの模様が描かれているのだ。どことなく幼児のオモチャのような感じがしないでもない。

免費電話機

邊翻日曆，N氏邊彷彿想起來什麼似的嘟喃著：

「的確是他該帶錢來還我的時候了。」

約半年前，N氏把一筆數目不小的錢，借給朋友。對方向他苦苦哀求說，店裡周轉金不足，願付利息，而且一定會還。

把借據拿出來查對，超過清償日期已有三天，盡管那樣，到目前他還沒出現，而且也沒有聯絡。N氏光火了。拿他沒辦法的傢伙，看來非對他打個官腔，催催他還錢不可，給他打個電話吧。

他伸手想拿起桌上的電話機，結果並沒有拿，臨時改變主意，想改用放在房間角落的美麗電話機。

那部電話是放置在銀色的四方形盒子上，形狀跟普通的沒什麼兩樣，不過上面繪有黃色的花、白色的蝴蝶，和藍色的星星等圖樣。總覺得令人感到像幼童的玩具似的。

エヌ氏はダイヤルを回した。呼び出し音が続き、やがて相手が出た。

「もしもし、私だ……」

とエヌ氏が名を告げると、相手は極度に恐縮した声で答えた。

「いや、これはどうもどうも。まことに、なんと申し上げたものか……」

意味のないことばを並べながら、時間をかせいでいる。頭のなかでは、うまい言いわけを考え出そうとあわてているのだろう。

その時、受話器のなかに、エヌ氏のでも相手のでもない、第三の声が流れた。若い女性の魅力的な声だ。

〈この電話は、バブ広告社がいっさいの料金を負担し、無料でございます。ご遠慮なく、ごゆっくりと通話をお楽しみ下さい。しかし、そのかわり、途中でコマーシャルを入れさせていただきます〉

銀色の台の上の美しい電話機とは、つまりそういうわけなのだ。バブ広告社が新しく開発した広告媒体。必ず聞いてくれるから効果も大きいはずだとの予想のもとに実現した。

先日、広告社の人がやってきて、電話機を置かせてほしいと持ちこんだ。エヌ氏は、べつに金を出すわけでも、損になるわけでもないので承知した。

そして、いま、この電話を利用してみることにした。貸し金の催促に、電話料のかかる普通の電話を使うのは、ばかばかしいように思えたのだ。

広告の声が終わるのを待って、エヌ氏は本題にとりかかった。

N氏撥動著撥號盤，鈴聲不停地響著，片刻，對方出來了。

「喂喂，是我……。」

N氏報出了名字，對方以極度羞愧的聲音回答。

「唉呀！對不起，不知該怎麼講……。」

一味絮叨著無意義的話，來爭取時間，說不定迅速地在腦海裡構思著花言巧語也未可知。

這時，從聽筒裡傳出既不是N氏，也不是對方，而是第三者的聲音。是年輕女性富有魅力的聲音。

「這個電話是由巴布廣告公司負擔全部費用的免費電話。請不要客氣慢慢享受你的通話吧。不過，通話中讓我們插入商業廣告吧。」

銀色枱子的美麗電話機，就是做這樣的用途的。是巴布廣告公司新開發出來的廣告媒體。一定會有人收聽，因而廣告效果也必佳，是基於上述的構想而實施的。

前幾天，廣告公司的人帶著電話機來拜訪N氏，要求他讓該公司放置電話機。N氏認為既不必付錢，也不會有任何損失，因而滿口答應了。

而且，現在，想到要利用這個電話機。他認為使用普通的電話去討債有點划不來。

等到廣告聲結束，N氏又轉到了正題。

「喂，借給你的錢，你做何打算!?還款的時間早就過了!你不是那麼堅定地答應過我嗎？」

「おい、貸した金はどうしてくれるのだ。約束の期日はとっくに過ぎたのだぞ。あんなにかたく約束したではないか」

「…………」

「おい、なんとか言ったらどうだ。聞いているのか。聞こえているのか」

エヌ氏はもっとしゃべり続けていたかったのだが、中断せざるをえなかった。コマーシャルがはじまったのだ。

〈補聴器でしたら、品質の優秀さを誇る青光電機の製品をどうぞ。低音から高音まで、忠実に増幅する超小型の……〉

それがすむと、相手はやっと、どもりながら弁解をはじめた。

「も、もちろん、借金を忘れたわけではございません。あのお金は私の店の改装に使ったのですが、どうも計算どおりに商売の売り上げがのびませんので……」

さきを続けようとしたが、通話のなかへCMが割り込んできた。

〈ご商売についてのご相談でしたら、マキ経営コンサルタント・サービス社のご利用を。ショーウインドーの飾りつけ、商品陳列、労務管理、すべてを診断して、お店の繁栄を二倍にしてさしあげます……〉

三十秒ほどでそれが終わると、エヌ氏は少し強く言ってやろうと、受話器にむかって声を高めた。

「だいたい、あなたはいいかげんな性格だ。やることが無計画で、だらしない」

「……。」

「喂，說話呀。你有沒有聽到我的話？你聽得到嗎？」

N氏本想還要再滔滔不斷地說下去。但，不得不停了下來，因爲商業廣告開始了。

「要助聽器的人，請選購青光電機公司製造，品質優良的產品。從低音到高音，都可忠實地提高音量的超小型……。」

廣告完了之後，對方好不容易吞吞吐吐地開始答辯了。

「當，當然，我並沒有把借款的事忘掉。那筆錢是用在店裡的重新裝潢。然而，業績偏偏無法按照預期增加……。」

本來打算繼續說下去。但，通話中，商業廣告插了進來。

「商業的諮商，請利用『牧經營顧問服務社』！展示櫥的裝飾、商品的陳列、勞動的管理，可診斷一切弊病，並把商品的業績提高兩倍……。」

商業廣告約說了三十秒就完了。N氏要以稍微强硬的語氣向對方說，於是對著聽筒提高了聲音。

「根本上，你的性格過於馬虎，做事毫無計劃，糟透了！」

「唔，抱歉，抱歉。」

「はあ、申しわけありません」

「もし、借金なんかふみ倒せばいいという安易な気持ちがあるのなら、こっちにも覚悟がある。ただではすまないぞ」

またもCMがはじまった。

〈銃をおもとめの際は、ナグ運動具店へおいで下さい。猟銃は世界の一流品を取りそろえてございます……〉

相手はふるえ声で答えた。

「お願いです。助けて下さい。お怒りはごもっともですが、もう少し待って下さい。じつは、むすこに好きな女性ができ、急に結婚するのだと言い出したので、その準備もしなくてはならないのです」

CMがはいる。

〈結婚式には、ギャラクシー会館のご利用をおすすめいたします。上品で豪華なムード。そして、お値段のほうは、ご予算に応じて……〉

エヌ氏は言う。

「そうとは知らなかった。むすこさんの結婚が本当なら、私もあまりむちゃは言わない。しかしだ、それならそれで、返済期日が来る前に、事情説明のあいさつに来るべきだ」

CMが流れこんでくる。

〈ご贈答品には、どなたさまにも喜ばれる、初雪屋の和菓子をどうぞ。手みやげの品として最適

「如果你抱著苟且偷安的心情想賴帳的話，我也有我的決心，我不會輕易放過你的！」

商業廣告又開始了。

「買槍請到『拿格運動器材行』。世界第一流的獵槍該行應有盡有……。」

對方以顫抖聲回答：

「拜託，請幫幫忙。生氣是不足爲怪的，請再寬延好不好？老實說，我的兒子新交了女朋友，突然說要結婚，因此婚事也非準備不可了。」

商業廣告抽了進來。

「結婚儀式請利用『銀河會館』。優雅而豪華的氣氛，而且價格還可按照個人的預算……。」

N氏說：

「噢，原來如此，令郎的結婚如果是眞的話，我不再爲難你了。但是，婚事歸婚事，起碼還款日期屆至前，也該打個招呼，把事情說淸楚。」

商業廣告揷了進來。

「贈送禮品請多多利用男女老幼都喜歡的，『初雪屋』的日本點心，做爲隨手携帶的禮物，最適合不過……。」

でございます……〉

相手は行けなかった弁解をする。

「そうすべきだとは存じておりましたが、ちょっとからだを悪くしまして。としのせいか、肩がこり疲れやすくなって……」

また、そこで中断される。こんどはコマーシャル・ソングだ。

〈強力クドール、強力クドール。みんなの総合栄養剤。粒のなかには若さがいっぱい、活力がいっぱい……〉

さっきからだいぶ当たり散らしたが、エヌ氏の腹の虫はまだおさまらない。

「病気で出られないのなら、手紙でも、電話でもいいのだ。物事にはけじめをつけなくてはいけない。仕事に対して、もっとしっかりすべきだ」

金を貸してあるので、言いたい放題。相手のほうは、やられっぱなし、せめられっぱなしで、泣き声を出した。

「しっかりやってはいるんですが、経営が苦しいんですよ。少しは同情して下さい。世の中が悪いんです。政府がもう少し、中小企業対策に熱を入れてくれるといいんですが」

またもCMがはいった。こんどは太い男の声で、名前をくりかえし叫んだあと言った。

〈住みよい社会を作るために、私はこのたび立候補いたしました。なにとぞ、みなさまの熱烈なるご支援をお願い申しあげます……〉

對方解釋無法去的理由：

「我知道應該去向你打個招呼，把事情說清楚，不過，身體有點不舒適，不能去。大概是年紀的關係吧，肩膀發硬，容易疲勞……。」

話又被打斷，這次是商業廣告歌。

「强力克多爾，强力克多爾。大家的綜合營養劑。粒粒充滿青春，粒粒充滿活力……。」

從剛才就一直濫發著脾氣的N氏，現在怒氣還是未消。

「生病不能出門的話，不是可以寫封信或打個電話嗎?!遇事要能權衡輕重，對工作，更應該踏實！」

由於是債權人，自可毫無顧忌的兇個不停。對方則只能任他打官腔，任他罵，但終於哭泣起來。

「我是踏實地幹著，經營還是艱難。請給我點同情心吧。這是社會不好，對於中小企業的輔導，政府如果稍微關心一點不知有多好！」

商業廣告又插了進來，這次是男人的粗大聲音，反覆叫了名字以後，說：

「爲了建設安和的社會，本人這次被提名爲候選人，敬請各位鼎力支持……。」

夕ぐれの行事

夕ぐれ近い時刻になると、そいつは毎日町のどこかへあらわれる。商店の並ぶ通りであることもあるし、団地へやってくることもある。きょうは、ある住宅地へやってきた。

そいつがあらわれることは、少し前にわかる。大きな声をはりあげているからだ。よく聞けば歌らしいところもあるのだが、ちょっと高音部になると狂った声になり、低音部では濁った水が下水を流れるような声になる。とても歌とは呼べず、騒音以外のなにものでもない。

その歌らしいものに、合わせようとしないのか、合わせられないのか、足音を不規則に響かせてやってくる。だから、そいつの接近がわかるのだ。

その音を耳にすると、だれもがあわてて身をかくす。庭で遊んでいた幼い子供は、すぐに家のなかへ戻ってくる。

道を歩いていた人びとは、近くの家にかくれさせてもらう。家の住人は、それが見知らぬ人であっても、こころよくなかへ迎えてくれるのだ。

また、耳の遠い老人や目の悪い人は、だれかが親切に手を貸して、安全なところへ案内してくれる。家々の入り口の戸にはかぎがかけられ、窓にはカーテンが引かれる。

黃昏的儀式

每天將近黃昏時刻，那傢伙總會出現在街頭的某一角落。有時出現在商店林立的街道上；有時出現在社區，今天，他來到某住宅區。

那傢伙的出現，人們總會預先知道。因爲他會提高著嗓子喊叫著。仔細一聽，像唱歌的地方並不是沒有，然而音調再拉高後，就變成狂叫聲；而降低後，則變成汚水流過下水道的聲音。他的聲音幾乎無法稱爲歌唱，可以說完全是噪音。

對著本身發出的像歌唱般的噪音，時像不想配合，時像無法配合，傳出由遠而近的不規則的腳步聲。於是，人們知道那傢伙走將過來了。

一聽到他的聲音，任何人都會慌慌張張地躲起身來。在庭院玩要的幼童，會馬上跑回家去。

在路上行走的人，會跑到附近的民房，要求躲避。民房的主人，對於來者，卽使是陌生人，也會高興地接納他們。

再者，對於重聽的老人，或視力欠佳的人，總會有人伸出親切的援手，把他（她）們帶領到安全的地方去。家家戶戶的門戶都會上好鎖，並且拉下窗帘。

たちまちのうちに人通りが絶え、静かになった道を、そいつは千鳥足で歩いてくる。ほえつく犬もたまにあるが、すぐに悲鳴をあげて逃げ戻ってしまう。

そいつは黒めがねをかけ、派手な帽子をいやらしくかぶり、だらしなく服を着ている。そして、時どき腕をふりまわしながら叫ぶのだ。

「やい、この野郎。おれはえらいんだぞ。だれか出てきやがれ……」

しかし、どこからも応答はない。人びとはみな、家のなかで息をひそめて、そいつの通りすぎてしまうのを待っているのだ。戸のすきま、カーテンのはじから、おびえた視線をちらちらとそそぎ、無事に行ってしまうようにと祈る。

そいつの呼びかけに応じ、出ていって相手になったところで、かなうわけがないのだ。なにしろ、そいつはロボットなのだから。丈夫な金属でできていて、なにを使っても歯がたたない。

そのロボットは、やがて一軒の家の前で足をとめる。いかに祈ろうが、そいつがやってくると、何軒かはその不運な目にあわなければならないのだ。

ロボットは戸をたたきはじめ、にくにくしい声でわめきちらす。

「やい。おれは金がほしいんだ。金がいるんだ。くれ……」

理屈もなにもない、むちゃくちゃな話だ。だまって答えないでいると、さらに声をはりあげて叫びつづける。

「金をくれって、言ってるんだぞ。出せ。けちんぼ。ばか。しみったれ。ちきしょうめ……」

だんだん悪口がひどくなる。それに、たたくのも激しくなり、戸がこわれそうになる。住人は

頃刻間，馬路上的人都跑光了，在鴉雀無聲的道路上，那傢伙步伐蹣跚地走著。偶而也有狗向他吠叫，但是卽刻發出悲鳴聲而逃開了。

那傢伙帶著黑色太陽眼鏡，戴著華麗的帽子，看來令人覺得不順眼，衣著也邋遢。而且，有時會揮動雙臂窮叫。

「喂，你這小子；老子是了不起的人，隨便出來個人啊……。」

然而，沒有人回答他。人們都躲在家裡屏著息，等待那傢伙的通過。從門戶的空隙，窗帘的邊緣，人們帶著害怕的眼神，斷斷續續地窺視著他，禱告他無事的離去。

衝著那傢伙的呼叫，出去理他，是不會有什麼結果的。因爲那傢伙是機器人；是用堅固的金屬造成的，無論使用什麼東西，也拿他沒辦法。

那機器人不久便駐足在一所房子前面。盡管人們如何禱告，只要那傢伙來臨，總有幾戶人家，非得遭遇到不幸的命運不可。

「呃！老子缺錢用！需要錢！給我……。」

毫無道理，胡說八道。要是閉口不回答，那他還會變本加厲，提高嗓子，繼續窮叫。

「老子要你們給的錢！拿出來！吝嗇鬼！混蛋！沒出息！畜牲……。」

越罵越惡毒。門也愈敲愈猛烈，幾乎快給打爛了。住戶只好拿錢出來。從門下的縫兒悄悄地塞

仕方なく金を出す。戸の下のすきまから、何枚かの貨幣をそっと出すのだ。戸を開けて手渡す気には、とてもなれない。

ロボットは拾いあげ、悪態をつきながら、また歩きはじめる。

「なんだ、これっぽっち。しかし、もらってやるぞ。ありがたく思いやがれ……」

その家の住人はほっとするが、こんどは別の家がはらはらする。ロボットは何軒か金をおどし取ったあと、酒を売っている店の前でとまり、またも叫ぶ。

「おい。酒をくれ。金はあるんだ。お客さまだぞ……」

あたりに酒店がなければ、バーやレストラン、それも近所になければ、一般の家であろうと見さかいなく目をつけられる。

そのあげく、酒のびんが差し出されることになるのだ。ことわって建物をこわされたりするより、まだましではないか。そして、たいてい金はもらえない。請求などしたら、呼び戻すことになり、どんなことをされるかわからない勢いなのだ。

ロボットはびんの酒を口に流しこみ、さらにさわぎたてる。あっちへよろけ、こっちへ倒れかかり、ぶつかるたびに家々が少しこわれる。

「なんだ、いくじなし野郎ども。虫けらめ……」

いい気にどなり、あげくのはては、口から汚物を吐く。飲んだままの酒ではなく、いやなにおい、妙な色のついたものが飛び散る。そして、道ばたにねそべり、わけのわからないことをわめきちらす。

出幾張鈔票。幾乎沒人願意開門把錢交給他。

機器人拾起鈔票，邊罵街，邊開始離去。

「原來，才這麼一點點！不過，還是要收下來！好好感謝我……。」

給錢的那戶人家會感到如釋重担，但，這次要輪到別家焦急不安了。機器人勒索了幾數戶人家的錢後，來到酒店前停下，又窮叫了。

「喂，給我酒！身上有錢。是顧客呀……」

周圍要是沒有酒店，就到酒吧或餐廳，附近若找不到類似場所，就不分青紅皂白地跑到一般住家去。

結果，就是把酒遞了出去。這樣總比拒絕他而受建築物被毀壞還划得來啊。而且，幾乎不會拿到錢。若向他要錢，豈不等於叫他回來，屆時不知還會要出什麼花樣哩。

機器人把裝在瓶裡的酒往嘴裡倒。更加騷亂起來，一下子向東歪，一下向西倒，凡是被他碰到的房屋，多多少少會受到損壞。

「原來是個懦夫！鼠輩……。」

得意忘形地喊叫著，到了最後從嘴裡吐出汚物來。吐出來的並不是剛剛喝過的酒，而是帶有噁臭和怪顏色的東西，到處飛散著。而且隨便躺臥在路邊，嚷叫著沒人聽懂的話。

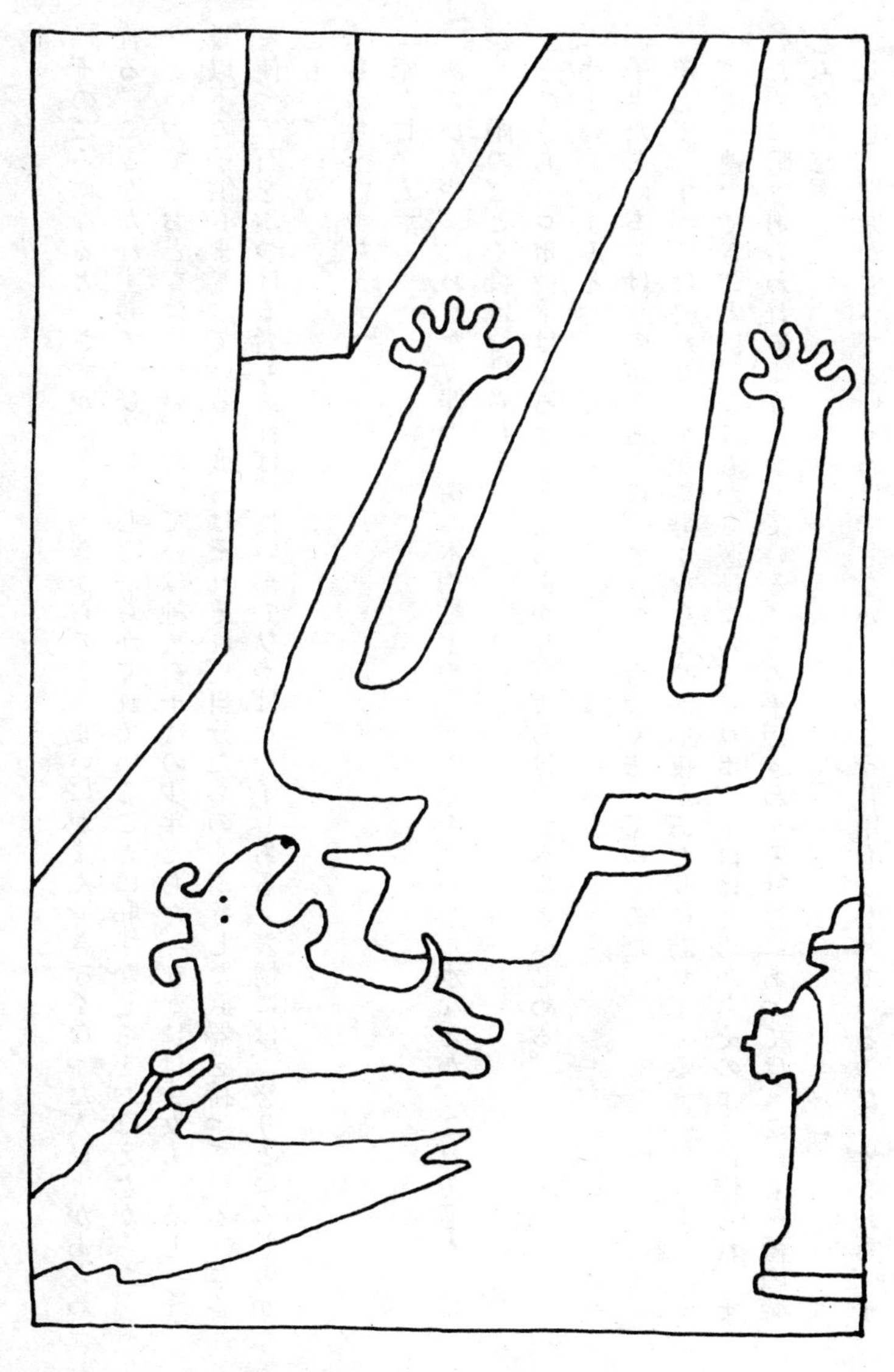

そのころになると、さすがに、さっきからのふるまいにがまんできなくなった人びとがあらわれる。ことなかれ主義で、びくびくしながらかくれていることに恥ずかしさをおぼえたからだ。

といって、おとなは少ない。たいていは純真な十代の少年たちだ。なかには少女もいるし、十歳以下の子供もまざっている。彼らはそれぞれ、自分たちのくふうした武器を持っている。ゴムを使って石をぶつける者もあれば、長い棒でひっぱたく子もある。表情には、怒りとにくしみがこもっている。

「あっちへいっちゃえ」

「死んじゃえ」

あきびんや、こわれた食器や、積み木や粘土や、えのぐをとかした水などが、これでもかとばかり、雨のごとく投げつけられる。

そのうち、ロボットはよろよろと立ちあがり、よろけながら歩きはじめる。

「やーい、ざまみろ」

子供たちのあざけりの声をあとに、どこへともなく去ってゆくのだ。

そして、すべては終わり、やがて静かなごやかな夜があたりに訪れてくる。

この一連のできごとは、なにもかも遊びなのだ。ロボットははじめからそのように作られ、そのために町へあらわれるようになっている。この平穏きわまる社会にあっては、これも一種の楽しみなのだ。

しかし、娯楽がすべてというわけでもない。けっこう費用もかかっているのだ。すなわち、子

到了這個時候，那些一開始就對他的所作所爲，感到無法忍受的人終於挺身而出，他們對於「多一事不如少一事主義者」提心吊膽地躲藏的行爲感到羞恥。

話雖這麼說，大人並不多。大半是純眞的十幾歲少年。其中也有少女，十歲以下的小孩也參與其間。他們各帶有自已動腦筋做出來的武器。用橡皮筋來投擲石頭的也有；用長棍子來打的也有。臉上的表情充滿憤怒與憎惡。

「滾到一邊去！」

「還不死掉！」

空瓶子啦、破舊的餐具啦、積木或泥土啦、摻了顏料的水等，只要能拿到手的，都像雨似的扔過去。

這期間，機器人搖搖愰愰地站了起來，蹣跚地開始離去。

「呃！活該！」

不理會小孩的嘲笑聲，不知消失到那裡去了。

就這樣，一切都完了。不久，寂靜而柔和的夜晚，訪問著這四周。

這一連串的經過，全是遊戲。從一開始，機器人就是爲此目的而製造出來，爲此目的而在街上出現的。對於這個過度平穩的社會，這可說是一種娛樂。

然而，娛樂並不是一切。需要相當的費用。就是說，要考慮到對小孩的教育效果，並且，要立竿見影。

供たちへの教育的な効果も計算にはいっており、それははっきりとあらわれている。

社会の秩序を乱すもの、きらわれもの、力をあわせて退治すべきものの典型。それが示され、知らされるのだ。また、協力して追っぱらったあとの、この上ない快感も。

いつだったか一度だけ、本物の人間が酔っぱらったあげくそれに似たことをやり、子供たちのイメージを刺激し、その反射神経によって、半殺しにされかけたことがあった。

それからは、だれもやろうとしない。子供たちだって、成長してあんなのになりたいとは、夢にも考えない。当たり前のことだ。

擾亂社會秩序者，被人厭惡者，諸如此類的人，應該受到社會同心協力的討伐。這點須要指出，須要告知。再者，同心協力追逐後所得的那種無以倫比的快感，也不會忽略。

不知什麼時候，曾經有過一次，有個眞正的人，喝醉了酒，結果，幹出跟機器人類似的事情出來，喚起孩子們的想像，爆發了反射性行動，把那人打個半死。

自從那一次事件後，就沒有人敢酗酒了。小孩子連做夢也不願想長大後去幹那種出洋相的事。這是理所當然的。

帰宅の時間

夜おそくエヌ氏は自宅へ帰ってきた。もう十二時をまわっている。こんなことは、いままでに一度もなかった。つとめ先の仕事が終わると、まっすぐに家にむかい、六時ちょっとすぎに帰宅するというのが日常だったのだ。

エヌ氏はおそるおそる玄関のベルを押した。ベルは鳴りつづけているのだが、なかなか応答がない。やがて、はたせるかな、エヌ氏の夫人のふきげんな声がした。

「どなたです。こんな時間にベルを押されては、迷惑ですわ」

つんつんした口調だ。エヌ氏は恐縮した声で言った。

「わたしだ。お前の亭主だよ。おそくなって悪かった。どうにもならない用事があったのだ。たのむ、入れてくれ」

「さあ、知りませんよ。うちの人なら、こんな時刻に帰るわけがありません。ですから、こんな時刻に帰ってくるのは、うちの人じゃありません」

わかっているくせに、とりつくしまのない返事だ。エヌ氏は必死に説明し、あやまり、泣かんばかりにたのみ、やっと戸を開けてもらった。夫人が、近所の手前みっともないと考えたせいだ

回家時間

深夜，N氏回到了家。時間已過了十二點。到目前爲止，他從沒有這麼晚回家過。通常，一辦完公就直接回家，而在剛過六點，就到了家。

N氏提心吊膽地按下大門的電鈴。電鈴不停地響著，然而，怎麼也沒人應門。不久，果然傳出了N太太不高興的聲音。

「誰？這麼晚來按電鈴，不是給人添麻煩嗎？」

好強硬的語氣。N氏以羞愧的聲音說：

「是我，妳的丈夫。抱歉，這麼晚才回來。有不得已的事情。請讓我進去。」

「呃，不可能啊。我先生，不可能在這個時候回家。所以在這種時候回家的，就不是我先生啦。」

明明知道，還要裝傻？！N氏拼命解釋，道歉，幾乎哭著哀求，好不容易門才打開。N太太可能想到在鄰居之前須顧全面子吧。

ろう。

なかへ入れてもらい、エヌ氏はほっとして言った。

「なにか食べるものはないかい。おなかがすいているんだ」

「知りません。いまごろ帰ってきて。いったい、なにをしていたんです。それを正直におっしゃらないうちは、だめです」

夫人はなかなか強硬だ。仕方がないので、エヌ氏は考えたいいわけを言った。

「じつはだね、帰りに会社を出たとたん学生時代の友人にばったり会ってしまったんだ。むかし世話になった義理があってね、つきあえと言われると、どうにもことわれなかったのだ。それで、つい引きとめられてしまった。お前に無断でそんなことをして、悪かったよ」

だが、夫人は目をつりあげて言った。

「うそおっしゃい。本当につきあったのだったら、帰っておなかがすいているはずはないわ。そのお友だちって、だれなの。電話をかけて、たしかめてみるから」

「ええと、それが……」

「ほらごらんなさい。ばれたでしょう。それに、服に女のにおいがするわ。浮気してたんでしょう。あたし、もうがまんができないわ。実家に帰り離婚の手続きをとるから……」

やきもちやきの夫人は、ますます高い声を出し、エヌ氏は弱ってしまった。きょうはごまかしきれないかもしれない。彼は苦しげな表情を浮かべたあと、話しはじめた。

「では、本当のことを打ちあける。いままでお前にも言わず、ずっとかくしてきたことだ。極秘

進入屋內，N氏鬆了一口氣，說：

「有沒有什麼東西好吃？肚子好餓。」

「不知道。三更半夜才回來！你到底在做什麼？不實說出來，休想要吃。」

N太太的態度相當強硬。N氏說出事先想好的藉口。

「不瞞妳說，下班後走出公司時，突然遇到學生時代的朋友。過去曾經受到他的照顧。他要我作陪，情不可却，只好答應。因此就被困住了。沒經妳答應就這樣做，眞抱歉。」

然而，N太太却吊著眼睛說：

「騙人！要是眞的陪伴朋友的話，回到家，肚子不可能會餓。那位朋友是誰？我要打電話問個清楚。」

「唔唔，那……」

「你看，露出馬脚了吧？加上，衣服上沾有女人的味道。去玩女人吧？我受不了。我要回娘家去，並辦理離婚手續……。」

吃醋的N太太，聲音越來越大，N氏不知所措。看樣子今天是瞞不過了。他露出痛苦的表情後，開始吐露道：

「那麼，讓我坦白告訴妳。到目前爲止我都沒有對妳說過，一直瞞著妳。這是極秘密的事情。

のことなのだ。だから、よそで絶対にしゃべっては困る。いいかい……」

「なによ、大げさね。いいから、話してごらんなさい」

「私が毎日つとめに出かけている会社は外見は小さな貿易会社だが、その正体は対外情報部の一機関なのだ。そしてわたしは秘密情報部員なのだ……」

エヌ氏はついに真相を口にした。言うべきではないのだが、夫人が興奮して離婚だとさわぎたて、弁護士や私立探偵に依頼し、問題がひろがったらえらいことになる。ここで夫人をなっとくさせ、食いとめねばならぬ。

エヌ氏は一見ぱっとしないが、暗号解読にかけては天才的な才能を持っていた。毎日、出勤し、自分の受け持ちである資料室にはいり、机のボタンを押す。すると壁が割れて電子計算機があらわれる。彼はそれを使って解読するのが仕事だった。いかなる国の暗号も、ほとんどとくことができた。

しかし、ここの秘密情報部員たる者は、あくまで平凡なつとめ人をよそおわなければならない。エヌ氏はその内規に従い、ずっとそうよそおってきた。

したがって、夫人にもさとられず、近所の人にも善良で普通の会社員と思われていた。

しかし、外国のスパイの目まではくらましきれなかった。きょうの夕方、エヌ氏がいつものように会社を出ると、ひとりの女性がすりよってきた。そして、彼の横腹にけん銃をつきつけ、言い渡した。

「さあ、さわいだらうつわよ。おとなしくいっしょに来てちょうだい」

因此請千萬不可對別人講。好不好…。」

「什麼事？大驚小怪。好吧，不講就是了，請說說看。」

我每天上班的公司，外表上看來雖是一家小貿易公司，實際上是個對外情報機關。而且我是個秘密情報員…。」

N氏終於吐露了眞相。這是不該說出口的事情。但是因太太激動地鬧著要離婚，要是委託律師或私家偵探而把事情傳出去的話，就糟了。因此非說服太太，並加以阻擋不可。

乍看之下，N氏是一個平凡的人，但對於解讀密碼，卻擁有出衆的才能。他每天一到辦公室，就進入自己所負責的資料室，按下桌上的開關。於是牆壁就裂開，電腦便出現了。利用這部電腦解讀密碼，乃是他的工作。任何國家的密碼，他幾乎全會解讀。

但是，此一秘密情報機構的人員，非徹底僞裝成平凡的公司職員不可。N氏遵從該機構的內部規章，一直僞裝著。

從而，也沒有被太太發覺，給鄰居們的印象是，一個善良的普通的公司職員。

然而，卻矇不了外國間諜的眼光。今天黃昏，N氏跟往常一樣，走出公司時，有一位女性向他靠近過來。而且拔出手槍抵住他的腰部，說：

「呃，一叫喊我就開槍。乖乖地跟我來。」

そして、用意の車に押しこまれ、敵の一味のかくれがに連れこまれた。女は某国のスパイで、自国の暗号をどのていど解読しているのか教えろと迫った。

だが、そこはエヌ氏の命をかけても守るべきこと。白状しろ、しないで、根くらべとなった。エヌ氏もいちおうの筋金入り。いくらおどしてもだめで、女はいらいらした。

そのちょっとしたすきを見て、エヌ氏は相手のけん銃をとりあげた。ひとりをうち殺し、他の連中に手をあげさせた。すぐ情報部の隊員に連絡し、引き渡してあとをまかせる。

それでやっと帰宅できたのだ。

「……というわけなんだ。だから、途中で電話もできなかった。わかってくれ」

エヌ氏が体験のありのままを話したのに、夫人は大笑いした。

「あなたに、こんな物語の才能があるとは思わなかったわ。きっと、スパイ小説の読みすぎね。ばかばかしい」

「いや、本当のことなんだよ」

「信じろなんて、むりよ。それなら、証拠でもあるの……」

「それは……」

エヌ氏はつまった。表面はあくまで普通の会社員なのだ。秘密情報部員の証明書など持っているわけがない。上役に聞いてみてくれと言おうにも、そうだとは答えてくれないことになっている。あくまで秘密の機関なのだ。

そのようすを見て、夫人は言った。

而且，被押上事先準備好的車子，被帶到敵人的隱匿場所。女人係某國的間諜，威脅N氏說出他本國的密碼到底被解讀到什麼程度。

但，這點卽使N氏犧牲了性命，也不能說出。一方要他招出，一方不肯招出，而相持不下。N氏也是經過千錘百鍊的人。盡管脅迫，還是無動於衷。女方焦急不安起來。

這時N氏乘機奪取了女人的手槍，射殺了一人，並叫其他同夥人舉起手來。他立刻聯絡了情報部的人員，並把敵人和善後工作交給了他們。

因而好不容易才回到了家。

「…這是事情經過情形。因此在半途也無法給妳電話。請不要見怪…」

N氏把本身的遭遇眞實地說出，然而太太却大笑起來。

「我眞沒有想到你竟然有這種編故事的才華。一定是偵探小說讀得太多了。太無聊了。」

「不，這是眞的事情。」

「要我相信是不可能的。那麼，有證據…。」

「那…。」

N氏無言可對。表面上是個道道地地的普通公司的職員。不可能帶有秘密情報部工作人員的證件。卽使叫她去問上司，也不可能得到答覆。那是個絕對秘密的機關。

看到他窘態畢露，太太說：

「ほらごらんなさい。あなた、変な小細工をせず、すなおにあやまればいいのよ。二度としないと約束すれば、許してあげるわ」

さからえない情勢だ。エヌ氏はそうすることにした。

「その通りだよ。お前にかくしごとはできない。すぐ見破られてしまう。たしかに女の子にさそわれて遊んでいたのだ。だが、少しももてなかった。すまん」

エヌ氏は頭を下げ、夫人は満足した。

「そうよ。あなたがもてるわけないわ。これにこりて、二度と夜遊びはしないことよ。それから、さっきの情報部員だなんて話、これからは決して口にしないで。いいとしをしてみっともないし、よそでしゃべったりしたら、気ちがいあつかいされちゃうわよ」

真実、抜群の能力を有する情報部員のエヌ氏なのだが、家に帰ればみるかげもないただの亭主だ。

「喏，你看，你不要再要花招了，坦誠地道歉就好了。只要答應不再有這種事，我就原諒你。」

無法反抗的情勢。N氏只好順從。

「誠如妳所說。任何事都瞞不了妳。馬上給妳識破。我的確被女人約去玩。不過，一點兒都不受歡迎。抱歉。」

N氏低著頭，太太感到滿意。

「可不是嗎？你不可能受歡迎的。以這次爲教訓，以後不可再夜間遊蕩了。還有剛才所說的情報部人員什麼的，今後千萬不要再說出口啦。這麼一大把年紀啦，不怕丟臉嗎？要是在別的地方說，那就給人當做神經病呢。」

老實說，具有超人能力的情報人員N氏，一回到家，也只不過是一個平平凡凡的丈夫而已。

助言

ある夜、ある大きな国の元首のへやに宇宙人があらわれた。

机にむかってひとり考えごとをしていた元首は、なにかのけはいを感じてふりむき、きもをつぶした。子供ぐらいの大きさで、細長い三角形の頭をし、明るい青色の人物がそばに立っていたのだから。

「お前はだれだ」

「私はイル星から来た者です」

「なるほど、宇宙人というわけか。しかし、執務に疲れたあげくの幻覚かもしれない。また、だれかのいたずらとも考えられる」

「ご不審はごもっともです。では、さわってごらんになったらどうです。いたずらとかおっしゃるが、警備の目をかすめて、ここまではいれる者はないでしょう」

さわってみると、なまあたたかく、変にすべすべしていた。元首はなっとくした。

「たしかに、本物のようだ。どうやってここまで来た。なにが目的だ」

「あなたがたの呼び名では、空飛ぶ円盤ということになりましょう。それに乗って宇宙空間を越

建議

某夜，太空人出現在某大國元首的房間裡。

元首面對著辦公桌，正在獨自思考，不知何故，當他回過頭時，幾乎嚇壞了膽。因爲有一個身材約有孩子般大，頭呈細長的三角形，膚色亮藍的人物站在旁邊。

「你是什麼人?!」

「我是從伊魯星來的。」

「那就是太空人囉。可是，說不定是辦公過度而疲勞，所引起的幻覺也未可知。再者，也可能是別人的惡作劇。」

「懷疑是理所當然的。那麼，請摸摸看如何?你說惡作劇，但總不可能有人能瞞過警衛的眼光，而來到這裡吧。」

元首一摸太空人，感到對方的身體微暖，異常的光滑，因而有所領悟了。

「的確像個眞的太空人。怎麼來到這裡的?目的何在?」

え、この建物の上に着陸したというわけです。レーダーのたぐいには反応しないしかけがついているので、だれにも感づかれなかったのです。来た目的は、いうまでもなく友好です」

「そうだったのか。安心した。われわれとしても他星との友好には、もちろん賛成だ。しかし、地球にはまだまだやっかいな問題があってね……」

元首はふと困ったような顔になった。イル星人はうなずきながら言った。

「事情はほぼ想像できます。私も着陸前にいちおう観察しました。地球上には対立があるようですね。その点は、私たちにとっても困ったことなのです。友好関係にはいろうにも、相手方の内部が不統一では、やりにくくてしようがありませんしね」

「いや、まったく、お恥ずかしい。言われるまでもなく、それで私も毎日あれこれ悩んでいるのだ。さっき幻覚かと思ったのも、頭が疲れていたせいだ。しかし、この不統一は当分つづくことだろう」

「それはなぜですか」

「力の均衡のせいなのだ。わが国がもう少し強いか、対立国がもう少し弱ければいいのだが……」

元首は残念そうに言った。宇宙人がやってきて、他星との友好を結べるまたとない機会を、みすみすのがさなければならないとは。

しかし、それをはげますように、イル星人はひとつの提案をした。

「そこですよ。そうがっかりなさることはありません。私だって、このまま帰るのはつまりません。なんでしたら、お力をお貸しして、ご希望にそえるようにいたしましょう」

「你們名之爲飛碟吧。我就是坐了飛碟，越過太虛，而在此一建築物上降落。本飛碟上備有反雷達裝置，因此沒有被發現到。來此地的目的，用不著說，乃是友好的。」

「原來如此。那我就放心了。我們也當然贊成跟其他星球友好。然而，地球上還有難以解決的問題……。」

元首馬上露出困惑似的表情。伊魯星人邊點頭邊說：

「事情大致可想像得到。我在著陸之前大體上觀察過了。地球上好像有對立似的。這點，對我們來說也是傷腦筋的事。卽使要建立友好關係，只要對方的內部不統一，就難辦了。」

「唉，這是極其丟臉的事。用不著說，我每天總是擔心這個惦念那個的。剛才所以認爲是一種幻覺，也是由於腦筋疲勞所致。但是，這種不統一的情形，可能會暫時持續下去。」

「那是爲什麼呢？」

「是力量均衡的關係。本國稍微強一點，或是對立國略微弱一點就好……。」

元首帶著遺憾的口氣說。太空人來訪，跟其他星球締結友好關係，這種機會是不會再有的，然而却非得眼睜睜地讓它失去不可。

但是，好像要鼓勵元首似的，伊魯星人提出了一個建議。

「問題就在這裡。犯不著那麼頹喪。我也不願這樣空手囘去。總之，我要助你一臂之力，以實現你的願望。」

「というと、どんなことなのだ」

「失礼ですが、私たちのほうが少し科学が進んでいます。対立国に大きく差をつけることができるよう、お手伝いしようということです」

「たとえば……」

「いま持ちあわせているのは、絶対的防御装置の図面です。形は高いアンテナのようなものですが、これを立てると、そのあいだの空間はいかなる物体をも通しません」

「なるほど」

「つまり、目に見えぬ丈夫な幕が高空まで張られたようなものです。これを国境に張りめぐらしたらいかがでしょう。ジェット機だろうが、ミサイルだろうが、ひとつも侵入できません」

イル星人の説明で、元首はうれしがった。

「うむ、それはいい。そうしておけば外国相手にどんな強い交渉でもできるというわけだな。世界もたちまち統一できる」

「そうですよ。はい、これがその設計図です。早いところ生産に移し、急いで使用して下さい。地球にはスパイというものがいて、ぐずぐずしていると、秘密はすぐに敵に知られてしまうらしいじゃありませんか。また私だって、そうそうのんびりと待っているわけにもいきません」

「わかった」

「それから、私のことは、ひとまず内密にしておいたほうがいいでしょう。他星人が介入しているとなると、混乱が大きくなるかもしれません。統一ができてから発表したほうが、みなさんも

「你說，是什麼事？」

「冒昧地說，我們的科學，稍微比你們進步。我想幫助你，讓你們跟對立國之間，在國力上產生重大的差距。」

「比方……。」

「現在手上有絕對性防衛裝置的設計圖。形狀像高高的天線。一旦把它安置起來，則其所間隔的空間，任何物體都進不了。」

「說的也是。」

「換句話說，就是把肉眼看不到的堅強的簾幕，張掛在高空。把這種簾幕繞著國界張掛起來如何？噴射機也好，飛彈也好，都侵入不了。」

伊魯星人的說明，使元首感到興奮。

「嗯，那很好。只要把簾幕張掛上去，則對於外國的對手，任何強硬的交涉都可以提出。世界不久就會統一。」

「不錯。哈，這就是設計圖。請趕快加以生產，立刻予以使用。地球上有間諜，要是慢吞吞的，不趕快採取行動，那麼秘密不是馬上會被敵人知道了嗎？連我也不能慢吞吞悠哉悠哉地等待呀！」

「知道啦。」

「還有，我的事，暫且先替我保密比較好。如果有其他星球的人介入的話，說不定混亂會擴大

冷静に受け入れてくれましょう」

「わかった」

元首はさっそく、最高秘密会議を開いた。反対はなかった。国家の利益になることだ。また、これで他星との友好が結べれば、地球のためでもある。

試作して実施してみると、どんな兵器でも防げる。これなら大丈夫と、大量生産に移された。そして、絶大な自信のもとに、強硬な交渉がはじめられた。しかし、他国にとっては、あまりに一方的な押しつけだ。対立国も、そう勝手なことは言わせぬと、反対意見を主張する。妥協に至るどころか、みぞは深まり、火は燃えあがり、ついに戦端が開かれた。

しかし、いい気になっている元首のところへ、意外な連絡がもたらされた。

「大変です。敵のミサイルが国境を越えて飛来し、被害甚大です」

元首は青ざめ、あわてて応戦を命じた。それから、そばのイル星人に言った。

「おい、どういうことなのだ。話がちがうじゃないか」

イル星人もがっかりしたようだった。

「私もこうなるとは予想もしませんでした。絶対に大丈夫と思っていたのに。まったく残念だ。くやしい。これは負けです。では、さようなら……」

「おいおい、無責任だ。冗談じゃないぞ。大戦争に火をつけておいて……」

元首のぐちに耳もかさず、イル星人は円盤に乗って飛び立つ。そして、宇宙空間のある場所で待ち、もうひとつの円盤と会い、こんな会話がかわされるのだ。

。等統一後再發表，這樣大家才可能冷靜地接受。」

「知道啦。」

元首卽時召開最高秘密會議。沒有反對者。這是國家的利益。再者，就這樣和其他星球締結友好關係，也可替地球謀福利。

先試作並加以實驗的結果，證實可防禦任何武器。這樣就靠得住了，於是付之大量生產。

而且，自信本身的絕對優勢，跟外國開始進行著強硬的交涉。但是，對其他國家來說，這是單方面過於強制性的壓迫。對立國也不服輸，因而提出異議。雙方不但無法獲得妥協，而且歧見越來越深，結果終於啓開了戰端。

於是，正在得意忘形的元首，接到了意外的報告：

「大事不好了。敵人的飛彈越過國境，攻了進來，災情慘重。」

元首臉色變得蒼白，匆忙下令應戰。然後對著身邊的伊魯星人說：

「喂，怎麼搞的？事情並不是那麼一回事嘛？」

伊魯星人也感到失望的樣子。

「我也沒有預料到事情會變成這個樣子。我認爲絕對靠得住的。這是非常遺憾的事。眞令人氣憤。是輸了。那麼，再見……。」

「喂喂，太不負責了！這不是開玩笑的！點燃了大戰的火花……。」

把元首的怨言當做耳邊風，伊魯星人逕自乘著飛碟飛走了。然後在太空中的某一場所等待，然後跟另外一個飛碟會合，兩者並做了如下的交談：

「いやあ、負けたよ。あの防衛装置だけは自信があったんだがな」

「こっちだって、新兵器の開発は怠らなかった。防御不能のミサイルの研究は怠らなかった。それを使わせたんだ」

「いずれにせよ、敗戦はみとめるよ。ルールにより、いかなる条件ものもう」

「しかし、われわれは文明人だな。武器は開発するが、戦争は他の星の住民を巧妙におだて、そいつらに使わせてやらせ、勝負をきめる。合理的なものだ。おかげで、もう長い長いあいだ、わがイル星では一回も戦争がおこなわれていない。これからだって永久に平和がつづいてくれるのだ」

「糟糕，輸了。對那種防衞裝置，我確抱著信心哩。」

「我這邊對新武器的開發也沒有怠慢過。無法防禦的飛彈的研究，從沒有懈怠過。我們使用了這種無法防禦的飛彈。」

「總之，承認戰敗就是了。根據規則任何條件都接受。」

「但是，我們不是文明人嗎？我們自己開發武器，巧妙地慫恿其他星球的居民去發動戰爭，讓他們去使用我們開發出來的武器來決定勝負。這是合理的事情。托此之福已經很長的時間，我們伊魯星上連一次戰爭都沒有發生過。今後，還是會保持永久的和平。」

長い人生

世の中はいろいろと変わってゆくが、そのなかで最も変化しないのは酒じゃないだろうか。大昔の人たちだって、なにかで気分がくさくさした時には、こうやって酒を飲んだにちがいない。いまだって同じだし、おそらく未来になったって同じだろう。

そんなことを考えながら、エヌ氏はバーのカウンターでひとり酒を飲んでいた。彼は大きな会社の社員。家へ帰れば妻子がおり、さらに、このあいだうまれたばかりの孫もいるのだが、まっすぐ帰宅する気になれなかったのだ。

「やれやれ、まったく面白くない。人生とはこんなにつまらないものなのか……」

エヌ氏はグラスを重ね、酔っていった。となりの席の男は、そのぐちに耳を傾けていたが、やがて話しかけてきた。

「失礼ですが、あまりむちゃな飲み方はなさらないほうがいいようですよ」

「いいんだ、ほっといてくれ」

とエヌ氏が応じたが、男はやめなかった。

「まあ、事情をお話しになってみたらどうです。悩みを他人に打ちあけるだけでも、気分が軽く

漫長的人生

世界上不斷的發生各種各樣的變化，其中最沒有變化的，可算是酒吧。古代的人，心中有什麼苦悶，一定這樣喝酒。現在還是一樣，未來仍然不會變吧？

N氏邊這樣想，邊坐在酒吧的櫃枱，獨自喝著酒。他是一家大公司的職員。一回到家有妻子，況且，也有不久以前才出生的孫子，不過，他不願意一下班就直接回家。

「哎呀，太沒意思了。人生就這麼無聊……。」

N氏一杯接一杯地喝了下去，終於醉了。坐在他鄰座的仁兄，聽到他的自言自語，不久就跟他搭訕起來。

「冒昧得很，請不要那樣暴飲比較好。」

「這是我的事，不要你管。」

N氏這樣回答，但是那位仁兄還是不願罷休。

「哦，把事情說出來聽聽怎麼樣？只要把煩惱向別人坦白說出，自己的心情就會感到輕鬆的。」

なるものです」

「それもそうだな。じつは、私の不満はなかなか昇進しないことなのだ。私は一流の大学を出て、いまの会社にはいった。そして、大きな失敗もなく、ずっとつとめてきた。しかし、まだ係長なんだよ」

「で、いまおいくつなんですか」

「五十五歳だ」

とエヌ氏は答え、またグラスをあけた。しかし、男はうなずきながら言った。

「そうですか。しかし、それなら普通じゃありませんか。六十歳を越えないと係長になれない会社だってあるようですよ。あなた、むかしの小説でも読みすぎたのでしょう」

これが現状なのだ。このような時代になったのは、医学の驚異的な発達のあらわれだった。とどまるところを知らぬ科学は、あらゆる病気をなくし、老衰の来るのをぐんとおそくし、環境衛生をよくし、事故をなくし、寿命を大幅にのばした。

エヌ氏は酒を飲みつづけながら言った。

「いいですか。わが社では、課長になれるのは約九十歳だ。そして、部長に昇進できるのが百二十歳。重役の平均年齢が百六十歳で、社長は二百歳なんだよ」

「私は自由業なのでよくわかりませんが、それもいいことだと思いますよ。将来が安定していて気が楽じゃありませんか」

「よくない。上役の連中は老化防止剤のおかげでいつまでも元気だ。また思考柔軟薬のおかげ

「說的也是。不瞞你說，我的不滿就是不容易高升。我從第一流的大學畢業後，就進入現在的公司。而且。沒有犯過大的過失，一直幹下來。然而，現在還是一個小小的股長而已。」

「那，你貴庚？」

「五十五歲。」

N氏答著，又喝下了一杯。但是，那位仁兄邊點頭邊說：

「噢，原來如此。可是，這不是司空見慣的事嗎？有些公司不超過六十歲就升不了股長呢。你大概看舊小說看得太多了吧。」

這正是現狀。時代變成這樣，應歸咎於醫學的驚人進步。不斷在進步的科學，消除了所有疾病，大大的延緩衰老的來臨，改善了環境衞生，消除了意外事故，大幅地延長了人類的壽命。

N氏邊繼續喝著酒，邊說：

「好了嗎？在我們的公司，大約九十歲才能登上課長的寶座。而且要一百二十歲才能升到部門主管，董監事的平均年齡爲一百六十歲，董事長爲兩百歲。」

「我是個自由業者，你們的情況不大清楚，不過我認爲那是個好現象。出路既然平穩，心情不就輕鬆了嗎？」

「這樣不好。那些上司托了防老劑之福，精神永遠飽滿，再者，托了思考柔軟葯之福，腦筋一

で、少しも頭がぼけない。しかも、意欲剤を飲んで勉強もする。だから豊富な経験を持つ彼らは、いつまでも現役、なかなか退陣しないんだ。私はこれからの人生を考えると、その長さにうんざりする」

エヌ氏はぼやきつづけた。すると、男は思い出したように言った。

「そうそう、さっきニュースで言ってましたが、また新しく特殊な、若がえり用電磁装置が開発されたそうですよ。効果はすばらしいそうです。それによって、寿命はさらに五十年ほどのびるとかで……」

「それは本当ですか。ああ、私は永久に昇進できないことになりそうだ。上につかえている連中は、決してどかないのだ。私はまともに働いて、課長の地位に少しずつ近づいているつもりでも、それ以上の早さで寿命がのびている。地位は私をおいて、どんどんむこうにいってしまう。ああ、ああ……」

エヌ氏は泣き声になり、また、やけ酒をあおった。その肩を、となりの男はやさしくたたいた。

「そんな絶望的なこと、おっしゃらずに」

「なぐさめてもだめだ。あなたはつとめ人じゃないから、私の気持ちがわからないんだ。昇進がどんなに魅力的なことか、知らないんだ。ああ、私はどれいと同じだ。いつまでも浮かびあがれない……」

「いや、希望を捨ててはいけません。元気を出して下さい。お力になりますよ」

點兒都不會昏憒。而且，因服用了意欲劑，還在繼續學習呢！因而擁有豐富經驗的他們，始終保持著目前的職位，不容易退休。我一想到今後的人生，就覺得漫長的令人感到厭煩。」

N氏不斷地嘟噥下去。於是那位仁兄想起來似的說。

「是的，是的，剛才的新聞報導過了，好像又開發出新穎而特殊的返老還童用的電磁裝置。據說效果驚人。藉著那種電磁裝置，壽命還會再延長五十年左右……。」

「那是眞的嗎？啊啊，看來我永遠無法高升了。站在高位的人決不會讓位。我認眞地工作，即使年資逐漸地接近課長的地位，然而壽命延長的速度，却比這還要快。地位把我丢下，接連不斷向前推進，哎、哎……。」

N氏的聲音變爲哭泣聲，又喝下了悶酒。坐在他鄰座的那位仁兄，輕輕地拍了他的肩膀：

「用不著說那樣絕望的話。」

「安慰我也沒有用。你不是上班族，因而無法了解我的心情。高升有多大魅力，你是不知道的。啊啊，我跟奴隸一樣，永遠無法翻身……。」

「不，請不要失望。振作起來吧。會有辦法。」

「気やすめは言わないでくれ。私を助ける方法なんかあるものか」

わめくエヌ氏に、男は小声でささやいた。

「まあ、お聞きなさい。いいですか。かりにですよ、あなたの直系の上役である課長か部長かに、仕事上で重大な失敗があったとする。あなたにとって、有利な結果になるのじゃありませんかね」

その意味するところは、すぐにわかった。

「そうだ。そういえばその通りだ。それをやってくれるというわけだな、ぜひたのむ。お礼はたくさんするよ。それに、会社のためにもなる。課長というやつは、どうにもしようのない人物でね……」

エヌ氏は課長のたなおろしをはじめた。さらに、それは部長の悪口に及び、勢いのおもむくところ、重役たちの欠点を並べたてた。この計画に大義名分もくっつけなければならない。

男はうなずきをくりかえしたあと、力強く言った。

「わかりました。まあ、どうなるか、少し待って下さい。面白いことになりますよ」

それから数日、エヌ氏は快活にくらした。まもなく、上役のだれかが失脚するのだ。その期待で胸がおどる思いだった。

だが、やがて訪れたものは、その逆。はなはだいやな辞令だった。エヌ氏は平社員に格下げとなったのだ。抗議をし、わけを聞くと、差し出し人不明のテープが重役にとどけられたのが原因だった。再生してみると、エヌ氏がバーでしゃべった、上役の悪口の部分が全部はいっている。

「不要安慰啦。難道有什麼可救我的方法？」

「哦，請聽我說。好吧。比方說，你的直屬上司的課長或部門主管，工作上犯了重大的過失。這對於你，不是可以出現有利的結果了嗎？」

話中所含的意義，他卽時領悟到了。

「不錯。誠如你所說的。你的意思是要替我做？務必拜託。會給你厚禮的。而且，對公司也有益處。課長這傢伙，眞拿他沒辦法……。」

N氏開始批評課長的缺點。並進而摻雜涉及部門主管的壞話；氣勢所趨，連董監事的缺點都給列舉出來。此一計劃非賦與冠冕堂皇的理由不可。

那位仁兄頻頻點頭後，堅決地說：

「我知道了。至於會有什麼結果，請暫且等一等。會發生有趣的事的。」

以後幾天，N氏快活地過著日子。不久，不知那一個上司會垮台。爲了這種期待，內心幾乎在跳躍著。

然而，不久來臨的，竟是完全相反的結果。極其討厭的派令。N氏被降爲普通職員。N氏提出抗議，打聽理由，發覺是由於寄件人不明的錄音帶，送到董監事手上而引起的。把錄音帶一放，N氏在酒吧裡所說的，對上司謾罵的部份，全給錄了下來。

だまされたと気がついたが、もうおそい。たしかにしゃべったのだし、弁明のしようもない。かくして、エヌ氏の過去数十年の実績は消え、ふり出しに戻ってしまった。

エヌ氏にかわって係長になった男は、大喜びで祝杯をあげた。いっしょに飲んでいるのは、エヌ氏のことばをバーで巧みにテープにおさめた男。新しい係長はお礼を言う。

「いや、今回は大変にお世話になった。五十歳で係長になれるとは、夢のようだ」

「どういたしまして、おたがいに学生時代からの親友のあいだじゃないか。これからも、できるだけのことはするよ」

「じゃあ、あと十五年もしたら、また、この手でこんどは課長を失脚させてもらおうかな。どうせ、昇進をあせっているからすぐにひっかかるだろう。そうすれば、私も六十五歳で課長という異例の昇進ができるわけだ。まったく、人生が長くなりすぎたな。こうでもしなければ、うんざりして持てあましてしまう……」

N氏發覺上當，爲時已晚。確實是自己說過的話，無法辯解。就這樣，N氏過去數十年的實績全部化爲烏有，又回到了出發點。

接著N氏而升爲股長的人，非常興奮地舉起了祝賀的酒杯。陪他一起喝的，就是那位在酒吧間，巧妙地把N氏的話偷錄下來的仁兄。新股長說出謝言：

「嗯，這次虧你幫了大忙。五十歲就升到股長，簡直像做夢似的。」

「豈敢豈敢，咱們不是老同學嗎？只要能做得到的，今後還是會爲你效勞的。」

「那麼，十五年後再用這一套使課長失足。反正急欲高升嘛，因此很容易上當的。這麼一來，我到六十五歲就可破例升遷，當上課長。人生實在太漫長了。如果不這樣做，苦悶不知如何處理…。」

非解説

北杜夫

星新一氏の愛読者の若者エヌ君と、数冊のショート・ショートを読んだくらいの若者エフ君との会話。

「へえ、星新一ってのはペン・ネームじゃないの?」

「むかし、星製薬という立派な薬会社があった。星さんはそのお子さんなのだ。本名の星親一を新一とした。彼は無理やり、後継ぎとして社長にさせられた。そして、つぶれかけていた会社を立派につぶした、という噂だ」

「でも、星さんの作品には奇抜な薬もでてくる。あれだけのアイデアのある人だから、すぐれた新薬だって発明できないのかな?」

「むろんできる。しかし、その薬が利きすぎるのだ。たとえば下痢をとめる薬をのむと一生便秘になったり、ウツ病を治す薬をのむと逆にソウ病になってしまったりする。あまりにいい薬を作りすぎたもんで会社はつぶれた」

非解說

北杜夫

星新一氏的年輕愛讀者N君，與讀過星氏幾本極短篇小說的另一年輕人F君的對話：

「喂，星新一不是筆名嗎？」

「以前有一家名叫星製藥的藥品公司。星先生就是該公司的小開。他把本名親一改爲新一。後來他被迫繼任董事長，而且讓即將倒閉的公司，名正言順地倒閉了。有這樣的傳說。」

「不過，星先生的作品裡，也出現了新穎的藥物。既然是個那麼有創意的人，難道發明不出優良的新藥？」

「當然可以。不過，那些藥過於有效。例如服用他的止瀉藥後，就患上一輩子的便秘・服用他治療憂鬱病的藥，便反而染上了急躁症。由於製造了太有效的藥品，而使公司倒閉了。」

「そうか。でも、星新一って、てっきりペン・ネームだと思っていた。いかにもSF的で」

「SFと一口にいうが、彼の作品はもっと巾がひろい。もちろんSF評論家はガリバーでもドンキホーテでもみんなSFにしてしまう傾向があるが、狭いカテゴリーでのSF作家として決めてしまうには星さんはもっと多様だ。もちろん、何者にも縛られぬ自由な思考をSF的とよんでも差支えないが。実は星製薬のことをぼくが知ってるのは、『人民は弱し官吏は強し』という長篇をよんだからだ。これなんか実にシリアスな力篇だ」

「それは知らなかった。ぼくは写真でしか星さんを知らないが、ああいう気の利いたショート・ショートをよむと、ピリッと小柄で秀才型の人かと思うんだが」

「とんでもない。彼は同世代の人のあいだでは図抜けて背が高い。ヒョロリと見えないのは肉づきもいいからだ。つまり、子供のころから星製薬の健康成長剤をのんできたからだろうな。ここにおもしろい資料がある。もちろんふざけたものだが、『面白半分』という雑誌に出ている『全文壇人衝撃の徹底大調査』というのだ。

星新一のところを見ると、次のごとくだ。一見——ベビー。喧嘩——グニャ勝。艶聞——（この項空白）。地盤——短気者。看板——SF。賭博——弱。声量——声色屋のカモ。健康——良。講演TV面——不出。雑学——すごい。雑文——ぼやき。権力度——弱。」

「グニャ勝ち、ってなんだろ?」

「おそらく彼は、エーイ、イッポンなんて相手を得意になってやっつける人ではあるまい。柳に風と受けながす。そのうち自然に勝ってしまうのじゃないか」

「原來如此。不過，我認爲新星一必定是筆名。有一點科幻小說的味道。」

「簡單的說是科幻，不過，他的作品範圍是廣泛。當然啦，科幻評論家往往有把加利佛或唐吉珂德當科幻小說的傾向。但是，把星先生當做狹義的科幻作家，是不適當的，因爲他是個多才多藝的作家。當然，把沒有受到任何束縛地自由思考，視爲科幻，倒無所謂。其實我對星製藥的了解，乃是讀了『民弱官強』的長篇以後的事。這誠然是一篇嚴肅的賣力之作。」

「這點我倒不知道。我只是在照片上看到星先生，不過當我讀到那樣機靈的極短篇時，就會想像他是個短小精幹的秀才型人物。」

「哪裡話。他在同時代的人物中，身材偏高，而且長得胖，因而不會給人弱不經風的感覺。換句話說，或許是從孩提時代起，就服用星製藥的健康成長劑使然吧？這裡有個有趣的資料。當然帶點玩笑性質，『半開玩笑』雜誌所刋載的篇名爲『對全文壇人物所做的震撼性的徹底大調查』的報導，對星新一的描述如下：乍看—孩子氣。打架—以柔克剛。艷聞—目前沒有。本性—急性子。招牌—科幻。賭博—弱。聲音—誘人。健康—佳。公共場所—不露面。雜學—驚人。雜文—模糊。權力慾—弱。」

「以柔克剛是什麼意思？」

「他恐怕不是一個一下子就能得意得把對方擊倒的人。柳樹避風，這麼一來，不就自然打勝了嗎？」

「雑学、すごい、か。そうだろうねえ」

『進化した猿たち』というアメリカ一駒漫画についてのエッセイ集がある。これは星さんの博学と批評眼をよく示している。だが、いつもはそういう頭のいいところを決してあらわさない。ベビーのごとき童顔で、ニコニコしているか、或いはボサッとしている」

「星製薬の精神安定剤をのみすぎたのか」

「いや、能あるタカは……だ。だいたい、あの何百篇ものショート・ショートのアイデアを考えだすのは尋常なことではない。日本でも外国でも代用品があるまい」

「ほんとに代れる作家はいないね。ああいうアイデアはどうして考えるのかしら」

「それは秘密のトバリに包まれている。逆立ちしながら、という説もある。鼻クソをとばすと一つアイデアができるという説もある。トイレの中に限り、という説もある。だから星さんは一日十三時間トイレにはいっているといった人があった。もっとも、これはみんな伝説なんだ」

「ぼくも、星さんの本をよんでから、ショート・ショートを幾つか書いてみたが、みんなダメだった」

「君なんかばかりじゃない。他の世に出ている作家のショート・ショートもアイデアばかりむきだしになっていて白けてしまうことがよくある。星さんのそれは魔法のオブラートでくるんである」

「たしかにね。ぼくははじめ、星さんのショート・ショートをよむと、自分でも書けそうな気がしたんだが」

「雜學驚人。可不是嗎？」

「針對美國一幅叫『進化的猿猴』的漫畫而發的論文集上，充分顯示了星先生的博學與批判力。不過，他決不會經常表現腦筋好的那一面。嬰孩般的童顏上，總是笑眯眯的，不然就是獨自發呆。」

「是不是星製藥的精神安定劑，服用過多所致？」

「不，眞人不露相…。想出那幾百篇極短篇的創意本身就是一件不尋常的事。不管在日本或外國，不會有替代品的。」

「眞正能代替他的作家，可說沒有。那樣的創意不知怎麼來的？」

「眞象藏在神秘的簾幕之後。有人說他邊倒立邊構思。有人說只要挖個鼻涕塊，就會產生一個創意。也有人說他只有上厠時，才會有靈感。因而甚至有人說，星先生一天中，十三個鐘頭在厠所裡。不過，這些都是傳說。」

「讀了星先生的作品，我也試著寫了幾篇極短篇，結果都不行。」

「這不只是你。其他名作家的極短篇，也只見創意，不見內容。這是司空見慣的事。星先生的極短篇是用變魔術的糯米紙包著的。」

「說的也是。我剛讀星先生的極短篇時，覺得自己也能夠寫出來。」

「ぼくだって五十篇くらい書いてみたんだよ。でも、どうしてもダメだった。これは星さんの文章に秘密があると思う。つまり、むずかしい言葉は少しもなくって、スラスラッと読める。素人は、これならぼくだって、とつい思う。しかし、スラスラッと読めるのは大した技術だとこのごろ気づいた。ちっとも苦労してないように、息をするように読める文章って並大抵のことじゃできない、ってことをね」

「たしかに、ほんのりとふくよかで上品で自由ジザイという感じがする。ごく上等のお菓子みたいだ。子供から老人まで味わえるような」

「だが、その中にピリッとした薬がまじっている。もともと製薬会社に関係してきたんだから」

「ところで、星さんの最近のショート・ショートでは、ほとんど主人公の名がエヌ氏になってる。これはどういうことだろう?」

「これも宇宙的大秘密だ。ぼくの名の頭文字もエヌだろ。だから、ぼくは星さんのショート・ショートをよむと、なんともいえないへんな気分になる。つい親しみを覚えちゃうんだよ。しかし、これは昔の恋人のイニシャルかもしれないし、またノーのNかもしれないし、ナッシングのNかもしれない」

「ぼくの頭文字はエフだ。ところが、星さんの作品の中で博士が出てくると、たいていエフ博士になってるんだ。えらくなったような気がするよ。星さんは長生きしてもらいたい人だからつい思うのだが、健康良というからには丈夫な人かしら」

「丈夫らしい。しかし、なにかにつけちょっと具合がわるいと、たいへんだ、たいへんだあと叫

「我也寫了大約五十篇。不過都不行。可見星先生的文章裡有秘密。說艱深嘛，一點都沒有，它使人能流暢地讀下去。外行人最後會認爲這樣我也會。然而，要能讓人流暢地讀下去，需要相當的技巧，這點我最近才發覺。就是說要寫出不費力氣，像呼吸似的讀下去的文章，不是一件容易的事。」

「的確令人感到頗爲豐盛，典雅而自由自在。誠如極上等的糕點似的，老少都可玩味品嚐。」

「不過，其中摻有立刻見效的藥物。大概是因爲他跟製藥公司有淵源吧？」

「然而，在星先生最近的極短篇裡，主角的名子幾乎全是N氏。這不知是何道理？」

「這是個天大的秘密。我的名子的第一個字也是N。因此，當我讀到星先生的極短篇時，會產生一種莫名的感覺。無意中會產生親切感。可是，這或許是舊情人的姓名開始的大寫字母的N，或者NO的N，或者NOTHING的N也說不定。」

「我的名字開始的大寫字母爲F。然而，星先生的作品中，凡是博士出現時，大體上都成爲F博士。這使我感到自己已成爲了不起的人物似的。我們都希望星先生長壽，既然他健康良好，那就沒有問題才對。」

「身體大概不錯。但是，我聽過這樣的傳言。每當不知什麼原因使他感到身體有點不舒服時，他就大聲叫喊：不好了！不好了！而跑去找醫師。而且，好像不斷地服藥和打針似的。」

「星製藥的藥品靠得住，不過，其他藥廠的產品，不知他喜歡不喜歡？」

んで医者に駈けこむという噂を聞いた。そして、薬でも注射でもじゃんじゃんされるのが好きらしいのだ」

「でも、星製薬の薬なら信用できるだろうが、他の薬でも使うのが好きなのかしら？」

「星さんは他の会社の薬ならどうせ利きっこないと信じてる。それで、あえてジャンジャン飲むらしい。彼はアマノジャクなのだ」

「こう話を聞いてくると、星製薬がなくなったのは実際残念だ。もし星製薬が今もあって、その『頭のよくなる薬』なんてのを飲めたら、ぼくだって君だって、ひょっとすると星新一の代作になるくらいのショート・ショートを書けるようになれるかもしれないのにねえ。二人とも、エヌとエフという頭文字をもってるし……」

「いや、星製薬がつぶれたのは世界にとってよいことだった」

「どうして？」

「だって、星製薬がつぶれなかったら、ぼくらは星さんの作品をこんなにも愉しむことができなかったろう。大会社の社長なんてものは、自分の考えを考える閑もないっていうじゃないか」

「星先生認爲其他公司的藥品是沒有效的。因此他才敢不斷服用似的。他是個脾氣彆扭的人。」

「聽你這麼一說，星製藥關閉實在是一件遺憾的事。如果星製藥目前還在營業，我們能夠服用該廠的『補腦藥』的話，說不定你和我都能寫出跟星新一不相上下的作品哩。我倆的姓名的第一個字母有N和F…。」

「不，星製藥倒閉是一件好事。」

「爲什麼？」

「如果星製藥沒有倒閉的話，我們就無法這樣享受閱讀星先生的作品之樂趣。所謂大公司的董事長，不是沒有時間去思考自己所要思考的東西嗎？」

中日對照讀物系列

日本短篇故事選㈠	陳山龍譯註
日本短篇故事選㈡	陳山龍譯註
杜子春	林榮一譯註
日本近代文學選Ⅰ	林榮一譯註
日本近代文學選Ⅱ	林榮一譯註
現代日本事情	林榮一譯註
現代日本人の生活と心Ⅰ（中譯本）	謝良宋譯
現伐日本人の生活と心Ⅰ	謝良宋註解
現代日本人の生活と心Ⅱ	謝良宋註解
現代の日本—その人と社会	謝良宋註解
日文學習講座㈠	謝良宋編譯
日文學習講座㈡	謝良宋編譯
日文學習講座㈢	謝良宋編譯
日本の地理	日本語教育學會
東京	日本語教育學會
日本人の一生	日本語教育學會
日文人生小語手册	張　嫚編著
日文童話集錦	張　嫚編著
東京物語	李朝熙譯
盜賊會社	李朝熙譯
明天星期日	李朝熙譯
有人叩門	李朝熙譯
日本人的生活	王　宏編譯
日本人門	王　宏編譯
日本笑話選	鴻儒堂編輯部
日本社會剪影	蘇　琦編譯

定價：250元
郵購單本需另加34元

發　行　所：鴻儒堂出版社
發　行　人：黃　成　業
地　　　址：台北市城中區10010開封街一段19號
電　　　話：三一二〇五六九、三三一一一八三
郵政劃撥：〇一五五三〇〇～一號
電話傳真機：〇二一三六一二三三四
三　民　店：台北市三民路160號惠陽百貨二樓
電　　　話：七六〇八八三六
香港經銷處：智源書局·九龍金巴利道27－33號
永利大廈2字樓A座
印　刷　者：禎文彩色平版印刷公司
電　　　話：三〇五四一〇四
法律顧問：蕭　雄　淋　律　師
行政院新聞局登記證局版台業字第壹貳玖貳號
中華民國七十八年六月初版一刷
中華民國八十一年十一月初版二刷

本書凡有缺頁、倒裝者，請逕向本社調換
ISBN:957-9092-74-5（平裝）